高职高专规划教材

中国饮食文化

（富媒体）

主　编　黄桂青　刘新生　刘冰柏

副主编　任　婷　黄静亚　李　纳

石油工业出版社

内 容 提 要

本书系统介绍了中国饮食文化概况、中国饮食文化源流、中国饮食科学思想、饮食民俗与礼仪、中国肴馔文化、中国筵宴文化、中国茶文化和中国酒文化等内容。本书深入浅出，实用性强，兼顾普及性与学术性。同时配有电子教学资源包，包括课程视频、多媒体课件、电子版教案、习题库及答案。

本书可作为高职院校酒店管理与数字化运营、餐饮智能管理、烹饪工艺与营养等专业学生的基础文化素养课程教材，也可作为饮食文化爱好者的学习参考用书。

图书在版编目（CIP）数据

中国饮食文化：富媒体/黄桂青，刘新生，刘冰柏主编 . —北京：石油工业出版社，2023.12

ISBN 978－7－5183－6385－8

Ⅰ.①中…　Ⅱ.①黄…②刘…　Ⅲ.①饮食-文化-中国-高等职业教育-教材　Ⅳ.①TS971

中国国家版本馆 CIP 数据核字（2023）第 205438 号

出版发行：石油工业出版社
　　　　　（北京市朝阳区安华里二区 1 号楼　100011）
　　　网　址：www.petropub.com
　　　编辑部：（010）64523694
　　　图书营销中心：（010）64523633
经　　销：全国新华书店
排　　版：三河市聚拓图文制作有限公司
印　　刷：北京中石油彩色印刷有限责任公司

2023 年 12 月第 1 版　2023 年 12 月第 1 次印刷
787 毫米×1092 毫米　　开本：1/16　印张：13.75
字数：320 千字

定价：39.00 元
（如发现印装质量问题，我社图书营销中心负责调换）

前言

中国饮食文化源远流长，烹饪技术精湛，品类丰富，流派众多，风格各异而又独具特色。饮食不仅仅是一种生存手段，还蕴涵着深刻的哲理。在中国历史长河的演变过程中，形成了独有饮食历史、饮食思想、饮食原料、饮食制作、饮食民俗、饮食科学、饮食艺术、饮食传播、饮食教育等丰富多彩、博大精深的物质和精神内容。经过不断传承与创新，中国饮食文化如今已成为中华优秀传统文化的重要组成部分，成为民族自豪感与文化自信的源泉之一。

饮食文化不仅是人们进行科学饮食和提高饮食文化修养的关键内容，也是高职院校旅游类、餐饮类专业学生学习内容。为顺应新时代发展需求和职业教育改革需要，积极传承和弘扬中国饮食文化，编者结合长期以来的教学实践经验编写了本教材。

本书全面介绍了中国饮食文化概况、中国饮食文化源流、中国饮食科学思想、饮食民俗与礼仪、中国肴馔文化、中国筵宴文化、中国茶文化和酒文化等饮食文化传承与发展，使读者对中国传统饮食文化有更加全面、系统的了解，并由此更深刻地认识到中华民族的生活特点，从而达到增强文化修养、提高综合素质的目的。

本书由克拉玛依职业技术学院众多教师联合编写，黄桂青、刘新生、刘冰柏任主编，具体编写分工如下：项目一、项目三由黄桂青编写，项目二、项目五由刘新生编写，项目四由刘冰柏编写，项目六由黄静亚编写，项目七由任婷编写，项目八由李纳编写。全书由黄桂青、刘新生统稿。在编写过程中还得到了克拉玛依西部乌镇文化旅游发展有限责任公司、克拉玛依八匹马文化旅游发展有限责任公司、乌鲁木齐万达文华酒店管理有限公司等企业的支持和帮助，并提供了最新的行业动态和各类一手资料，在此一并表示真诚的感谢！

由于编者水平所限，本书难免有疏漏之处，敬请读者批评指正。

编者

2023 年 8 月

目录

富媒体资源目录

项目一
中国饮食文化概况

📲 项目导读

　　中国饮食文化是中国传统文化宝库中最有个性特色的一个重要组成部分，它的形成历史非常久远，可谓源远流长。中华民族的形成与发展历史无不与中国饮食文化的发展有着密切的关系，其发展过程就显得异常复杂曲折，可谓积微成著、蕴涵丰厚，用一句"源远流长、博大精深"来形容实不为过。

✈ 学习目标

　　了解中国饮食文化的概念和意义，掌握中国饮食文化的特征与研究内容及学习中国饮食文化的重要性与方法，加深对中国饮食文化的理解与把握，掌握中国饮食文化在各个阶段的发展背景与特征，从而对中国饮食文化的起源与发展过程有一个系统的认识与把握，增强对学习、弘扬中国饮食文化重要性的认识。

🌐 思维导图

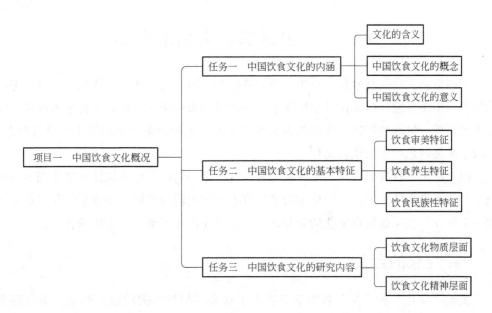

📖 案例导读

文人与饮食文化之间的关系

林语堂先生曾经在一篇文章里写过这样一段话："没有一个英国诗人或作家肯屈尊俯就，去写一本有关烹调的书，他们认为这种书不属于文学之列，只配让苏珊姨妈去尝试一下。然而，伟大的戏曲家和诗人李笠翁却并不以为写一本有关蘑菇或者其他荤素食物烹调方法的书，会有损自己的尊严。另外一位伟大的诗人和学者袁枚写了厚厚的一本书，来论述烹调方法。"诚如上文所说，中国的文人不光喜欢写有关烹调、快食文化方面的书，还对动手烧制菜肴情有独钟。在中国，有诸如"东坡肉""云林鹅""祖庵菜""大千菜"等一大批"文人菜"，脍炙人口，广为流传。一生精于绘画、书法、篆刻、诗词的张大千，"能调蜀味，兴酣高谈，往往入厨作美餐待客"（徐悲鸿《张大千画集》序语）。他不仅善于烹饪，而且富于艺术性的创造，制作出不少色、香、味、形别具一格的美味佳肴。他做菜刀工讲究，火候恰当，造型别致，其色彩依天然色而成。还往往以拼切镶嵌等手法构成优美的图案，真是匠心独具、妙趣横生，能让人无论味觉还是视觉都得到一种美的享受。诚如国画大师邱笑秋在《大千风味菜》一书上题词所云："吃的艺术，艺术的吃。"张大千确实把艺术与佳肴巧妙地结合起来了。而张大千自己甚至说："以艺术而论，我善烹饪，更在画艺之上。"

案例分析

1. 如何理解中国文人对饮食的喜爱和关注？
2. 请列举文化名人对中国饮食文化的主要贡献。

任务一　中国饮食文化的内涵

中国饮食文化是有着长远历史、博大精深的中国文化。在中国传统文化教育中的阴阳五行哲学思想、儒家伦理道德观念、中医营养摄生学说，还有文化艺术成就、饮食审美风尚、民族性格特征等诸多因素的影响下，创造出彪炳史册的中国烹饪技艺，形成了独具特色的中国饮食文化。

由于中国饮食文化内涵的丰富性与复杂性，用一句话来给中国饮食文化确定一个概念，是不容易的。因为，文化本身就具有不同的内涵与理解，而饮食文化只是文化的一个分支。在了解饮食文化的观念之前，需要先简要了解一下文化的含义。

一、文化的含义

关于"文化"的定义，各国学者提出了众多不尽相同的看法，据《大英百科全书》统计，世界上仅在正式的出版物中给文化所下的定义就达 160 种之多，可谓见仁见智、莫衷一是。这也显示出了文化的丰富性与复杂性。

英国人类学家泰勒先后给文化下了两个定义：一个是"文化是一个复杂的总体，包括知识、艺术、神话、法律、风俗，以及其他社会现象。"另一个是"文化是一个复杂的总体，包括知识、信仰、艺术、道德、法律、风俗，以及人类在社会里所得一切的能力与习惯。"以上都是非常宽泛的"大文化"的概念。

文化学者顾康伯在他的《中国文化史》自序中则持更宽泛的表述观点："夫所谓文化者，如政治、地理、风俗、军事、经济、学术、思想及其他一切有关人生之事项，无不毕具。"梁漱溟在《东西文化及其哲学》中则认为，文化"是生活的样法""文化之本义，应在经济、政治，乃至一切无所不包"。在梁启超尚未写成的《中国文化史目录》一书中，列有 28 个几乎囊括生活全部内容的"篇"，其中便有一个独立的"饮食篇"。由此看来，在许多文化学者的研究中，已经自觉或不自觉把饮食列入了文化研究的范畴。

"文化"一词，在我国是古已有的。不过，它不同于近代的概念。在我国历史上，"文化"一词用来指中国古代封建王朝所施行的"文治"和"教化"的总称。在先秦典籍中，虽时而见到"文""化"二字，却还没有黏成一词。《周易》中有"……观乎人文，以化成天下"的句子，可以说是对"文化"最为有意义的解释，而且两个字已有靠近的趋势。

所以，文化可以从两个方面进行诠释：狭义的文化，是指社会意识形态（如思想、道德、风尚、文学艺术、科学技术、学术等）以及与之相适应的组织和制度；广义的文化，是指人类社会历史实践过程中所创造的物质财富和精神财富的总称。

二、中国饮食文化的概念

文化有广义的文化与狭义的文化之分，而饮食文化是文化大范畴的一个分支。从这样的意义来看，饮食文化也有广义饮食文化与狭义饮食文化之别。

（一）广义饮食文化

"饮食文化"是一个近代的新名词，其内容涉及自然科学、社会科学及哲学，是介于"文化"的狭义和广义二者之间而又是融通二者的一个边缘不十分清晰的文化范畴。

按照这样的理解，广义的中国饮食文化，是指中华民族在长期的社会生活实践过程中，以饮食对象为主要内容，所创造的物质财富和精神财富积累起来的总称。中国饮食文化的博大精深，在于中华文明的历史悠久。可以毫不夸张地说，在中国传统文化教育中的阴阳五行哲学思想、儒家伦理道德观念、中医营养摄生学说，还有文化艺术成就、饮食审美风尚、民族性格特征诸多因素的影响下，我国劳动人民创造出了彪炳史册的中国食品加工技艺与别具特色的菜肴烹调技艺，并因此影响到人们社会的各个层面，诸如政治、哲学、思想观念、审美情趣、民俗习惯等，形成了博大精深的中国饮食文化。

图 1-1　博大精深的中国菜肴

（二）狭义饮食文化

饮食毕竟是一种以满足人类生命生理需求为首要目的的实践活动，无论是从人类社会史的角度，还是从专门应用学科的角度，饮食文化应该有一个具体的概念，这就是狭义的中国饮食文化。

从这样的意义看来，中国饮食文化应该是由中华民族社会群体在食物原料开发利用、食品制作和饮食消费过程中积累形成的技术、科学、艺术，以及以饮食为基础延伸形成的习俗、传统、思想和哲学。简单地说，就是中国人的食物生产和饮食生活的方式、过程、功能等内容组合而成的全部饮食事象的总和。

中国人的饮食行为，如果从宽泛的社会生活层面来看，是与人类的文明进程、文化积淀关系最为密切的文化内容。众所周知，中国人一向热情好客，大家围在一起吃一顿"大锅饭"似乎更能增进彼此的感情。在宴席酒桌上，好客的主人则会一再地给客人攘菜，热情之状溢于言表。古人云：民以食为天。俗话说：开门七件事，柴米油盐酱醋茶。由此可见，饮食确实是中国人生活中的重要内容。一谈到中国饮食文化，许多人会对中国食谱以及中国菜的色、香、味、形赞不绝口。中国的饮食，在世界上是享有盛誉的，华侨和华裔在海外谋生，经营最为普遍的产业就是餐饮业。

三、中国饮食文化的意义

众所周知，世界上有影响的、人口在千万以上民族就有近百个，每个民族都有其独特的文化背景与生活特色。而任何一个民族的特质，往往能够形成一种独特的饮食文化。由于不同的国家和地区的发展历史有长有短，疆域面积有大有小，经济实力有强有弱，民族人口有多有少，以及社会构成、政权性质和经济结构等方面的差异性，就形成了世界各国、各地区丰富多彩的饮食文化类型，呈现出不同的饮食风格与饮食习俗。

（一）中国饮食文化内涵丰厚

从人类历史的发展脉络来看，中国饮食文化绵延170多万年，从蒙昧未开的生食时期到自然用火熟食，再到有意识的烹饪并发展为科学烹饪，是经过了漫长的经验积累与文化积淀的。至今，已经形成了十几个大菜肴体系、6万多种传统菜点，以及不胜枚举的面点、小吃，更有五光十色、流光溢彩的各色筵宴和地方风味。因此，在世界民族之林获得"烹饪王国"的美誉。而且，中国饮食文化内涵丰厚，涉及食源的开发与利用、食具的运用与创新、食品的生产与消费、餐饮的服务与接待、餐饮业与食品业的经营与管理，以及饮食与国泰民安、饮食与文学艺术、饮食与人生境界的关系等。而如果从更加宽泛的视角来看，中国饮食文化无不与科学技术、地域经济、民族风格、食品食具、消费水平、民俗礼仪、教化功能等多角度、多层面有着密切的联系，展示出了不同的文化品位，体现出了不同的使用价值。真可谓内涵深厚，内容广博，异彩纷呈，非一般饮食体系所能比拟。

（二）中国饮食文化影响深远

中国饮食文化虽然没有孕育发展出像现代营养学的科学体系，但自古以来所形成的"五谷为养，五菜为充，五畜为益，五果为助"的饮食平衡理论与实践，却养育了世界上人口最多的民族群体，已经证明了它具有不可估量的历史意义与科学价值。中国饮食文化还讲究"色、香、味、形、器"俱全的审美风格。至于"五味调和"的饮食境界，"水火相济"的烹调之妙，"娱肠和神"的美食养生观，无不有着不同于世界其他各国饮食文化的特征与本质。

由于历史发展过程的种种原因，中国饮食文化除了在本国得到丰富发展，还通过各种传播方式先后影响了相邻的日本、蒙古国、朝鲜、韩国、泰国、新加坡等国家，是东方饮食文化的代表与发源地之一。与此同时，它还间接影响了欧洲，特别是意大利、英国等，以及美洲、非洲和大洋洲。而中国的素食、豆制品、茶饮、造酱、酿醋、面食、药膳、陶瓷餐具等，几乎传播到了世界各地，其深远的影响不可估量。

任务二　中国饮食文化的基本特征

中国是世界上著名的文明古国之一，久远深厚的历史文化孕育出了内涵丰富的中国饮食文化。在中国饮食文化的每一个层面和领域中，无不凸显出鲜明的民族特性。大致来看，中国饮食文化有以下三个特征。

一、饮食审美特征

中国的饮食烹饪，不仅技术精湛，而且有讲究菜肴美感的传统，注意食物的色、香、味、形、器的协调一致。对菜肴美感的表现是多方面的，无论是一个胡萝卜，还是一个白菜心，都可以雕出各种造型，独树一帜，达到色、香、味、形、美的和谐统一，给人以精神和物质高度统一的特殊享受。

由于我国幅员辽阔，各地气候、物产、风俗习惯都存在着差异，长期以来，在饮食上也就形成了许多风味。我国一直就有"南米北面"的说法，口味上有"南甜北咸东酸西辣"之分，主要是巴蜀、齐鲁、淮扬、粤闽四大风味。而风味流派的形成就是在以饮食口味为主要审美内容的基础上发展起来的。

中华民族在饮食生活中一向很重视菜肴食品的味道，并一直把它作为衡量美食的最高标准。从历史发展的角度看，中国人素以饮食的"味"为核心，并以此作为衡量食品质量的第一标准。中国长期以来一直把各地烹饪的风味流派称为"帮口"。"口"就是口味，口味相同或相近的群体饮食体系就是"帮口"，这是区别不同风味流派的重要标志。对饮食味道的重视，就必然导致烹饪水平的不断讲究与提高，因此就能够生产出各种各样的美食。所以，就中国饮食文化对食品的追求来看，饮食无不以"味"为本，由此食品的味道就成为饮食的灵魂所在。以中国菜肴的烹饪而言，调味就是一种艺术创造活动，故有"五味调和百味香"的理论与实践。在五味调和的过程中，不同滋味巧妙融合，其实质就是相存相依，而非相互排斥。正因如此，才可以使食品发生"口弗能言，志弗能喻"的"精妙微纤"的味觉变化体验。从饮食消费者的角度看，学会"品味"，才是懂得饮食的关键所在。因此，饮食"品味"在中国就是一门审美艺术。并由此外延到了人们生活的各个领域，诸如人情之味、文章之味、诗词之味等，也就是我们常说的"味外之味"。

我国饮食烹饪不仅重视饮食的口味之美，而且很早就注重饮食过程的品位情趣，不仅对饭菜点心的色、香、味有严格的要求，而且对它们的命名、品味的方式、进餐时的节奏、娱乐的穿插等都有一定的要求。中国菜肴的名称可以说出神入化、雅俗共赏。菜肴名称既有根据主、辅、调料及烹调方法的写实命名，也有根据历史掌故、神话传说、名人食趣、菜肴形象来命名的，如"全家福""将军过桥""一卵孵双凤""狮子头""叫花鸡""龙凤吉祥""鸿门宴""东坡肉"……

二、饮食养生特征

中华民族是一个重视养护生命的群体，而饮食养生则是中国饮食文化中的一个重要内容。所谓养生，就是通过各种对生命的养护方式的实施过程，以求得身体保持健康状态并达到长寿的最佳养生效果。如果说饮食的基本目的是维持生存，那么，饮食养生则是追求人的生存质量的问题，表现的是一种健康向上的、积极乐观的人生观。尽管饮食养生是中国古代上层社会的生活内容，但作为一种观念，它已无孔不入地渗透于社会的各个阶层之中。影响所及无论是从纵向的历史层面上，还是从不同阶段的社会层面来看，都是极其深远的，可谓是根深蒂固。

中国人在长期的饮食实践中，逐渐积累形成了一套完整的饮食养生理论体系，这是世界上任何一个民族所不能相比的。对此，本书有专门章节进行介绍。仅以我国的饮食烹饪技术为例，就与医疗、保健、养生有着密切的联系，在几千年前有"医食同源"和"药膳同功"的说法，人们利用食物原料的药用价值，做成各种美味佳肴，达到对某些疾病防治的目的。古代的中国人还特别强调进食与自然节律协调同步的观点。春夏秋冬、朝夕晦明要吃不同性质的食物，甚至加工烹饪食物也要考虑到季节、气候等因素。这些思想早在先秦就已经形成，《礼记·月令》就有明确的记载，而且反对颠倒季节，如春天"行夏令""行秋令""行冬令"必有天灾，尤其反对食用反季节食品。孔子说"不时不食"，就包含有两层意思：一是定时吃饭，二是不吃反季节食品，与当代人的意识正相反，有些人吃反季节食品是为了摆阔。西汉时，皇宫中便开始用温室种植"葱韭菜茹"，西晋富翁石崇家也有暖棚。这种强调适应自然节律的思想意识的确是中国饮食文化所独有的核心内容之一。

中国传统的"阴阳五行"学说对中华民族的思维模式与生活行为有着极其重要的影响。人是天、地、人"三才"之一，饮食是人类生活所不可少的，制作饮食的烹饪术必然也要遵循此规律。因此，人们不仅把味道分为五种，并由此产生了"五味"说。用"五味"来泛指人能感觉到的十几种，乃至几十种"味"。"五味"说同样也影响食物的分类与属性问题，人们把众多的谷物、畜类、蔬菜、水果分别归入"五谷""五肉""五菜""五果"的固定模式。更令人惊奇的是还有"凡饮，养阳气也；凡食，养阴气也"，也就是说只有饮和食与天地阴阳互相协调，这样才能"交与神明"，上通于天，下通于地，从而达到"天人合一"的效果。之所以能够生发出这样的认识与理论，完全是出于人体饮食养生的需要。因此在祭天时要严格遵循阴阳五行之说。这种说法被后来的道教所继承，成为他们饮食理论的一个出发点，认为吃食物是增加人体阴气的，如"五谷充体而不能益寿""食气者寿"等，人要想长寿就要修炼，要获得阳气就要尽量少吃，最好是不吃食物，只要通过修炼达到摄取自然之"气"就可以了，这就是道教"辟谷"的理论学说。

由此看来，中国饮食文化的一个突出特征，就是重视饮食养生的思想与实践，无论是社会的哪个阶层及其他社会群体等皆是如此。

三、饮食民族性特征

中国饮食文化从它诞生的那一刻起，就打上了中华民族的烙印。作为一种文化形态，只有具备了鲜明的民族个性的文化特征，才能成为世界文化宝库中光彩夺目的瑰宝。中国饮食文化之所以为世人瞩目，一个最为重要的原因就是其具有十分鲜明的民族个性特征，主要表现在饮食文化的技术实用性和思想性两个方面上。在中国饮食文化的技术实用性方面，烹饪原料的广泛开辟与利用为早期人类的饮食生活提供了可靠的食源保障。中国人对烹饪原料的广泛开发和充分利用是对人类饮食文化的一大贡献。在历史发展进程中，中国人不断地扩大食源范围，发展至今，与西方饮食文化相比，中国饮食文化表现出的用其他民族不入馔的原料制作美味佳肴，这一点最具特色。而蒸、炒、爆、熘等烹饪技艺则是中国饮食文化中独有的工艺文化之花，最为复杂多样的烹调方法，使中国饮食文化呈现出世界上无与伦比的千姿百态的壮观图景。中国林林总总的民族特色、地域风格的风味流派及其饮食风俗，使中国的食俗文化成为世界文化画卷中独具魅力的一幅长卷。在饮食文化的思想性方面，中国饮食与传统思想观念渗透结合而产生的富有民族性的各种文化现象比比皆是。李曦先生在《中国烹饪概论》一书中总结出的重食、重味、重养、重利、重理等，从最为深刻的层面上反映出中国饮食文化与宇宙观、社会观、价值观、审美观等的密切结合。中国饮食文化兼收并蓄的气魄和极强的融合力，是中国历史上民族大融合的史实和对外来文化兼收并蓄为我所用的博大胸怀的反映。在中华民族的历史进程中，中原饮食文化一直处在同周边少数民族饮食文化的相互影响、交流、吸收中。直到现在，中国饮食文化还是一个以汉族饮食文化为主体的、与其他民族饮食文化相互兼容的大体系。而对其他国家和民族的饮食文化，中国历史上从来都是广开门户，从不排外。尤其是改革开放的今天，中国对各国的饮食文化更是展笑揖迎、广纳博采。这不仅是历史传统优良作风的延续，而且从根本上讲，是中国饮食文化本身根基深厚、气魄宏大、自信心强、生命力旺盛的表现。

综上所述，中国饮食文化以其悠久的历史、优良的传统、完整的体系、深博的内涵、强大的融合力、鲜明的民族特色和旺盛的生命力，成为世界饮食文化宝库中一颗灿烂的明珠。在世界各族人民心目中，中国饮食文化独具魅力，并得到他们的深深喜爱。

任务三　中国饮食文化的研究内容

中国饮食文化的构成内容与一般意义上的文化是一致的，包括物质层面与精神层面两大板块。饮食文化的物质层面是以食物物质为中心形成的研究领域，如怎样获得食物、在什么条件下吃、吃什么、怎么吃、吃了以后会怎样等问题。首先是对食物原料的生产、开发、选择、分类等，然后是加工技术和制作工艺、保藏、保鲜手段等，以及加工工具、饮食器具、饮食商业和服务等。饮食文化的精神层面则是与饮食有关联所形成的饮食习俗、制度、心理、观念、思想、审美、哲学等，形成了一个特定的知识体系与文化领域。

一、饮食文化物质层面

作为中国饮食文化的物质财富，中国饮食主要由主食、副食和饮品三个部分构成。从历史发展的角度看，中国进入农业社会后，农业就成为中国社会的最重要的经济生产部门，在粮食生产逐步增长的同时，中国人的饮食生活也就逐渐形成了以谷物为主食，以其他肉类、蔬菜、瓜果为副食，以茶、酒等为饮品的饮食结构。这种饮食结构延续至今，形成了与西方的饮食结构迥然不同的饮食文化模式。

（一）主食

中国人的主食是在漫长的农业生产的历史条件下逐渐形成并定型的，作为一个概念，中国人的主食就是指中国膳食结构中用以获得人体所需主要营养素的谷物及其制品，如米饭、馒头、面条等。主食主要有米和面两大类。

中国是世界上最早培植小米和大米的国家。早在 8000 年以前，磁山人和裴李岗人就开始在华北平原上培植小米，到了 5000 多年以前，黄河流域出现了高粱等农作物的种植。由于北方大部分地区盛产小米、高粱米和玉米，所以北方人常把它们做成米饭或粥作为主食。大约在 7000 多年以前，长江下游杭州湾的河姆渡人就开始种植籼稻。目前，我国的稻产量占世界稻谷总产量的 1/3，产量居世界第一位，水稻产区集中在长江流域和珠江流域，包括四川、湖南、湖北、广东、浙江、安徽、江西、江苏、贵州、福建等地，华北和东北等地也有产出。大米的主要种类有籼米、粳米、糯米和一些特殊品种的稻米，如黑米、香米等。

一般来说，面类主食指用小麦磨制加工的一种粉末状原料制成的主食，这种面粉原料又叫小麦粉。由于小麦的产地有别，栽培方法各异，因此小麦的品种有很多，磨制成的粉末质量也不一样。按照小麦加工精度的指标，面粉按照加工精度和不同用途，可分为等级粉和专用粉，其中等级粉又可分为特制粉、标准粉和普通粉三个等级。而专用粉则可分为面包粉、饼干糕点粉、面条粉和家庭用粉。龙山文化、大汶口后期文化的遗存表明，当时不仅有大麦、小麦的种植，而且还出现了粮食加工所用的石磨盘、石磨棒等加工器具，说明面粉在当时已经出现了。面粉是黄河流域以北地区的主粮之一，与南方出产的小麦相比，北方小麦蛋白质含量高，面筋筋性大，韧性强，产量也大于南方。面粉可供制作多种传统主食，如馒头、饼、面条、花卷、饺子、包子等。

（二）副食

副食是相对主食而言的菜类食品，是主食的补充食物，如菜肴、小菜等。副食引申为可供制作菜肴、小菜的原料，如蔬菜、家畜、家禽、蛋类、奶类、豆制品、水产品、调味品、食用油等。就菜类食品而言，以地方风味特色来划分，中国菜可分为鲁菜、粤菜、淮扬菜和川菜四大菜系；以消费对象来划分，中国菜可分为宫廷菜、官府菜、寺院菜和市肆菜；以菜肴烹制时所使用的原料类别来划分，中国菜又可分为蔬菜类、动物肉类、蛋奶类、豆制品类、调味品类等几大类。

（三）饮品

茶和酒是中国人自古以来十分重视和喜爱的主要饮品，迄今为止，中国各族人民都还保留着本民族在历史文化积淀中传承而来的茶和酒。茶和酒是中国饮食的重要组成部分。

茶是中国的"国饮"。我国是茶树的原产地，中国的西南地区，包括云南、贵州、四川是茶树原产地的中心。六朝以前的史料表明，中国茶业，最初兴起于巴蜀，后向我国的东部、南部渐次传播开来。至唐代以后，中国的茶文化才有了真正的大发展。早在公元7世纪，中国茶就传入了土耳其，并在唐宋以后将茶文化向外辐射，形成了一个亚洲茶文化圈。公元804年，日本高僧最澄来到中国求学，归国之际，带去了中国的茶籽，植于日本国土。次年，日本弘法大师再度入唐，又携去大量中国茶籽，分种日本各地。16世纪末17世纪初，中国茶叶传入俄罗斯、英国、荷兰、丹麦、法国、德国、西班牙等欧洲国家。我国悠久的产茶历史，辽阔的产茶区域，众多的茶树品种，丰富的采制经验，在世界上都是独一无二的。中国名茶品种之多、制茶之巧、质量之优，也是别国所不及的。今天，由于科学的分析、化学测定手段的不断完善，人们已经发现茶叶中含有碱（又称茶素）、多酚类物质（又称茶单宁）、蛋白质、维生素、氨基酸、糖类、类脂等有机化合物450种以上；还含有钠、钾、铁、铜、磷、氟等28种无机营养元素。各种元素之间的组合十分协调，不仅有益于增进人体生理所必需的营养，而且还能预防和治疗疾病。而茶本身所特有的清澄和明洁，激发了中华民族特有的素质：淡雅、恬静、清新、沉练。这正是古人所借以返璞归真、洒脱自然、开慧激能的依凭，也是中国茶文化独具魅力之所在。

中国的造酒和饮酒历史久远，可以追溯到史前文明时期。中国自古以来就是一个农业大国，而酿酒则是农业发展、粮食有所剩余的产物，这在河姆渡文化、仰韶文化遗址中已经得到证明。我国考古发掘与研究表明，在浙江余姚河姆渡文化遗址中，调酒的陶盏、饮酒的陶杯等酒具已不少见。而黄河下游的大汶口文化和龙山文化遗址中，也出现了大量的酿酒器和饮酒器。此后，随着历史的演进，中国的酿酒业便有了长足发展，至周代以后，酿酒业已成为重要的手工业部门。自秦汉至隋唐，酿酒技术水平不断进步，酒的品种、产量日渐增多，各地名酒辈出，相应的饮酒之风也弥漫朝野。宋代在我国酿酒史上可称是一座里程碑，官私酿酒业的规模空前扩大，技术和产量大大提高，见于文献记载的名酒达 200 余种，至南宋及金，已出现了白酒；元代后，白酒开始推广；时至明清，中国的酿酒业已进入了兴旺发达的时代，南北各地，"所至咸有佳酿"，生产规模、产品质量和产量空前提高。如今的历史名酒大多在清代时即声名已久。啤酒在晚清时亦已发展，更有以葡萄酒为代表的果酒，逐步成为酒之家族重要的成员。随着现代工业文明的演进以及高科技浪潮的推动，自 20 世纪以来，尤其是新中国成立以后，我国的酿酒行业获得了突飞猛进的发展，酒厂数以万计，名酒不胜枚举。美酒芳香飘遍天南地北，具有悠久酒文化历史传统的中国成了名副其实的酿酒大国。

二、饮食文化精神层面

中国饮食文化的精神层面，包括了中国人在饮食生产消费过程中所产生的价值观念和行为准则的全部内容。

在社会层面，可以说，中国古代"民以食为天"的观点，体现出了中国饮食文化的价值体系与政治、经济及社会思想意识有着密不可分的联系，是社会的政治、经济与社会思想意识的反映。例如，传说中的夏禹铸九鼎，就使与人类饮食生活密切相关的炊具变成了主权之器和国家的象征。鼎本来是古老的烹饪器具之一，古人说它是"调和五味之宝器也"，因为"民以食为天"，所以铸鼎为器而成为国家的象征，就成为人们普遍认同的理由。又如，在西周的"礼"中，饮食器具成为"礼器"，周人饮食活动中所遵循的一系列礼仪礼制，尽已成为统治者强化等级制度、维系层层隶属的社会等级关系的重要手段，它已成为人们必须恪守的行为准则。

体现在人文层面，在我国的文人与饮食的密切关联更是无所不在。如滕王阁大会，"胜友如云""高朋满座""盛筵伟饯""登高作赋"，是一次高规格的雅食大会，与之相似的还有王羲之的兰亭聚会、欧阳修的醉翁亭宴、东坡游于赤壁之下的舟中之宴等，更有杜甫、李白、陆游等大量有关美食、饮酒的诗篇。在中国的古典小说中，无不通过饮食、宴席等场面的描述来反映人物的特征与时代的风貌。自古以来的中国人文精神，都竭力追求着精食、佳茗、美器、可人、良辰、美景、韵事等方面的完美统一，体现了中国文人的审美情趣与人文的价值观念。

项目小结

中国饮食文化是中国文化的重要组成部分，具有鲜明的民族个性和时代特征，有着丰富的内涵与外延。本章重点从中国饮食文化的概念、含义、特征以及研究内容进行简要介绍。中国饮食文化的含义包括广义和狭义两个方面；中国饮食文化特征从饮食审美特征、饮食养生特征、饮食民族性特征三个方面来展现；中国饮食文化的研究内容主要从物质层面与精神层面两个大的视角进行总结。

思考与练习

一、单项选择题

1. "民以食为天"这句话最早出自下列哪部典籍？（　　）

A. 《建国方略》　　　B. 《随园食单》　　　C. 《史记》　　　D. 《齐民要术》

2. 下列哪位思想家最早提出了"养生"这一说法？（　　）

A. 老子　　　　　　B. 孟子　　　　　　C. 孔子　　　　　　D. 庄子

二、多项选择题

1. 下列哪些说法是《黄帝内经》一书提出的关于饮食结构的主张？（　　　）

A. 五谷为养　　　　　　　　　　　B. 五果为助

C. 五畜为益　　　　　　　　　　　D. 五菜为充

E. 五味为首

2. 下列关于中国饮食文化特征的描述，哪些是符合实际的正确说法？（　　　）

A. 烹饪以动物性食材为主　　　　　B. 特别注重四季食补、医食同源

C. 进食最常用的工具是筷子　　　　D. 通行分餐制

E. 喜食冷餐

三、填空题

1. 中国人最常用的进食工具是（　　　）。

2. "食色，性也"这句话出自中国古代典籍（　　　）一书。

四、名词解释

1. 饮食文化。

2. 天人合一。

五、简答题

1. 中国饮食文化的基本特征有哪些方面？

2. 简述中国广义饮食文化与狭义饮食文化的含义，并厘清两者之间的区别。

3. 怎样理解饮食养生是中国饮食文化的主要特征之一？

项目二
中国饮食文化源流

项目导读

博大精深、丰富多彩的中国饮食文化，之所以能够以其蕴意深厚而成为中国传统文化宝库中最有个性特色的一个重要组成部分，是因为它本身经历了一个与华夏人类生命发展史相同的久远过程。在这个过程中，中华民族的祖先在长期与大自然的斗争中，为了维持生命的繁衍与延续，运用自己的聪明才智和辛勤劳动，不仅创造了多种多样的食物资源，而且发明了丰富多样的加工方法与饮食艺术。因此，我们可以说，中华民族的形成与发展史以及五千年的文明史无不与中国饮食文化的发展有着密切的关系。

学习目标

了解中国饮食文化发展时期的划分，掌握中国饮食文化各个发展时期的历史情况与特点、特征，从而对中国饮食文化的起源与发展过程有一个系统的认识与把握，增强对学习、弘扬中国饮食文化重要性的认识。通过本项目的学习，加深对中国饮食文化的理解与把握，掌握中国饮食文化在各个阶段的发展背景与特征，并在此基础上能够把饮食文化内容运用到现代餐饮经营的品牌创意中去。

思维导图

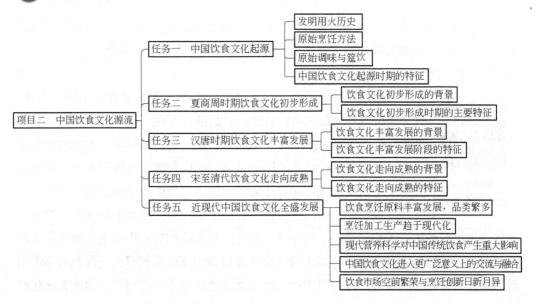

📖 **案例导读**

我国历史上最早的一组名菜——周代八珍

在古文献《礼记》中，记载了 2000 多年前的一组名菜的珍贵资料，菜肴共八种，对八种食品的原料、调料、烹制工艺乃至炊器及注意事项都有具体的介绍。此书为西汉人戴圣所编定，是采辑先秦旧籍有关春秋前后君王贵族生活行事制度的记载，是研究先秦贵族社会生活制度和儒家思想的重要历史文献。

《礼记·内则》中详细记载的"名菜"是："淳熬"，为稻米肉酱盖浇饭；"淳母"，为黍米肉酱盖浇饭；"炮豚"，为烧、烤、炖小乳猪；"炮牂"，为烧、烤、炖小羊；"捣珍"，为脍肉排，一说为早期肉松；"渍"，为香酒浸泡牛羊肉；"熬"，为五香牛羊肉干；"肝膋"，膋（辽），泛指脂肪，为烤网油包狗肝。

周代八珍，其烹饪技艺已达到较高的水平。淳熬、淳母中已懂得熬制肉酱；炮豚、炮牂都是整只烹烤，保持内外熟度一致；捣珍，已懂得选用动物脊侧的嫩肉；制作渍时，讲究肉要切薄；肝膋中强调用肠油来包肝烤制。周代八珍，多种烹饪工艺和方法的结合，在中国饮食史上抒写了辉煌的篇章。

（根据《礼记》整理）

案例分析

1. 分析我国最早的八大名菜的原料使用情况。
2. "周代八珍"的原料使用和工艺技能可以说明哪些问题？

任务一　中国饮食文化起源

饮食活动是人类与生俱来的事情，但是，饮食文化却是人类在与大自然和谐相处中有目的创造与积累的结果。著名法国人类学家施特劳斯有一个著名的公式：生食/自然＝熟食/文化。

**视频 2-1
人类饮食起源**

按照这样的理论来说，人类的饮食文化是从熟食开始的。当然，这并非说熟食之前人类没有创造性的活动存在，比如获取食物方法的进步、加工工具的改进等。但毕竟，熟食的开始加速了人类的文明进程，是具有划时代意义的标志。中华民族的繁衍过程与发展历史也是如此。中国饮食文化有着悠久漫长的形成历史与发展历程。在其整个发展过程中，中国饮食文化以创造华夏文明史的中华民族及其祖先为主体，以祖国的物产为物质基础，以中华民族在历史演进的时序中所进行的饮食生产与消费的一切活动为基本内容，以不同时期饮食活动中烹饪器械和烹饪技艺的不断出新为文化物质财富的发展主线，以中国人在饮食消费活动中的各种文化创造为文化精神财富的表现形态，由简而繁，由少而多，并且在不同时代的跌宕起伏中与时俱进，形成了宽广深厚的历史文化积淀。

一、发明用火历史

人类的熟食起源，直接的因素就是火的使用。人类火的使用年代非常久远，而且是经历了一个从"自然王国"到"自由王国"的过程。人类真正能够进入稳定的熟食阶段，应该是从火种的发明与掌握开始的。据中国考古学家的研究成果表明，我国云南省的元谋人早在距今180万年前，就进入了用火的时期。这以云南省元谋县的古文化遗址中发现的大量的炭屑和两块被火烧过的黑色骨头化石为证。据此，很多学者认为，至少在距今180万年以前的元谋人已经发现甚至可能学会利用火了，但还没有证据表明当时的人类已经开始了用火熟食的生活。

历史学研究表明，人类以火熟食，起初并非出于自觉。雷火燃起大片森林，许多动物未及逃脱而被烧死，先民于火烬中发现烧熟的动物肉，食后觉得其味道美于生吞活剥，后来经过在自然大火中的反复食物尝试，逐渐认识到了火与熟食的关系与功能。由此，人类开始了对自然火的控制与保存，有意识的熟食从此开始。

研究结果表明，华夏人类发明钻木取火并开始真正意义上的用火熟食，至少已有50多万年的历史，在北京周口店地区的原始人遗址中，发现了大量的灰烬层和许多被烧过的骨头、石头等，被称为最原始的"庖厨垃圾"。中国考古学家据此认为，在距今50多万年的北京猿人已经能够发明火、管理火以及自由地用火熟食了。

用火熟食，使人类从此告别了茹毛饮血的饮食生活，是人类最终与动物划清界限的重要标志。恩格斯在《自然辩证法》中指出了人类用火熟食的意义："（人类用火熟食）更加缩短了消化过程，因为它为口提供了可说是已经半消化了的食物。"并认为："可以把这种发现看作是人类历史的发端。"所以说，人类用火熟食既是一场人类生存环境的大革命，也是人类第一次对自然能源开发利用的开端。用火熟食标志着人类从野蛮走向文明，用火熟食结束了人类"茹毛饮血""生吞活剥"的生食状态，使自身的体质和智力得到更迅速的发展。而对于中国的饮食发展史来说，中国人用火熟食孕育了最原始的烹饪技术，奠定了华夏民族饮食史上一大飞跃的物质基础，中国饮食文化与烹饪技艺的历史由此展开。

虽然有考古资料证明中国人用火熟食的历史年代，但直到文字发明之前是没有历史记载的，这被称为史前文明。人类史前的用火熟食，实际上就是先民以烧、烤方法为主的熟食阶段。人们把利用各种方法得来的食物，放到火上或火中直接进行加热，就是今天的烧、烤方法。

从人类早期食物原料及其获取方式上看，当时先民们的食物原料来自自然生长的东西，获取的方式主要是采集和渔猎，也就是在不同的季节中采集植物的果根茎叶，

图 2-1　原始社会狩猎

集体外出用石块、石球、木棒等围猎豪猪、狼、竹鼠、獾、狐、兔、洞熊、野驴等动物。尤其引人注目的是，在山西朔县、下川、沁水等旧石器文化遗址中出土了石簇等原始人制作的捕猎工具，表明在距今 3 万年前，我们的先民已开始使用弓箭这样的高级捕猎工具，使人类获取动物肉食的效率大大提高了。

　　如果从调味方面来看，旧石器时代晚期的先民们已经开始采集食用野生蜂蜜和酸梅了，也可能已经使用天然盐了，但文献和考古发现中并无先民用它们来调味的证明。当时人们的饮食极其简单，直接生食或熟食，目的是维持生命，在物质文明还未达到产生审美的高度时，人们的饮食主要是为了充饥果腹，根本谈不上美味享受。当时的进食方式也很简单，主要是直接用手抓食，可能配有一些砍砸器、刮削器或尖状器具，以有助于吸食骨髓、汤汁和剔净残肉等行为。

二、原始烹饪方法

　　在整个原始社会及其原始社会以前很长的时间里，我们的先祖在用火熟食活动中，大致经历了火烹熟食、石烹熟食和陶烹熟食三个阶段。

视频 2-2
中国饮食萌芽
的产生条件

（一）火烹熟食阶段

　　火烹就是把裸体的食物直接置于火上进行熟制。这是人类学会用火后最先采用的烹饪方法。具体的方法有古文献记载的将食物架在火上的燔、烤、炙、煨等。不过由于此时人们对于火候的掌握水平非常差，所加工成的熟食质量相当差，不是半生不熟，就是烧焦烤煳，没有美味可言，但较之生食还是美味好吃多了。

（二）石烹熟食阶段

石烹是原始人类利用石头、石器为传热媒介，把食物加热成熟的方法，主要有"石煨""石燔""石煮"等熟食方法。石煨，就是把食物埋入烧热的石子堆中，最终使食物加热成熟的方法。至今流行在山西民间的"石子馍"就具有远古先民"石煨"的遗风。石燔，就是把食物放在烧热的石板上烙熟食物的方法，古籍资料有"石上燔谷""石上燔肉"的记载，至今我国许多少数民族地区仍有在石板上烙烤肉食的习俗。石煮，就是在掘好的坑底铺垫兽皮（地处黄土高原不铺垫兽皮也可以），然后将水注入坑中，再将烧红的石子不断地投入水中，水沸而使食物成熟。近几年来餐饮酒店流行的"桑拿花蛤"等菜肴制作，就是利用了石子传热的方法，颇有古代石烹遗风。

（三）陶烹熟食阶段

陶烹就是人们发明了陶制器具以后，运用陶器炊具进行加热把食物加热成熟的方法。根据考古研究表明，早在距今约 1.1 万年以前，中国人就发明了陶器。陶器的发明虽然是一个漫长的过程，但始于与饮食有关的活动是毫无疑问的。早在陶器发明之前，人们发明了"炮"的烹饪方法，就是用黏性的黄土把整个食物包裹起来，放在柴火上烧烤，这样做的结果就是先民利用中介传热的开始，包裹后的食物在烧烤中受热均匀，不致烤焦。而烧烤后泥土包裹层的板结，就是陶制器具的滥觞。

我们的祖先通过包括"炮"的方法加热熟食使泥土凝结在内的长期的劳动实践发现，被火烧过的黏土会变得坚硬如石，不仅保持了火烧前的形状，而且坚固不易水解。于是人们就试着在荆条筐的外面抹上厚厚的泥，风干后放入火堆中烧，待取出时里面的荆条已化为灰烬，剩下的便是形成荆条筐形状的坚硬之物了，这就是最早的陶器。先民们制作的陶器，绝大部分是饮食生活用具。在距今 7500~8000 年前的河北省境内的磁山文化遗址中，发现了陶鼎。至此，中国先民进入了陶烹时期，这也标志着严格意义上的烹饪开始了。在此后的河姆渡文化、仰韶文化、大汶口文化、良渚文化、龙山文化等遗址中，都发现了为数可观的陶制的炊煮器、食器和酒器等。在河姆渡遗址和半坡遗址中，发现了原始的陶灶，足以说明早在六七千年以前中国先民就能自如地控制明火，进行烹饪了。陶烹是烹饪史上的一大进步，是原始烹饪时期里烹饪技术发展的最高阶段。

中国的原始陶器，发明时间与发明人史学研究者众说纷纭，我们不作讨论。据《事物纪原》引《古史考》说："黄帝始造釜甑，火食之道成矣"。又说"黄帝始蒸

图 2-2　甑

谷为饭""烹谷为粥"。最早的夹砂炊器都可以称为釜，古代人们说它是黄帝开始制造的，也就是说，黄帝拥有陶器的发明权。对于中国菜肴的制作技术与烹饪方法的发展进步而言，陶釜的发明具有第一位的重要意义，后来的釜不论在造型和质料上产生过多少变化，它们煮食煮肴的原理却没有改变。更重要的是，釜具有领陶制炊具之先河的作用，后来人们制作的许多其他类型的炊具，几乎都是在陶釜的基础上发展改进而成的，例如甑的发明便是如此。

陶甑的发明使得人们的菜肴加工技术与饮食生活又发生了重大变化。运用釜对食肴进行熟制是直接利用火的热能，把食物放到里面加热而成熟的，这就是人们习以为常的"煮"法。而甑在烹饪食肴时，则是利用火把甑底部的水烧热后产生的蒸汽能，把食肴制熟的方法，就是"蒸"法。有了"甑"器，蒸作为烹饪手段由此诞生，人们不仅使食肴的加工方法进一步增多，更重要的是人们进入了对蒸汽的利用时代，而且运用蒸的方法人们可以获得较之煮制食肴更多的馔品。

我们相信，陶器的发明、创造过程是经历了一个相当漫长的时间的，并非后人想象的那样简单。陶烹阶段在时间上与火烹阶段和石烹阶段相比要短得多，但它却处于原始社会生产力发展最高水平时期，从原始先民的饮食生活质量角度而言，陶烹阶段大大地超过了火烹与石烹两个阶段。而原始农业和畜牧业的出现，粟、稻、芝麻、蚕豆、花生、菱角等农作物的大量栽培，一些人工种植的蔬菜进入人们的饮食活动之中，牛、羊、马、猪、狗、鸡等的大量养殖，加之弓箭、渔网等工具的发明和不断改进，这一切使原始先民饮食活动所需的烹饪原料要比采集和渔猎更为可靠和丰富，这些都为陶烹阶段的大发展提供了物质条件。

三、原始调味与筵饮

根据考古资料与文献记录表明，中国饮食文化在这一时期，饮食烹饪中有意识的调味开始出现了，此时人们已学会用酸梅、蜂蜜等调味。由于陶器的发明和普遍使用，使人们在运用陶器熟食时，发现许多不同的烹饪原料间的混合加热会产生妙不可言的美味。特别是陶器的发明，使"煮海为盐"有了必要的生产条件，用盐调味的技术应运而生。

也正是由于陶制器具的发明，酿酒条件已经具备，仰韶文化遗址中出土的陶质酒器表明，早在7000多年前，先民们已经初步掌握了酿酒。酒不仅可以直接饮用，而且也可以作为调味品进入人们的烹饪活动中。至此，以中国烹饪为标志的饮食文明进程，完成了真正意义上的"熟食"，进入了进一步完善形成的时期。

　　与此同时，中国人的筵饮活动也是在这一时期产生的。中国远古时期人类最初过着群居生活，共同采集狩猎，然后聚在一起共同享受劳动成果。进入陶烹阶段后，人们开始农耕畜牧，在丰收时仍要相聚庆贺，共享美味佳肴，同时载歌载舞，抒发喜悦之情。《吕氏春秋·古乐篇》有云："昔葛天氏之乐，三人操牛尾，投足以歌八阕。"当时聚餐的食品要比平时多，而且有一定的就餐仪式和程序。另一方面，当时人们对自然现象和灾异之因了解甚少，便产生了对日月山川及先祖等的崇拜，从而产生了祭祀。在生产力水平低下的时期，人们认为食物是神灵所赐，祭祀神灵则必须用食物，一是感恩，二是祈求神灵消灾降福，获得更好的收成。祭祀后的丰盛食品常常被人们聚而食之。直至酿酒出现后，这种原始的聚餐便发生了质的变化，从而产生了以聚餐为主要目的的筵饮活动，这就是中国筵席的发端。中国最早有文字记载的筵宴，是虞舜时代的养老宴。

四、中国饮食文化起源时期的特征

视频 2-3
中国饮食萌芽
时期的特点

　　综上所述，中国饮食文化在诞生与起源的时期，归纳起来可以看出有以下几个明显的特征。

　　首先，在整个中国饮食文化史中，萌芽阶段的发展历程可谓最为漫长、最为艰难。从火的发现、利用到发明，从火烹、石烹到陶烹，从采集、渔猎到发明原始种植业、养殖业，不仅凝结着原始先民们发明创造的血汗和智慧，而且也说明生产力的低下是阻碍烹饪、饮食文明发展变革迅速的根本原因。

　　其次，用火熟食和陶器的发明，使中国进入了原始烹饪阶段，而这正是中国饮食文化发展的重要里程碑，它们不仅结束了人们茹毛饮血的时代，更重要的是使中国社会文明出现了一次大飞跃，促进了华夏民族真正意义上的人类文明进程。

　　再次，陶器的发明使用与众多类型器具的创造，使原始烹饪进入了调味阶段，增加了烹饪的技术含量。而且，陶器的广泛使用为调味品的生产，如食盐、酒、醋等创造了物质条件，加快了中国饮食文化起源阶段的进程。

　　最后，大量美味食物用于祭祀活动，使聚餐活动进入有意识的阶段，筵席的原始模式诞生。而剩余食物与使用陶器的结果，使酒的生产诞生，为聚餐的筵席活动增加了有益的成分，开始了传统至今的宴饮形式。

任务二　夏商周时期饮食文化初步形成

　　中国饮食文化发展的脚步，在历经夏、商、周近 2000 年的时间里，积累渐渐丰富，且日趋完善，出现了中国饮食文化发展史上的一个高潮阶段。这一时期中国饮食文化初步定型，烹饪原料得到进一步扩大和利用，炊具、饮食器具已不再由原来的陶器一统天下，青铜制成的烹饪器具和饮食器具在上层社会中已成主流，烹调手段出现了前所未有的成就。许多政治家、哲学家、思想家和文学家在他们的论著和作品中表达出了自己的饮食思想，中国饮食养生理论已现雏形。这一时期，可谓中国饮食文化的初步形成时期。

一、饮食文化初步形成的背景

（一）农业、养殖业的发达丰富了食物来源

视频 2-4
饮食文化初步形成的历史背景

进入我国第一个奴隶社会的夏朝，中国已出现了以农业为主、捕获渔猎为辅的混合型经济形态，农业生产已有了相当的发展。《夏小正》中有"囿有见韭""囿有见杏"的记录，这是我国关于园艺种植的最早记载。后来的商王朝对农业的发展也相当重视，殷墟卜辞中卜问收成的"受年""受禾"数量相当多，而且已经有了关于先民经常进行农业生产方面祭祀活动的记录，商王还亲自向"众人"发布大规模集体耕作的命令。据记载，当时祭祀所用的牛、羊、豕（猪）经常要用上几十头甚至几百头，最多一次用量达到了上千头，说明商王朝不仅重视畜牧业的发展，而且成果显著。否则，一次祭祀活动怎么能够使用数百乃至上千的家畜呢？

到了周代，统治者对农业生产的重视程度与夏、商统治者相比可谓更胜一筹，相传周之先祖"弃"（即后稷）就是农业的发明人。周天子每年春天都要在初耕时举行"藉礼"，亲自下地扶犁耕田。据记载，当时农奴的集体劳动规模相当大，动辄上万人，而周天子的收获也十分可观。进入春秋战国时期，各国为了富国强兵，没有一个封国不把农业放在首位的。齐国宰相管仲特别提出治理国家最重要的是"强本"，强本则必须"利农"。"农事胜则人粟多""人粟多则国富"等，类似的阐述在《管子》一书中多有记述。这一时期，新的农业生产技术也不断出现，如《周礼》记载的用动物骨汁汤拌种的"粪种"、种草、熏杀害虫法等。战国时期，我国铁制农具的出现和牛耕方式的普遍推广，使荒地大量被开垦，生产经验的总结上升到理论高度，出现了中国早期的农业生产理论。由于统治者对农业生产的重视，当时还出现了以许行为首的农家学派。而畜牧业在当时也很发达，养殖进入了个体家庭，考古发现当时的中山国已经能够养殖淡水鱼。农业的发达，养殖畜牧等副业的兴旺，为烹饪加工技术的进步与饮食文化的发达创造了优越的物质条件。

（二）手工业的发达促进了饮食器具的生产

小手工业技术在我国的夏商周时期兴旺发达，呈现出分工越来越细、生产技术越来越精、生产规模越来越大、产品的种类越来越多的特点。夏代已开始了陶器向青铜器的过渡，夏代有禹铸九鼎的传说，商、周两代的青铜器已达到炉火纯青的程度。像商代的后母戊鼎（原称司母戊鼎），其高 137 厘米，长 110 厘米，宽 77 厘米，重达

875千克，体积之大，铸造工艺之精良，造型之大方优美，堪称空前。1977年出土于河南洛阳北窑的西周炊具铜方鼎，高36厘米，口长33厘米，宽25厘米，形似后母戊鼎，四面腹部和腿上部均饰饕餮纹，实乃精美之杰作。而战国时发明的宴乐渔猎攻战纹壶，以宴飨礼仪活动、狩猎、水陆攻战、采桑等内容为饰纹。当时的晋国还用铁铸鼎。不过，这些精美的青铜器都是贵族拥有的东西，广大农奴或平民还是使用陶或木制的烹煮、饮食器具。在河北藁城台西村发现的商代漆器残片说明，最迟在我国的商代已出现了漆器，至春秋战国时，漆器已相当精美，其中餐具饮具的种类也数量不少。

图2-3 后母戊鼎

（三）盐业、酿酒与饮食市场向规模发展

典籍《尚书·禹贡》中把食盐列为青州的贡品，说明当时山东半岛沿海生产海盐已很有名气。春秋战国时期盐业生产已经相当发达，齐国宰相管仲设盐官专管煮盐业。据《管子》一书记载，不但"齐有渠展之盐"，而且"燕有辽东之煮"，证明其时整个渤海湾已经成为中国盐业的生产基地。据《周礼·内则》记载，当时还有一种"卵盐"，即大粒盐也出现了。一般来说，大颗粒盐不是煮的，而是晒出来的，实际上《管子》一书记载的"齐有渠展之盐"，根据文字表述应属于晒制的粗盐。食盐的大量生产为烹饪调味提供了优质的调味品。

根据历史资料，我国夏、商两代的酿酒业发展很快，这主要是由于统治者好饮嗜酒的缘故，正所谓"上有所好，下有所造"。《墨子》一书中说，夏启"好酒耽乐"，《说文解字·巾部》中记述说夏王少康始制"秫酒"，而《尚书·无逸》及《史记·殷本纪》中都讲到了殷纣王糜烂的生活，曾作"酒池""肉林"，且"为长夜之饮"。可见，夏商时期的酿酒业是在统治者为满足个人享乐的欲求中畸形发展起来的。据范文澜主编的《中国通史》中论述，商代手工业奴隶中，有专门生产酒器的"长勺氏""尾勺氏"。至周初，统治者们清醒地意识到酒给商纣王带来的亡国之灾，所以对酒的消费与生产都作出过相当严格的控制性规定，酿酒业在周初的发展较为缓慢，当然，这并不意味着统治者们对酒"敬而远之"，周王室设立专门的官员"酒正"来"掌酒之政令"，"辨五齐（剂）之名"。《礼记·月令》总结出酿酒必须注意的六个要点，用今天的酿酒科学来衡量，这六个要点的提出还是相当有道理的，尤其是其中提到的利用"曲"的方法，这可以说是我国特有的方法。

从夏朝开始经过商、西周发展到战国时期，我国的商业已有了一定水平的发展。相传夏代王亥创制牛车，并用牛等货物和有易氏做生意，经专家考证，商民族本来有从事商业贸易的传统，商代灭亡后，殷商遗民更以此为业。西周的商业贸易在社会中下层得以普及，春秋战国时期，商业空前繁荣，当时已出现了官商和私商，东方六国的首都大梁、邯郸、阳翟、临淄、郢、蓟都是著名的商业中心。尤其是在齐国的首都临淄，"甚富而实，其民无不吹竽鼓瑟、弹琴击筑、斗鸡走狗、六博蹴鞠。临淄之涂，车毂击，人肩摩，连衽成帷，挥汗成雨"。商业的发达，不仅为烹饪原料、新型烹饪工具和烹饪技艺等方面的交流提供了便利，同时也为餐饮业提供了广阔的发展空间。

（四）饮食礼仪、饮食养生理论趋于完善

从夏商两代至西周，奴隶制宗法制度形态已臻完备。周代贯穿于政治、军事、经济、文化活动的饮食之礼构成了宗法制度中至关重要的内容，而周王室建构的表现为饮食之礼的饮食制度，其目的就是通过饮食活动的一系列环节，来表现社会阶层等级森严、层层隶属的社会关系，从而达到强化礼乐精神、维系社会秩序的效果。因此西周的膳食制度相当完备，周王室以及诸侯大夫都设有膳食专职机构或配置膳食专职人员保证执行。据《周礼·天官冢宰》载，总理政务的天官冢宰，下属59个部门，其中竟有20个部门专为周天子以及王后、世子们的饮食生活服务，诸如主管王室饮食的"膳夫"，掌理王及后、世子们饮食烹调的"内赛"，专门烹煮肉类的"享人"，主管王室食用牲畜的"庖人"等。春秋战国时，儒家、道家都从不同的角度肯定了人对饮食的合理要求，具有积极意义。如《论语》提到的"食不厌精，脍不厌细""割不正不食""色恶不食"；《孟子》提出的"口之于味，有同嗜焉"；《荀子》提出的"心平愉则疏食菜羹可以养口"；《老子》提出的"五味使人口爽""恬淡为上，胜而不美"等，所有这些都对烹饪技艺与饮食养生理论的形成起到了促进作用。阴阳五行学说具有一定的唯物辩证因素，成为构建饮食养生思想体系和医疗保健理论的重要理论依据，以至于成为指导后世发展饮食养生理论与实践的关键所在。

二、饮食文化初步形成时期的主要特征

中国饮食文化在这一时期创造了辉煌的成就，从物质层面与技术体系方面看，主要表现在烹饪工具、烹饪原料、烹饪技艺、美食美饮

等的发展，从精神层面看，则主要表现在诸子百家所提出的饮食思想体系与饮食养生观念以及食疗食治理论等的建立。

（一）烹饪工具与食器种类增多

烹饪灶具、用具与饮食器具由原来的陶质过渡到青铜质，这是本阶段取得的伟大成就之一。但要强调的是，青铜器并没有彻底取代陶器，在夏、商、周时期，青铜器和陶器在人们的饮食生活中共同扮演着重要角色。保留至今的青铜质或陶质烹饪器具形制复杂，种类多样。

图 2-4　鬲　　　　　　　　　　　图 2-5　甗

图 2-6　簋 　　　　　　　　　　　图 2-7　豆

当时的烹饪器具及食器主要有鼎、鬲、甗、簋、豆、盘、匕等。鼎，是远古先民重要的烹饪食器和食器，也是最有代表性的烹饪工具，它从"调和五味之宝器"到天子列鼎而食，发展到后来成为国家和统治者最高政治权力的象征。古代的鼎种类繁多，不仅有大小之分，而且还有不同的形状，如牛、羊、豕、鹿等形。鬲，是商周王室中的常用饪食器之一。《尔雅·释器》说它是"鼎款足者谓之鬲"，其作用与鼎相似。甗，是商周时的饪食器，相当于现在的蒸锅，是最早的蒸器之一。全器分上下两

部分：上部为甑，放置食物；下部为鬲，放置水。主要流行于商代至战国时期，尤其是盛行于商周王室的饮食生活中，至汉代和鬲一起绝迹。簋，传统说法指盛煮熟的黍、稷等饭食之器，是用来盛饭的器具。商周王室在宴飨时均为席地而坐，而且主食一般都用手抓，簋放在席上，帝王权贵们再用手到簋里取食物。豆，圆底高足，上承盘底，《说文》中是它是"古食肉之器也。"实际上，豆在古代的用途较为广泛。《周礼·冬官》中云："食一豆肉，饮一豆羹，得之则生。"表明在一般平民的生活中，陶豆既是食器，又是饮器。盘，周代常用来盛水，多与匜配套，用匜舀水浇手，洗下的水用盘承之。但早先是饮食或盛食器。匕，是夏、商、周三代时期餐匙一类的进食器具，前端有浅凹和薄刃，有扁条形或曲体形等，质料有骨质、角质、木质、铜质、玉质等。

酒器是夏、商、周时期人们用以饮酒、盛酒、温酒的器具。在先秦出土的青铜器中，酒器的数量是最多的，商代以前的酒器主要有爵、盉、觚等。商代以后，陶觚数量增多，并出现了尊、觯等。商代，由于统治者嗜酒之故，酿酒业很发达，因而酒器的种类和数量都很可观，至周初，酒器形、质变化不大，而数量未增。春秋以后，礼坏乐崩，酒器大增，且多为青铜所制。

图 2-8　爵　　　　　　　　图 2-9　盉　　　　　　　　图 2-10　觚

烹饪技术的发达与否，与加工工具关系密切。考古中发现在我国的夏代已有青铜刀具，商代妇好墓中也有发现，但是否为烹饪专用还不能肯定。从兵器刀、剑及古籍记载中推测，烹饪专用青铜刀也应该在使用中了。

考古成果表明，这一时期还有俎、盘、匜、冰鉴等一些其他的辅助性烹食器具。俎是用以切肉、盛肉的案子，常和鼎、豆连用。在当时俎既用于祭祀，也用于日常饮食。一般用木制，少量礼器用青铜制作。盘和匜是一组合食器，贵族们用餐之前，由专人在旁一人执医❶从上向下注水，一人承盘在下接，以便洗手取食别的食物。冰鉴

---

❶ 医，《周礼》中记载的"六饮"之一，指"带糟的酒"。

是用以冷冻食物饮料的专用器，先民在冰鉴中盛放冰块，将食物或饮料置其中，以求保鲜，是我国发现最早的冷藏设备。

（二）烹饪原料品种日益繁多

视频 2-6
饮食文化初步
形成时期的
特点（二）

这一时期的烹饪原料不断丰富，从考古发现和古籍中归纳，按类别可分为植物性、动物性、加工性、调味料、佐助料五大类原料。

当时的植物性原料主要有粮食、蔬菜、果品之分。进入夏商周时期，粮食作物可谓五谷俱备。从甲骨文和夏商周时期的一些文献记载看，当时已有了粟、粱、稻、稷、黍、秫、苴、菽、麦等粮食作物，说明夏商周时期的农业生产已很发达。从《诗经》等夏商周时期文献记载看，夏商周的农业生产工具、技术和生产能力的提高，对蔬菜的种植起到了极大的推动作用，蔬菜的种植已具规模，从品种到产量都大有空前之势。当时先民所种植的蔬菜品种已有很多，如蔓菁、萝卜、芥、韭、薇、茶、芹、笋、蒲、芦、荷、茆、苹、菘、藻、苔、荇、芋、蒿、蒌、葫、萱、瓠、苋等 20 多种。夏商周时的水果已经成为上层社会饮食种类中很重要的食物，水果已不再是充饥之物，在当时已有了休闲食品的特征。像桃、李、梨、枣、杏、栗、杞、榛、棣、棘、羊枣、山楂等水果已成为当时人们茶余饭后的零食。这不仅说明了当时上层社会饮食生活较之原始时期已有很大改善，也说明了夏商周的种植业已有很大发展。

夏商周时期的动物性原料有畜禽、水产和其他之分。人们食用的动物肉主要源于养殖和渔猎，在当时，养殖业比新石器时代有很大的发展，从养殖规模、种类和数量上看，都达到了空前的高水平，但是，人们仍将渔猎作为获取动物类原料的重要手段之一，有两个很重要的原因：一是当时的农业生产水平还不能达到能真正满足人们的饱腹之需，这就制约了人们大力发展养殖业的能力和规模；二是当时祭祀活动中祭祀所需动物肉类食物的数量已到了与人夺食的程度，仅仅依赖养殖的方法去获取肉类食物是不行的。因此，夏商周时的肉类食品中有相当一部分源于捕猎。所以，在今人看来，夏商周时人们食用的动物类品种就显得很杂，研究成果表明：当时的畜禽类有牛、羊、豕、狗、马、鹿、猫、象、虎、豹、狼、狐、狸、熊、罴、麋、獐、獾、豺、貉、羚、兔、犀、野猪、鸡、鸭、鹅、鸿、鸽、雉、凫、鹑、鸨、鹭、雀等；水产类有鲤、鲂、鳏、鲔、屿、鳟、鳢、鲋、鳝、江豚、鲖、鲍、鲽、龟、鳖、蟹、车渠、虾等。此外还有蜩、蚁、蚰、范、乳、卵等。

夏商周时期，特别是周代，统治者对美味的追求极大地促进了调味品的开发和利用，出现了很多调味品，诸如盐、醯（醋）、醢（肉酱）、大苦（豆豉）、醷（梅浆）、蜜、饴（蔗汁）、酒、糟、芥、椒（花椒）、血醢、鱼醢、卵醢（鱼子酱）、蚍醢（蚁卵酱）、蟹酱、蜃酱、桃诸、梅诸（均为熟果）、芗（苏叶）、桂、蓼、姜、苴莼、茶等。其实当时的调味品还不止这些，如《周礼·天官·膳夫》中说，仅供周王室食用的酱就多达 120 种。

除此之外，还有如稻粉、榆面、菫、粉、鲍、牛脂、膏臊、膏腥、膏膻、网油、大豆黄卷、白蘗、干菜、腊、脯、干鱼、鲜、熊蹯等其他一些丰富多彩的食物原料等。

（三）烹饪技艺日趋精细成熟

夏商周时期，随着陶器向青铜器的过渡以及烹饪原料的扩大，烹饪技法有了进一步的创新，如类似后世红烧之法的膴、醋烹意义的酸、带有烹汁的濡，以及炖法、羹法、面法、范法、脯腊法、醢法等。尤其由于金属烹饪器具的使用，具有中餐烹饪特色的煎、炸、熏、炒开始出现，这是一个巨大的飞跃。《周礼》提到的八珍中的"炮豚"等菜肴，又开创了用炮、炸、炖等多种方法烹制菜肴的先例，对后代烹饪技艺的发展具有重大的影响。

在当时，掌握刀工技术是对厨师必不可少的普遍性要求，从而促进了烹饪刀割技术水平的提高。《庄子·养生主》中有一个著名的寓言"庖丁解牛"，描述当时庖丁的宰牛之技出神入化，很生动地反映出当时厨师对刀工技术的理想化要求，可以视为当时厨师对刀工技术重要性与技巧性的认识。厨师在实践中也不断总结运刀经验，如《礼记·内则》中有"取牛肉必新杀者，薄切之，必绝其理"的记载，就是这方面的具体反映。

这一时期，人们通过长期的饮食生活实践，在烹饪原料的认知与使用方面总结出了一整套的经验和规律。例如，在动植物性原料选取方面以及酿酒方面，《礼记·内则》中就记载了不少当时人们总结出的宝贵经验。与此同时，在人们对烹饪原料及其内在关系的科学把握基础上，提出了应根据自身特点及相生相克关系对烹饪原料进行季节性的合理搭配。如《礼记·内则》记载："脍，春用葱，秋用芥；豚，春用韭，秋用蓼；脂用葱，音用薤、和用醢，兽用梅。"又《周礼·天官·庖人》中说："凡用禽献，春行羔豚，膳膏芗；夏行腒鱐，膳膏臊；秋行犊麛，膳膏腥；冬行鱼羽，膳膏膻"等，不一而足。

《论语·乡党》中说："不得其酱不食。"食酱，是当时人们饮食生活中一个重要的内容，既是当时延伸调味的要求，也可以说是"礼"的规范。正由于统治者对美味的重视，调味就成为当时厨师的必备技能。《周礼·食医》中说："凡和，春多酸，夏多苦，秋多辛，冬多咸，调以滑甘。"这就是当时厨师总结出的在季节变化中的运作规律。而《吕氏春秋·本味》所论则更为精妙，认为调味水为第一。说"凡味之本，水为之始"，而调制时，则"必以甘酸苦辛咸，先后多少，其齐甚微，皆有自起。"在当时，掌握烹饪调味手段既是一门技术，又是一门艺术，因为"鼎中之变，精妙微纤。口弗能言，志弗能喻。"这样制出的菜肴才能达到"久而不弊，熟而不烂，甘而不浓，酸而不酷，咸而不减，辛而不烈，淡而不薄，肥而不腻"的效果。

烹饪技艺的发达与此时众多的名厨大师不无关系。相传夏代的中兴国君少康曾任有虞氏的庖正之职。伊尹是商汤之妻陪嫁的媵臣，烹调技艺高超，而商汤因其贤能过人，便举行仪式朝见他，伊尹从说味开始，谈到各种美食，告诉商汤，要吃到这些美食，就须先成为天子，而要成为天子，就须施行仁政，伊尹与商汤的对话，就是中国饮食文化史上最早的文献《吕氏春秋·本味》。又有易牙，是春秋时齐桓公的幸臣，擅长烹调。传说他制作的菜肴美味可口，故而深受齐桓公的赏识。刺客专诸，受吴公子光之托，刺杀王僚，为此，他特向吴国名厨太和公学烹鱼炙，终成烹制鱼炙的高手，最后刺杀王僚成功，此二人都可称为当时厨界的名家。

（四）饮食结构与宴饮制度形成

在我国秦汉以前的文献资料记载中，"食"与"饮"常常是同时进行的两件事，如《论语·述而》的"饭疏食饮水""吸菽饮水""一箪食，一瓢饮"等。可见，古人吃的一顿饭，至少由"食""饮"两部分构成，成为我国先秦人们最基本、最普遍的饮食结构。

食，在当时就是指人们的主食，如今天所谓的米饭面食之类。《周礼》有"食用六谷"和"掌六王之食"的文字，其中的"食"就是指谷米之食。由于夏商周时期我国对于谷物的粉碎工具尚不普及，无论南方的稻谷，还是北方的粟、粱，抑或是菽，主要是以粒食为主，所以进食时必须配合饮水或汤羹之类的饮品。

饮，在当时就是指人们包括水在内的各种饮品。饮品在夏商周之时有很多，在王室中，主要由"浆人""酒正"之类的官员具体负责。《周礼·天官·浆人》中说："掌供王之六饮：水、浆、醴、凉、医、酏。"其中除了水，其他都是在水里添加了不同数量的米、谷经过酿制或煮制而成的食品，类似今天的酒酿、稀粥、糊葵、米浆之类。不过，这些饮品都是当时王室贵族的杯中之物，平民的"饮"，除水以外，大多是以"羹"为常。最初的羹是不加任何调料的太羹，从《古文尚书·说命》中"若作和羹，尔维盐梅"之句中得知，商代以后的人们在太羹中调入了盐和梅子酱。从周代一些文献记载中得知，当时王侯贵族之羹有羊羹、雉羹、脯羹、犬羹、兔羹、鱼羹、鳖羹等。平民食用之羹多以藜、蓼、芹、葵等代替肉来烹制，《韩非子》中的"粝粢之食，藜藿之羹"之语，描述的正是平民以粗羹下饭的饮食生活实况。《礼记·内则》说："羹、食，自诸侯以下至于庶人无等。"陈澔注说："羹与饭，日常所食，故无贵贱之等差。"可见，食必有饮，是这一时期的一种饮食结构。

夏商周时期，除每日常食之外，随着礼仪制度的建立，筵席宴飨不仅形成制度化，而且非常发达完备。《礼记·王制》记载有虞氏养老用"燕礼"。所谓"燕者，殽烝于俎，行一献之礼，坐而饮酒，以至于醉。"这种直接出于"人伦"的共饮礼俗，是我国最早的筵席形式之一。在商王朝，筵席宴飨一般称为"飨"，王所飨对象主要为王妃、要臣元老、武将、戚属、诸侯、郡邑官员和方国君长。宴飨的重要目的，就是对内笼络感情，即所谓"饮食可飨，和同可观"，融洽贵族统治集团的人际关系。再有就是对外加强与诸侯、郡邑间隶属关系和方国"宾人如归"的亲和交好关系。周代的宴饮不仅频繁，而且宴饮的种类和规矩不尽相同，较为重要的宴饮有：祭祀宴饮，用于祭祀神鬼、祖先及山川日月后的宴饮；农事宴饮，用于耕种、收割、求雨、驱虫等活动中；燕礼，用于家族、亲友相聚欢宴活动；射礼，用于练习和比赛射箭集会间的宴饮；聘礼，用于诸侯相互聘问之礼时的宴饮；乡饮酒礼，用于乡里大夫荐举贤者并为之送行的宴饮；王师大献，用于庆祝王师凯旋的宴饮……

（五）制作精美的菜肴

这一时期，食、饮之外，大凡皇室、官府乃至贵族阶层，举行的宴饮活动，以及在周礼中规定士大夫以上社会阶层的饮食中可以增加"膳馐"，就是我们平常所说的菜肴。所谓膳，是指动物肉烹制的肴馔；而馐，则是熟制的美味食品。周代食礼对士大夫以上阶层明确规定："膳用六牲"。六牲就是牛、羊、豕、犬、雁、鱼，它们是制膳的主要原料。在食礼规定中，膳必须用木制的豆来盛放。不同等级的人在用膳数量上也有区别，《礼记·礼运》中说："天子之豆二十有六，诸公十有六，诸侯十有二，上大夫八，下大夫六。"天子公卿诸侯阶层一餐之盛，由此可见一斑。《礼记·内则》说："大夫无秩膳。"秩，常也。就是说，士大夫虽也可得此享受，但机会不多。天子公侯才有珍馐错列、日复一日的排场。

从文献资料记载看，由于周代烹饪技术的发达，菜肴制作水平得到了很大提高，菜肴制作达到了相当高的精美程度，当时最有代表性菜肴就是《礼记·内则》中记载的"八珍"菜肴。一是淳熬，即用炸肉酱加油脂拌入煮熟的稻米饭中，煎到焦黄来吃；二是淳母，制法与淳熬同，只是主料不用稻米，而用黍米；三是炮，就是烤小猪，用料有小猪、红枣、米粉、调料，经宰杀、净腔烤、挂糊、油炸、切件、慢炖八道工序，最为费工费事；四是捣珍，即用牛、羊、鹿、麋、麇五种里脊肉，反复捶击，去筋后调制成肉酱；五是渍，即把新鲜牛肉逆纹切成薄片，用香酒腌渍一夜，次日食之，吃时用醋和梅酱调味；六是熬，即将牛羊等肉捶捣去筋，加姜、桂、盐腌干透的腌肉；七是糁，即将牛羊豕之肉，细切，按一定比例加米，做饼煎吃；八是肝膋，即取一副狗肝，用狗的网油裹起来经过浸润入味，放在炭火上烤，烤到焦香即成。

显然，周代"八珍"菜肴代表的是北方黄河流域的饮食风味，此外，如《周礼》《诗经》《孟子》等文献所记录的饮食同样具有北方黄河流域的文化特点，主食是黍、粟之类，副食多为牛、羊、猪、狗之类。而以《楚辞》中《招魂》《大招》为代表所记录的主食多为稻米，副食多为水产品，至于"吴醴""吴羹""吴酸""吴酪"等以产地为名的饮食品更体现了长江流域的饮食风格与特点。因此说，在我国的先秦时期，南北饮食的不同风格与流派已经初步形成。

（六）中国饮食养生观念形成

随着夏商周时期礼仪制度的建立健全，上层社会在礼制规定下的饮食结构基于等级享受的前提下，形成了饮食养生的观念与实践。《周礼》在对当时"五谷""六谷""五畜""六牲""五味""六清"的礼食规范不仅是食、饮、膳、馐的具体化，而且把养生之道作为饮食结构的变化依据。这在《周礼·食医》《周礼·酒正》《周礼·籩人》诸文中均有所反映。礼制对养生的强调很大程度上是通过礼数表现的。中国传统的养生之道以"天人合一"为核心，着重突出人与自然的关系，尽管儒、道学说水火不相容，但在这个问题上却是水乳交融的。

礼仪制度在很大程度上强调饮食结构的变化规律，在食礼定制下有两种情况。一是日常饮食的四时变化。古人将烹饪原料的开发利用与顺应天时相结合，使人们的饮食行为更能体现烹饪原料开发利用的四时之变，从客观上达到食礼制度规定下的适时而食，这种变化从烹饪工艺和原料搭配的角度，强调四时的饮食调和规律，六谷、六饮、六膳的提出由此而发。二是从"食医"角度提出的以五行相生相克为依据的四时之变。食礼在很大程度上强调了饮食结构的这种变化规律，在食医看来，配膳、烹调中的五味，当以和为宜。根据五行学说，食物中酸苦甘辛咸分属木火土金水，五行之间有相生、相克、相需、相使的关系。春天酸味需大，夏天苦味需大，秋天辣味需大，冬天咸味需大，但"需大"不等于"过大"，也就是《普济本事方》所说的"五味养形，过则致病"。所以食医认为，当以甘美润滑的调料冲淡它，以免味过伤身。可见，因食调和、适时而食，不仅是中国传统养生观念的重要一面，也是饮食制度的一项重要内容，更是食礼规定下的先民饮食结构的变化依据，甚至可以说是先民饮食结构的应时之变的内力所在。

总之，中国饮食文化初步形成时期与中国灿烂辉煌的青铜器文化时期正可谓同期同步，这一时期由于陶器转向青铜器的变化，生产力的提高，社会经济、政治、思想、文化的全面发展，整体跃上一个新台阶，中国的饮食文化创造了多方面的光辉成就。从烹饪原料增加、扩充、烹饪工具革新、烹饪工艺水平创新提高、烹饪产品丰富精美，到消费多层次、多样化等，都形成了独自的特色和系统，并由此形成了中国传统的饮食养生思想与食疗食治的理论体系，为中国饮食文化的进一步提高发展奠定了坚实的基础。

任务三　汉唐时期饮食文化丰富发展

一般意义来说，中国饮食文化经过夏商周时期的逐步完善，基本形成了一个完整的、具有独特内涵的文化体系，包括物质层面与精神层面的有机结合。从此以后，中国饮食文化进入了 2000 多年的丰富发展阶段。在历经汉唐近千年的健康发展之后，中国饮食文化达到了一个相当高的水平，并在这样的背景下进入了宋代，再经过千年的丰富发展与持续创新，中国饮食文化在清朝时日臻成熟，成为中国民族文化宝库中极其珍贵的部分。

图 2-11　汉唐时期的市

一、饮食文化丰富发展的背景

视频 2-7
饮食文化蓬勃
发展时期的
历史背景

简而言之，从公元前 221 年秦朝建立到公元 960 年唐代的结束，其间历时近 1200 年，中国饮食文化在前期形成初步文化模式的基础上，经历了一个健康发展、不断壮大与丰富内涵的重要时期。这一时期，中国饮食文化承上启下，创造了一系列重要的文化财富，为后来中国饮食文化迈向成熟奠定了坚实的基础。

（一）农业经济高速发展

汉王朝建立后，统治者采取了重农抑商的政策，不仅大力鼓励农业生产，而且大兴水利，在关中平原先后兴修了白公渠、六首渠、灵轵渠、成国渠等，同时还积极推广农业技术，如《氾胜之书》载："以粪气为美，非必须良田，诸山陵近邑，高危倾阪及丘城上皆可为区田。"这对扩大耕地面积，集中有效地利用肥、水条件以获高产是大有成效的。另外，中原引进水稻种植技术，打破了水稻种植仅限于长江流域的局面。一系列的积极措施，使农业生产得到了高速发展。据《汉书》记载，到了汉文帝时候，北方的粟价每石仅"十余钱"，全国上下官仓谷物充盈。东汉年间，在牛耕技术已经普及的同时，统治者加强了水利工程修复和兴建，农业生产水平又有了进一步的提高。魏晋南北朝时期，南方相对稳定，北方先进的农业生产技术南传，使南方水田种植面积扩大，水稻产量远远高于黍、麦。《宋书》就记载说"一岁或稔，则数岁忘饥"。北魏在孝文帝改革后，生产力得到相当大的恢复提高，得以出现《齐民要术》这样的农学巨著。唐王朝开元、天宝年间，农业经济的发展情况更是繁荣昌盛。据史籍记载：当时是"河清海晏，物殷俗阜""左右藏库，财物山积，不可胜数，四方丰稔，百姓殷富"。

我国秦朝时，已有利用地温培植蔬菜的农业技术产生，到了汉代出现了温室栽培技术。利用温室栽培蔬菜，是秦汉时期蔬菜种植技术发展的一项突出成就。西汉以后，中国的对外交流日益增加，以张骞出使西域为代表所开创的"丝绸之路"，使中国与西亚、中亚商贸往来增多，西域的石榴、核桃、苜蓿、蚕豆等传入中国。到了唐代，温室种菜更为普及，或利用温泉水，或利用火热。与此同时，养殖业也前进了一大步。西汉时已经引进驴、骡、骆驼入内地，选择良种配殖家畜。在汉代，大规模陂池养鱼已经出现，唐代创造总结出了混养鲩、青、鲢、鳙的淡水鱼养殖技术。驯养水獭捕鱼之法在唐人写的《酉阳杂俎》中已有记载。从南北养殖鱼种的类别来看，北方以鲤鱼、鲫鱼、鲂鱼为主，南方淡水鱼品种较丰富，除鲤、鲫、鲂之外，还有武昌鱼、鲈鱼、青鱼、草鱼、鳙鱼等。而三国时候吴人沈莹在其所著的《临海水土异录志》中，记载了东南沿海一带出产的各种鱼类等海鲜多达近百种。其中绝大多数品种的海鲜均为当地人民所喜食，广泛地进入家庭食谱，反映了这一时期人类开发利用海鲜资源的能力和烹饪加工技术水平均得到了长足的提高。如今天流行北方的海参烹饪，那时已经成为人们餐桌上的美味佳肴。

（二）工具加工与手工业繁荣发达

汉代，由于冶金技术的发展，青铜冶铸业的地位已经下降，熔炼的铁已用来制造烹饪器具，如刀、釜、炉、铲等。可以说，冶金技术到西汉以达到较为成熟的阶段，河南南阳瓦房庄就出土了一根直径2米的大铁锅，说明铸造技术已很先进。铁制刀具和铁钢的出现、普及，使烹饪工具和烹饪工艺又产生了一次飞跃。汉代的金银镶嵌技术水平也很高，生产出很多名贵的餐饮器具。唐代金银加工技术相当高超，生产的以"金银平托"工艺所制造的饮食器具甚为美观。唐代制作出可以推动移位的赖炉和用于原料加工的刀机。西汉到东汉先用铜镜阳燧取火，后用玻璃制阳燧，可直接在阳光下取火。五代发明了"火寸"。南北朝时已用竹木制作蒸笼和面点模具。西汉时北方还出现水碓磨、碾，是粮食原料加工机械的一次革新。据史料记载，唐代的高力士为了堵截沣水，曾制造出五轮并转的碾，每天磨麦达到了300斛以上。

手工业的繁荣发达，是这一时期经济发展的标志之一。秦汉漆器工艺高超，漆器生产的分工已很细致。长沙马王堆一、二、三号汉墓出土漆器达700余件，不仅数量大而且质地优良精美，令人叹为观止。南北朝的脱胎漆器工艺和唐代的剔红工艺，不仅充分展示了这一时期漆器艺术的精美水平，也反映了漆器在这一时期人们的饮食活

图 2-12　釜

动中所处的重要位置。而陶瓷烧造技术也有着空前的提高，秦始皇陵兵马俑证明大陶器的烧造技术问题已解决。瓷器工艺经三国到两晋已转向成熟，瓷器逐渐代替漆器成为人们普遍使用的餐具。唐代南方越窑系统青瓷被陆羽誉为"类冰""类玉"，秘色瓷有"九天见露越窑开，夺得千峰翠色来"之美誉。北方邢窑白瓷被杜甫誉为"类银""类雪"。五代北方柴窑的产品亦有"雨过天青"的美名。盐业生产在这一时期也得到了很大发展。汉时，人们对食盐非常重视，称其为"食肴之将""国之大宝"。根据文献记载可知，当时人们平均每月的食盐量在 3 升左右，这就使当时的盐业生产有着相应的发展规模。汉代人们已能生产池盐、井盐、海盐、碱制盐，东汉时已用"火井"即天然气煮盐。唐代盐的花色品种很多，颜色有赤、紫、青、黄等，造型有虎、兔、伞、水晶、石等形状。酿酒业在此时期也有很大发展，《方言》所载用于酿造酒的曲有 8 种，其中的"款"为饼曲，说明当时已能培养糖化发酵能力很强的根霉菌菌种了。从魏、晋一直到唐朝，上层社会的"士"们饮酒之风大盛，酒的种类也越来越多，出现了很多名酒。唐代葡萄酒的制法也从西域传入内地。《新唐书》说，唐太宗时就已从西域引种马奶葡萄，"并得酒法，上捐盖造酒。酒成，凡有八色，芳香酷烈，味兼醍盎。"中国的饮茶之风在唐代已经广为流行，而当时茶树的种植面积遍及 50 多个州郡，茶叶产量大增，名茶品种增多，中国的茶文化由此形成。

（三）交通、物流通畅，饮食市场兴旺

这一时期，发达的交通促进了各种物资的运输与交流，为中国饮食文化的逐步壮大提供了便利条件。秦汉以来，统治者为了便于对全国各地的管辖，很重视道路交通的建设。从秦筑驰道、修灵渠，至汉修驿道、通西城，到隋修运河，交通的便利，在客观上大大促进了中国与周边国家以及中亚、西亚、南亚、欧洲等地的经济、文化交

往。到了唐代，驿道以长安为中心向外四通八达。而水路交通运输七泽十薮、三江五湖、巴汉、闽越、河洛、淮海无处不达，促进了经济的繁荣。从秦汉始，已建起以京师为中心的全国范围的商业网，汉代的商业大城市有长安、洛阳、邯郸、临淄、宛、江陵、吴、合肥、番禺、成都等。城市商贸交易发达，大城市饮食市场中的食品相当丰富，有谷、果、蔬、水产品、饮料、调料等。通邑大都中即有"贩谷粜千钟"，长安城也有了有鱼行、肉行、米行等食品业。史料上记载，在汉代时就有靠卖"胃脯"为业的浊氏和靠卖"浆"为生的张氏，皆因所操之业而成巨富，说明当时的餐饮市场已很发达。另据史料载，东晋南朝时的建康和北魏时的洛阳，是当时南北两大商市。国内外的商品都可在此交易，特别是"胡食"，即外国或少数民族的食品，在许多大商业都市中颇有地位，胡人开的酒店在长安随处可见，如长兴坊伴锣店、颁证坊馄饨店、辅兴坊胡饼店、永昌坊菜馆等，这些餐饮业已出现了有关文献史料记载中"胡食""胡风"的传入，给唐代饮食吹来一股清新之气。是时，不仅"贵人御馔尽供胡食"，就是平民也"时行胡饼，俗家皆然"。许多诗人对此都有描述，如李白《少年行》诗云："五陵年少金市东，银鞍白马度春风。落花踏尽游何处，笑入胡姬酒肆中"。

经济的发展，餐饮业的兴旺，使当时的宴饮出现了新的变化，市面宴会也非旧时可比。据《国史补》记载，在当时的长安，"两市日有礼席，举铛釜而取之"。几百人的酒席一时三刻即可办齐。除长安外，洛阳、扬州、广州也是中外富商巨贾荟萃之地。"腰缠十万贯，骑鹤下扬州""春风十里扬州路"都是对当时扬州经济发达、市场繁华的赞辞。长安、扬州、汴州等大城市甚至于一些中等城市还出现了夜市。唐代还出现了茶交易兴盛的商市，如饶州、蕲州、祁州等，很多大城市的店铺还连带卖茶。

（四）对外交流异常频繁

自汉至唐，中国的对外交流异常频繁，在饮食文化交流方面，这一时期也出现了许多令后人喝彩的史实。隋唐时对外交流更为频繁，长安、洛阳、扬州都是重要的国际贸易城市，在相互交流中，中国的瓷器、茶叶、筷子、米、面、饼、馓子、牛酥和烹制馄饨、面条、豆腐之法与茶艺、饮酒等习俗传入日本。茶叶、瓷器也传入朝鲜，酒曲制作方法也经朝鲜传入日本。西域的饮食如烧饼、三勒浆、龙膏酒等，果蔬如波斯枣、甜瓜、包菜、扁桃等，印度的胡椒、茄子，尼泊尔的菠菜、浑提葱，泰国的甘蔗酒，印尼的肠琼膏乳、椰花酒，越南的槟榔、孔雀脯等也相继传入中国。唐太宗还派人去印度学制糖技术。唐朝时中原与周边的吐蕃、回鹘也有着饮食文化的广泛交流。文成公主远嫁西藏，配与松赞干布，带去了内地烹饪的一些原料和烹饪方法。如制碾、制磨、种蔬菜、酿酒、打制酥油等，至今藏人还将萝卜称为"唐萝卜"。历史上流传的"自从公主和亲后，一半胡儿是汉家"，说的就是这段文化交流所产生的影响与变化。考古发现吐鲁番唐代回纥人墓中有保存完好的饺子等多样小点心，也说明了中原食风对当地的影响。

综上所述，这一时期，作为中国饮食文化的健康发展与逐步壮大时期，既是当时中国社会经济高度发展的结果，也是这一时期中国历史上开展对外交流、多次大移民、民族大融合、文化重心大迁移、科技发明众多等这一系列客观因素刺激的必然结果。

二、饮食文化丰富发展阶段的特征

视频 2-8
饮食文化蓬勃
发展时期的特点

汉代生产力水平的迅猛提高，以及对外交流的频繁，魏晋南北朝百花齐放式的中国饮食文化的日益发展，尤其是中国唐代政治、经济、文化的进步与综合国力的强盛等诸多因素，使中国饮食文化在这一时期无论是在烹饪原料的开发利用方面，还是烹饪技术及烹饪产品的探索与创新方面，抑或是在饮食消费过程中文化创造现象以及饮食文化理论的建树等方面，都表现出了前所未有的兴旺发展的景象。

（一）烹饪原料丰富多样的生产供应

这一时期烹饪原料无论是品种还是产量都大大地超过了以前，粮食产量的提高使人们饮食生活中的粮食结构出现了新的变化。汉代豆腐的发明是中国人对整个人类饮食文化做出的巨大贡献。而植物油用于人们的烹调活动之中，为烹调工艺的创新开拓了新的领域。各民族间的文化交流使域外的烹饪原料品种大量引进，进一步丰富了中国人的饮食生活，这一点仅从孙思邈《千金食治》录入的用于饮食疗病的多达 150 余种的谷、肉、果就可见一斑。

在粮食生产方面，稻谷生产自古以南方地区为盛，到了唐代，中原地区的水稻生产技术大大提高，此外，同州一带的稻作也具有较大的规模。值得注意的是，当时关于种稻的记载，常常是和屯田及水利工程的兴修联系在一起的。粟米种植相当广泛，品种众多，到了《齐民要术》的成书时期，其品种已增加到 86 种之多。不过到了唐代，南方的稻作在北方有了进一步的发展，产量日渐提高，人们饮食生活中的粮食结构正在发生着变化。汉代，蔬菜的种植，一是为了助食之用，二是为了备荒救饥之需。如汉桓帝曾因灾荒下诏令百姓多种芜菁，以解灾民饥荒之急。但随着历史的发展，情况逐渐发生了变化，蔬菜品种大大增加，增加的途径主要有三条。一是野菜由采集逐渐转向人工栽培，如苦荬菜、蘑菇、百合、莲藕、菱、芡实、莼菜等已由原来的野外采集食用发展为相继进入菜园成为栽培种类；二是由于栽培选育而不断产生新的蔬菜变种，如瓜菜类中从甜瓜演变而来的越瓜，就是佐餐的蔬菜，诸如此类的还有先秦文献中记载的"葑"，后来逐步分化为蔓菁、芥和芦菔等若干个品种；三是异域菜种不断传入，西汉武帝时期，张骞出使西域，为中西物质文化交流打开了大门，苜蓿、胡葱、胡蒜等由此传入，成为中国农民菜园中的新成员。魏晋以后，黄瓜、芫荽、莴苣、菠菜等纷纷入种本土。此外，这一时期还涌现出大量的原料名品，许多文献对此不乏记载，如西汉枚乘在《七发》中就列举了大量优质的烹饪原料，如"楚苗之禾，安胡之外"；《游仙窟》中记载了鹿舌、鹿尾、鹑肝、桂糁、豹唇、蝉鸣之稻、东海鲻条、岭南柑橘、太谷张公梨、北起鸡心枣等；《膳夫经手录》记载了奚中羊、蜡珠樱桃、胡麻等；《酉阳杂俎》记载了濮固羊、折腰菱、句容赤沙湖朱砂鲤等；《大业拾遗记》中记载了吴郡贡品海鲲干脍、石首含肚等；《无锡县志》记载了红连稻等；《清异录》记载了冯翊白沙龙羊、巨藕、睢阳梨等；《长安客话》记载了戎州荔枝等；《岭表录异》记载了南海郡荔枝、普宁山橘子等；《新唐书·地理志》记载了海蛤、海味、文蛤、藕粉、泸州鹿脯等贡品。全国各地的特产烹饪原料在这一阶段的文献记载中可谓不胜枚举，极大地丰富了人们的饮食生活，为烹饪技术的进步发展创造了丰厚的物质基础。另外，值得一提的就是豆腐的发明。据说西汉淮南王刘安发明了豆腐，河南密县打虎亭一号汉墓有制豆腐图。《清异录》第一次用"豆腐"一词。这一发明，是中国人对世界饮食文明的一大贡献，今天，它已经成为世界各族人民喜爱的食品之一，并被认为是人类最健康的食品之一。

这一时期动物性烹饪原料也发生了一些变化，一是肉类食物在整个膳食结构中的比重比前一阶段加大，二是不同肉畜种类，特别是羊和猪在肉食品种中的地位很重要。当然，鸡鸭犬兔等肉类亦为厨中兼备之物。而狩猎业在这一时期仍为人们肉类食物的重要补充途径，在当时，狩猎的主要目的是获取野味肉食，所以这一时期的文献记载了不少关于烹调所用的猎获之物的种类。如《齐民要术》卷八、卷九中记载了许多有关野味的烹调方法，其中来自狩猎的主要有獐、鹿、野猪、熊、雁、雉等。而孟洗在其《食疗本草》中也记载了鹿、熊、犀、虎、狐、獭、豹、猬、鹧鸪、鸲鹆、慈鸦等野味的食疗作用。这一时期的水产也很丰富，由于水产的养殖技术的提高，水产的品种和产量都大大地超过了前期。

两汉以前，我国的食用油来自动物脂肪，植物油的利用似乎还未开始。但至魏晋南北朝时期，至少胡麻、荏苏和芜菁的籽实被用于压油，这在《齐民要术》中有明确记载。另据《三国志·魏志》记载，当时已用"麻油"（芝麻油）烹制菜肴，后有豆油、苏油。《酉阳杂俎》记载唐代有专门卖油的人走街串巷。植物油用于炒、煎、炸等，使唐代烹饪的美馔佳肴及名点名吃数量大增。植物油的出现，是中国饮食文化史上一个十分值得注意的事件，它实际上与我国烹饪技艺的重大变革——油煎爆炒的出现有着直接的关联。

（二）烹调工具及饮食器具的进一步改善与发达

据历史学的研究成果表明，早在战国时，铁器的使用及铁的冶炼即已有之。到了汉代，铁器的冶铸技术水平已有提高，铁器已经普及到生活的许多方面，如在烹调活动中铁釜和镬已普遍使用，到了三国时期，魏国已出现了"五熟釜"，即釜内分为五档，可同时煮多种食物。蜀国还出现了夹层可蓄热的诸葛行锅。至西晋时，蒸笼又得以发明和普及，蒸笼的发明使中国的面点制作技术发生了相应的变化。《北史》载有一个称"獠"的少数民族，"铸铜为器，大口宽腹，名曰'铜爨'，且薄且轻，易于熟食"。这就是我国最早的"铜火锅"。唐朝的炊具中还有比较专门和奇特的，如有专烧木炭的炭锅，还有用石头磨制的"烧石器"，其功用类似今天的"铁板烧"，但更为优良，冷却缓慢，可"终席煎沸"。而"烧石器"是否类似现在酒店流行的可以放在煲仔炉上加热的"石锅"还有待进一步研究。

汉代初期，当上层社会列鼎而食的习俗逐渐消失后，人们开始在地面上用砖砌制炉灶。当时炉灶的造型和种类可谓变化多样，但总体风格是长方形的居多。东汉时，炉灶出现了南北分化。南方炉灶多呈船形，与南方炉灶相比，北方灶的灶门上加砌一堵直墙或坡墙作为灶额，灶额高于灶台，既便于遮烟挡火，也利于厨师操作。不论南方式还是北方式，炉灶对火的利用更加充分合理，如洛阳和银川分别出土了同时具有大、小两个火眼和三个火眼的东汉陶灶。南北朝时期，可能受北方人南迁的影响，南方火灶也出现了挡火墙。汉代护的形式有很多，有盆式、杯式、鼎式等。魏晋南北朝时出现了烤炉，可烘烤食物。唐代炉灶的形式更加多样化，如出现了专门烹茶的"风炉"，制作精妙。其他一些炉灶辅助工具如东汉时可置签下架火的三足铁架、唐代火钳等也在考古发掘时被发现。

汉代，盛放食物的器具是碗、盘、耳杯等，一般为陶器，富有之家多用漆器，宫廷贵族又在漆器上镶金嵌玉。至魏晋南北朝，瓷质饮食器具在人们的日常饮食生活中日渐普及。唐代，我国瓷器生产步入繁荣时期，上自贵族，下至平民，皆用瓷质饮食器皿。此外，我国使用金银制品的历史也很悠久，汉代已经有了把黄金制成饮食器的记载，如《史记·孝武本纪》载李少君对武帝之言："祠灶则致物，致物而丹砂可化为黄金，黄金成，以为饮食器，则益寿。"至魏晋南北朝时，因当时社会大盛奢靡之风，上层社会盛行使用金银制成的饮食器，如《三国志·吴志·甘宁传》载：吴将甘宁"以银碗酌酒，自饮两碗。"到了盛唐之时，这种奢靡之风就更不足为奇了。

（三）烹饪工艺与饮食方式的变化与进步

由于烹饪灶、炉等饮食设备相继出现并不断得到改善，炊具种类不断增多并形成较为完整的功能体系，在烹饪技法方面，食品的蒸、煮、炮、炙技术不断得到提高，熬、炸方法也逐渐被发明并应用，原料配伍和调味技艺愈来愈讲究。在主食的烹制方面，两汉时期饼食开始出现，花样很多，"南人食米"，自古皆然，而"北人食面"，却并非有史以来即如此。事实上，以面食为主食是北方人饮食变迁最为突出的成果之一，正是在秦汉以后，北方地区逐步改变了漫长的以"粒食"当家的主食消费传统，确立了以面食为主，面食、粒食并存的膳食模式，并一直延续至今。从刘熙《释名·释饮食》中可知，东汉时期已经出现了胡饼、蒸饼、汤饼、蝎饼、髓饼、金饼、索饼等。而崔实《四民月令》中还载有煮饼、水溲饼、酒溲饼等。隋唐以后的文献所述及的饼类花色更是不胜枚举。大体而言，后世常用的烤烙、蒸、煮、炸四种制饼之法，当时均已出现。

饭和粥的种类也进一步丰富起来。文献中常见的有粟饭、麦饭、粳饭、豆菽饭、胡麻饭、雕胡饭、橡饭等。相比而言，秦汉以后的厨师在做菜方面所花费的心思和精力，要远远超过做"饭"。从某种程度看，菜肴的烹调更能充分显示中国饮食文化的多样性和独创性。仅以《齐民要术》为例，该书虽然未能囊括此前全部的菜肴珍馔，但足以反映当时菜肴的主要类别及烹调方法。从该书的记载看，蒸、煮、烤、炙、羹、臛等是当时人们最常用的菜肴烹调方法。与这些方法相比，炒法的出现要晚得多，这主要是受早期炊具形制和质地以及植物油料加工尚未发展起来等因素的制约。可以说炒是中国后世最为常用的一种菜肴烹调方法，几乎适用于一切菜肴原料，而且炒的种类变化甚多。

在这一时期，茶作为中国人生活中最为重要的饮品出现了，并且历经千年的发展，形成底蕴深厚的茶文化。先秦以前，史料并没有人们饮茶方面的明确记载。大概自西汉后，中国人的饮茶之风才开始。西汉王褒在其《僮约》中，有"烹茶尽具""武阳买茶"的文字记载，此篇文章的写作时间是汉宣帝神爵三年（即公元前59年）。值得注意的是，最早开始喜欢饮茶的大都是文化人。魏晋南北朝后，在道、释之学大盛、谈玄之风正劲的社会环境中，僧侣、道士、士大夫颇尚饮茶。至隋唐，上自天子，下至平民，无不好茶。在此基础上，文人创造了茶艺。至此，市面上常见的名茶便纷纷出现，如紫笋、束白、蒙顶石花、西山白露、舒州天柱、蕲门团黄、霍山黄芽等。

由于各种粮食作物的生产供应，这一时期酒的品种和名品可谓迭出。从马王堆《遗册》中可知，有温酒、肋酒、米酒、白酒的名称。枚乘《七发》中有"兰英之酒"，说明先秦时的鬯酒至此已有了新的发展。从《四民月令》所述来看，东汉的"冬酿酒"和"椒酒"都属于在特定时间里酿造的酒。从《洛阳伽蓝记》所述可知，北魏人刘白堕可酿出"饮唉香甜，醉而经月不醒"的美酒。至隋，已有了"兰生""玉薤"等名噪一时的葡萄酒。唐代是酒之国度，名酒辈出。从白居易、杜甫、王维、李白、王翰、朱放、李世民等人的诗文中可知，当时的主要名酒有杭州梨花酒，四川、云南一带的曲米春、竹叶酒、兰陵酒、葡萄酒、松叶酒、酪酥酒、翠涛酒等。此外还有乌程箸下春、荥阳土窟春、富平石冻春、剑南烧春、冯翊含春、啤筒酒、屠苏酒、兰尾酒、岭南椰花酒、沧州桃花酒、菖蒲酒、长安稠酒、马乳酒、龙脑酒、龙膏酒等。

（四）中国风味流派的初创与宴饮之风大盛

中国风味流派的形成，有人认为早在先秦之时，就有了南北风味的不同和荤素肴馔的分别，但那只是大致而言。进入秦汉以来，这种风味上的差异越来越明显主要表现为地域的分野与荤素菜的分岭。唐代以前，由于交通运输的不发达，商品的流通还很有限，只有上层社会和豪商巨贾才能独享异地特产，所以风味流派首先是建立在烹饪原料的基础之上的，并受到烹饪原料的制约。西汉时，南方以水产、水稻为主，而北方仍以牛、猪、羊、狗、麦、粟等为主。在调味上，北方用糠（粟麦类）醋，南方用米醋。北方多鲜咸，蜀地多辛香，荆吴多酸甜。随着水陆交通的便利、商业经济的发展和饮食文化的交流，各地的饮食风俗又彼此相互影响。据《洛阳伽蓝记》记载，南方人到洛阳后，也有很多人渐渐地习惯食奶酪、羊肉，北方人也逐渐习惯了饮茶与吃鱼。北方的名食以面食居多，而南方名食以米食居多。即使饮茶普及后，南北方的烹茶工艺、饮茶方法也有很大不同。唐代自陆羽后，南人渐习于研茶清煮，而北人仍习惯于加料调烹，西北少数民族因食肉等原因，则更无清饮的习惯。与其他地区相比，岭南食风更为奇异，《淮南子》说"越人得蚺蛇（蟒）以为上肴"，《岭南录异》中所载种种奇食怪味及食用方法奇特之事，反映了岭南之地饮食风俗的个性特征。

虽然在先秦的时候，荤素肴馔就有了分别，但形成流派则始于魏晋南北朝时期的南朝。南梁时的梁武帝笃信佛教，以身事佛，且躬亲食素，对荤素菜肴形成流派起到了推动的作用。他亲撰《断酒肉文》，号召天下万民食素，寺院素食渐成流派。北方也受其影响，如《齐民要术》中记载了10余种素菜的制作技艺。到了唐代，素菜制作出现了创新，出现以素托荤类的菜肴。以素托荤，就是形荤实素，据《北梦琐言》记载，崔安替用面粉等素料，制出了豚肩、羊脯、脍炙等，生动逼真，可谓素菜荤制的开山鼻祖。尤其值得注意的是，这一时期在秦汉食品雕刻的基础上，大型的艺术拼盘技艺已经出现，并且达到了相当高的水平。

值得一提的是，这一时期的宫廷饮食与官府饮食在一定程度上得到了相当大的发展，形成了宫廷饮食风格与官府饮食风味。一般来说，宫廷菜的制作技术只限于宫中，很难在宫外餐饮市场露面，因而很难遇到交流的机会，所以宫廷菜只是在皇族的范围内缓慢地发展着。至于官府菜，情况要好于宫廷菜的境遇。有些官员与其厨师共同研制独具自家风味的菜点，所以比起宫廷菜，官府菜的发展不仅快，而且呈现出百花竞放之势。市肆菜的主要特点是它具有商业性经营的灵活性，如在长安，就可看到南北东西以至国外传进的许多食品，并形成了巨大的消费市场，即使是官府食品，也可以在市肆上仿制出来。

如果说，先秦时期的宴会带有更多的制度色彩与礼仪规范意义的话，那么，汉唐时期的宴席更与社会经济的兴旺发达有着直接关系，所反映的是社会稳定与经济繁荣的景象。西汉在"文景之治"以后，宫中常设宴饮之会，贵族宴会更是频繁。1973年，四川宜宾崖墓画像石棺内发掘出"厨炊宴客图"，在挂有帷幔的屋内，正壁左角上挂有猪腿、鸡、鱼和器物，其下一人跪坐，操刀在俎上剖鱼。屋内地上置一物，似是炉灶。右面对几踞坐，高冠长服者，应是主人，他左手端杯，伸出右手招呼客人，似示人席。而从《盐铁论·散不足》对民间酒会的描述中可知，列于案上的美食美饮实在是丰富而广泛："殽族重迭，燔炙满案，臑鳖脍鲤，麑卵鹑鷃橙枸，鲐鲤醢醯，众物杂味。"这还不算，其间还有"钟鼓五乐，歌儿数曹""鸣竽调瑟，郑舞赵讴"。魏晋以后，宴会大行"文酒之风"。曹操父子筑铜雀台，其中一个重要的功能就是宴享娱乐。张华的园林会、王羲之的曲水流觞、竹林七贤的畅饮山林，文采凌俊，格调高雅，不仅对宴会的丰富发展起到推动作用，而且对文人饮食文化风格与文人饮食流派的形成与发展产生了很大的影响。南北朝时，宴会名目增多，目的性较强，如登基、封赏、祀天、敬祖、省亲、登高、游乐、生子、团圆等，这些都促进了宴会主题的多元化。但贵族的奢靡之风也甚重，《梁书》卷三十八描述当时筵宴的奢华情景："今之宴嬉，相竞夸豪，积累如山岳，列肴同绮绣。露台之产，不周一燕之资，而宾主筵间裁取满腹，未及下堂，已同臭腐。"至唐代，中国的宴会已经发展到了一个新的高潮，文人士子聚饮之风愈演愈盛，最为奢华、热闹的宴会莫如士子登科及第、官员迁除之际所举办的"烧尾宴""樱桃宴"，可谓各有内容。文人宴会更是情趣有加，文人雅士对宴饮场所的选择相当重视，他们的聚会宴饮并不圈于厅堂室内，如亭台楼阁、花间林下或者山涧清池才是他们更为理想惬意的宴饮场所；在宴饮过程中，他们也并非单纯地临盘大嚼，而是配合着许多充满情与趣的娱乐活动，或对弈、或听琴、或对诗赋、或行酒令、或品伎歌舞、或持杯玩月、或登楼观雪、或曲池泛舟。如白居易所设船安，酒菜用油布袋装好，挂在船下水中，边游边吃边取；又如《霓裳羽衣曲》与胡旋舞、舞马等就是皇家宴会的乐舞。在这样的宴饮过程中，参与者不仅口欲得到了满足，其听觉、视觉乃至整个身心都得到了享受，在满足生理需要的同时，也获得了精神上的愉悦和快感，表现了文人雅士所特有的风雅情趣。

（五）烹饪饮食理论繁荣，名家辈出

中国烹饪技艺在这一时期的大发展与饮食文化的繁荣，使烹饪饮食理论的研究在此时期呈现出前所未有的发达状态。有关研究成果显示，从魏晋到南北朝出现的烹饪饮食专著多达38种之多，隋唐五代时烹饪专著有13种，总计50多种。但令人可惜的是有不少专业著作已在历史发展的过程中遗失了。我们今天可以看到的有关饮食烹饪的著作中，有的已经残缺不整，如相传为曹操所作《四时食制》、崔浩所作的《食经》、南北朝无名氏的《食经》《食次》等。而完全保存下来的，仅有唐代陆羽的《茶经》、张又新的《煎茶水记》等有关饮茶辨水的专著。其中陆羽的《茶经》因记

述茶的历史、性状、品质、产地、采制、工具、饮法、掌故等而成为中国茶文化发达的标志，其重要的历史文化价值不言而喻，是世界上第一部关于茶的科学专著。另外，西晋束皙的《饼赋》是一篇赋文，却讲述了饼的产生、品种、功用和制作，可谓是关于饼的专论之祖。还有很多值得一提的烹饪文献，如东汉崔实的《四民月令》，它虽然是一部农书，但其中有关烹饪的部分相当丰富，介绍了包括制酱、酿酒、造醯及制作饼、脯、腊等各种菜馔食品近100种。同时还提到一些饮食事项、饷宴活动等方面的内容。北魏贾思勰所著《齐民要术》是我国第一部农学巨著，其中关于烹饪方面的内容具有较高的史料价值。书中不但保存了很多此前已经流失的烹饪史料，而且还收录了当时以黄河流域为中心，涉及南方、远及少数民族的数十种烹饪方法和200多种菜点。唐代段成式的《酉阳杂俎》，共二十卷，续十卷，其中《酒食》卷中录入了历代百余种食品原料及食品，参考价值很高。唐代刘恂的《岭表录异》一书，主要记录了唐代岭南一带的饮食风物趣闻，为今人研究当时当地烹饪饮食文化的发展状况提供了难得的研究素材。此外，还有《西京杂记》《方言》《释名》《说文解字》等，这些文献中也保留了很多关于饮食文化方面的颇有价值的资料。

随着食物资源的扩大与烹饪饮食水平的提高，饮食养生理论研究在这一时期也有很大的发展。主要表现在两个方面：一是对前一时期建立的养生理论继续补充和进一步完善；二是结合具体实践，归纳总结出养生食疗理论与许多保健性食品，并对它们的名称、药性药理、食用方法、注意禁忌等进行详细的介绍，使饮食养生、医疗保健进一步具体化。如东汉张仲景在《金匮要略》中进一步提出"所食之味，有与病相宜，有与身为害。若得宜则益体，害则成疾。以此致危，例皆难疗。"故而他强调并列出了百余条饮食禁忌及治疗药剂。隋唐时孙思邈在《千金食治》中阐述了食养食疗理论依据后，对150多种植物果实、蔬菜、粮食、鸟兽鱼虫的性味、作用进行了分析，并列举了其饮食禁忌及效果。唐代孟诜的《食疗本草》共记载了200多条食疗方，是当时集养生、疗疾之大成的作品。昝殷的《食疗心鉴》记录了10多种食疗菜肴，很适合民间使用。五代南唐陈士良的《食性本草》，收录了前人的食疗经验，内容比较丰富，是研究五代南唐食疗方面的重要资料。

烹饪饮食理论的发达，得益于烹饪饮食实践活动的运用，这一时期涌现出了一大批烹饪大师与饮食名家，较之先秦，不仅数量多，而且是真正意义上的烹饪大师与饮食名家，没有先秦时那种由于政治的或哲学的需要，在其论说中多举饮食烹饪之事而得美食烹饪名家的复杂情况。所以这一时期的烹饪大师与饮食名家，真真切切地确实是因其精于烹饪技艺或饮食艺术而被载于史册。如"五侯鲭"的创始人是娄护，他可被视为杂烩菜肴的发明者；西汉的张氏、浊氏以制脯精美而成名；北魏刘白堕酿酒香美醉人，以致游侠们流传"不畏张公拔刀，惟畏白堕春醪"的话；北魏崔浩之母，口授烹饪之法于崔浩，才得以有《崔氏食经》传世；据《大业拾遗记》载，隋人杜济，创制石首含肚；人称"古之符郎今之谢枫"，而谢枫乃是隋代著名的美食家，《清异录》中载有他著的《淮南王食经》；唐代段文昌为"知味者"，《清异录》说他"尤精膳事"，他家的老婢女名膳祖，主持厨务，精于烹调之术；陆羽精于茶事，著有《茶经》，被后世尊为"茶圣"；五代有专卖节日食品的张手美，心灵手巧，人称"花糕员外"，其真名已无从所知，只知他在开封因卖花糕而闻名；还有五代时期的尼姑焚正模仿唐代大诗人王维的"辋川图"制作的花色拼盘，堪称艺术冷拼盘之鼻祖……从所列举的这些烹饪大师与饮食名家，便可看出这一时期餐饮业界烹饪大师与饮食名家高手如云的盛况。

总之，中国饮食文化在这一时期取得了重大的成就，突出表现在以下几个方面：一是原料范围进一步扩大，品种进一步增多，域外原料大量引进，海产品大量使用；二是植物油用于烹饪，使烹饪工艺的某些环节出现了新的变化；三是铁质烹饪器具的使用，"炒""爆"等特色烹调工艺的出现，实现了中国烹饪技术的又一飞跃；花色拼盘的出现，为烹饪造型工艺拓宽了更为广阔的创造空间；四是瓷器和高桌座椅的普及，开始了中国餐具瓷器化和餐饮桌椅化的新时代；五是饮食名品多如繁星，拉开了此后中国餐饮业通过名品刺激消费、在竞争中产生名品的帷幕；六是宴会大盛，奠定了中国传统宴会的基本模式；七是烹饪专著大量涌现，养生食疗理论的进一步发展，大大丰富了这一时期的中国饮食文化研究内容。

任务四　宋至清代饮食文化走向成熟

从宏观意义来说，自我国北宋建立到清朝灭亡的1000多年间，是中国传统饮食文化在其各个方面都日臻完善，走向成熟发展的时期。这期间，既有北宋京城繁荣昌盛的中原饮食文化与饮食市场的景象，又有南宋时期北方饮食方式与饮食观念在经历了文化重心南移的波折后，出现了与南方饮食文化的冲击和汇流的过程，同时还有金、元、清汉民族饮食文化与中华各少数民族饮食文化的交流与大融合。中国饮食文化在这一时期发生了巨大转变，而自身却日益成熟起来。

一、饮食文化走向成熟的背景

（一）农业、手工业的兴旺发达

视频 2-9
饮食文化成熟
定型时期的
历史背景

在我国的北宋年间，农业生产技术水平大大提高，出现了长江以北以种植粟麦黍豆为主、江南则以种粳籼糯稻为主的粮食生产格局。而越南、朝鲜等优良稻谷品种的引进，使农作物的种植不仅走向优质化，而且也形成了品种多元的发展形势。与此同时，与北宋对峙的辽、西夏也在大力发展农业经济，耕作面积增大，种植品种增多。南宋虽偏安一隅，但统治者并未放弃发展农业生产，而且非常重视精耕细作，农业生产一度出现了繁荣景象。到了元代，水稻已成为产量高居全国首位的农作物。明代统治者鼓励平民垦荒，提倡种植经济作物，粮食产量大增，一些地方的储粮可支付当地俸饷十年至数十年甚至上百年之需。至明代中叶，农业生产水平进一步提高，福建、浙江等地出现双季稻，而岭南甚至出现了三季稻。同时，东南沿海引进了番薯、玉蜀黍等新的农作物。清康乾盛世之时，关中地区有的地方一年"三收"。至清末时，尽管遭受到帝国主义列强的侵略，但农业生产主要格局和总体水平没有发生根本动摇，农业仍然是国民经济生产部门的主项。

进入北宋后期，新的燃料——煤炭开始大量地被开采利用，根据记载，在当时的河东、开封一带居民已经将煤用于家庭炉灶的烹饪活动之中。而在两宋时期，各种精美瓷器的烧制已遍布全国各地，景德镇瓷器名播四海，定窑、钧窑、越窑、建窑、汝窑、柴窑、龙泉窑等所出瓷器闻名遐迩。泉州、福州、广州等地的造船业相当发达，大量瓷器由此出海，远销异国。元明清三代是中国瓷器的繁荣与鼎盛时期，从产品工艺、釉色到造型、装饰等方面都有巨大的创新。酿酒业在这一时期发展很快，宋代发明红曲霉，这在世界酿酒工艺史上都是一个了不起的创造。

宋代，中国茶叶生产水平得到空前提高，出现了"炒青"技术，茶叶种类增加。黑茶、黄茶、散茶和窨制茶已经出现。特别是红茶制作方法发明出来，已能生产小种红茶。斗茶、赏茶之风的盛行及大量茶著作的问世，使茶文化进入发达时期。宋代城镇市集贸易大兴，商贾所聚，要求有休息、饮宴、娱乐的场所，于是酒楼、食店到处都是，茶坊也便乘机兴起，跻身其中，大大地促进了茶文化的发展。这一时期饮食加工业的兴旺也已成为中国饮食文化日趋成熟的重要因素。在全国大中小城市中，普遍有磨坊、油坊、酒坊、酱坊、糖坊及其他大小手工业作坊，并出现了如福建茶、江西瓷、川贵酒、江南澄粉、山东玉尘面等很多著名品牌。清末，中国许多门类的手工业失去了昔日的风采，只有与烹饪有关的手工业未呈衰相。

（二）商业、贸易促进了饮食市场的繁荣

因为社会经济的繁荣发展，为这一时期中国饮食文化走向成熟打下了坚实的基础。两宋的饮食文化中最突出的特点就是都市餐饮业的发展十分迅速，并在短期内达到十分繁荣的局面。从宋人吴自牧撰写《东京梦华录》一书的记录看，宋代正是因为商业经济的发达繁荣，汴京等大都市的酒楼、饭馆、食店才如雨后春笋般大量出现，且生意兴隆，一如该书所说："八荒争凑，万国咸通，集四海之珍奇，皆归市易，会寰区之异味，尽在庖厨。"当时著名的北宋宫廷画家张择端借清明游春之际，绘画了一幅著名的《清明上河图》，生动而真切地再现了当时北宋京都汴梁沿汴河自"虹桥"到水东门内外的民生面貌和繁荣景象，酒楼正店，酒馆茶肆，饮食摊贩，以及从事餐饮生意人的买卖情形，都在画面中有重要体现。其中挂有"正店"招牌的

三层酒楼，挂有"脚店"的食店以及沿街两旁搭有大伞形遮篷的食摊，熙熙攘攘的人群围站食摊、出入酒楼。餐饮业的这种繁荣景象生动逼真，形象地再现了北宋时期饮食业的盛况。

图2-13　清明上河图

到了南宋时期，由于宋代政治、经济、文化中心的南移，各种人才大量南迁流动，将北方的科学、文化、技术带到了南方，也推动了江南饮食业的发展。南宋王朝偏安一隅，奢靡腐化成风，竞相吃喝玩乐，由此造就出京城临安的畸形繁荣。在落户杭州的大量流民中，有不少厨师和各种食店的老板，他们带来了北方的饮食烹调技术，南下后重操旧业，如在《都城纪胜》一书所记录的那样："京城食店多是旧京师人开设。"由于当年的杭州仍是八方之民所汇之地，造就了当时素食馆、北食馆、南食馆、川食馆等专业风味餐馆的问世。饮食行业还出现了上门服务、分工合作生产的"四司六局"，还有专供富家雇用的"厨娘"。

元代出现了很多较大的商业城市，如大都、杭州、泉州、扬州等，这些城市都有饮食娱乐配套服务的酒楼饭店。元代的饮食业很庞杂，所经营的菜肴，除蒙古族菜以外，兼容共创各民族的菜肴。

明代初期，社会经济呈现出繁荣景象，各种食品也随之进一步丰富起来。当时大都、杭州、泉州、扬州等都市的饮食业发展很快，并得到了当时文化人的重视，出现了不少有关饮食、烹饪的专著。这些饮食方面的专著所反映出当时的食品种类、加工水平、烹调技术已达到相当的高度。明代万历年间的史料中出现的烹调术语多达100余条。

清代，特别是康乾盛世，由于社会经济的高度发展，一些大都市如北京、南京、广州、佛山、扬州、苏州、厦门、汉口等比明代更为繁荣，还出现了如无锡、镇江、汉口等著名码头。在商业各行中，盐行、米行也是最大的商行。北京作为全国最大的贸易中心，负责对少数民族批发酒、茶、粮、瓷器等商品。以御膳为例，不仅用料珍贵，而且很重视造型。在烹调方法上还特别重视"祖制"，即使是在饮食市场上，许多菜肴在原料用料、配伍及烹制方法上都已程式化。各民族间的饮食文化的交流在当时也很普遍。通过交流，汉民族与兄弟民族的饮食文化相互影响，促进了共同的发展。清末，西方列强肆意掠夺包括茶叶、菜油等在内的农产品，并向我国疯狂倾销洋面、洋糖、洋酒等洋食品。但我国传统饮食市场的主导地位非但未被动摇，而且借着半殖民地、殖民地化商业的畸形发展，很多风味流派还得以传播和发展，出现了许多著名的酒楼饭馆。以北京为例，清人杨懋在《北京杂录》中描绘了北京晚清饮食市场时说："寻常折束招客请，必赴酒庄，庄多以'居'为名，陈馈八簋，羝肥酒兴，夏屋渠渠，青无哗者。同人招邀，率而命酌者，多在酒馆，馆以居名，亦以楼名。凡馆皆壶觞清话，珍错毕陈，无歌舞也。"可见当时老字号餐馆经营有方，为取悦宾客，不仅从店名修辞到室内陈设都别具一格，而且菜点的烹制也是严格把关，力求精美。总而言之，从我国的宋代到清末，中国社会经济的发展呈现出波涛起伏之势，这一时期的中国饮食文化不断碰撞发展、交流融合，并逐渐走向壮大与成熟，使我国的饮食文化达到了前所未有的顶峰。

视频 2-10
饮食成熟定型
时期的特点

二、饮食文化走向成熟的特征

中国饮食文化在成熟发展时期，无论是在饮食原料的应用、烹饪工具的创新、烹饪技术的提高、饮食市场的繁荣、饮食理论著作的大量问世等各个方面都展现出了饮食文化前所未有的繁盛景象，具有突出的饮食文化成果与发展特征。

（一）烹饪原料的广泛引进和利用

这一时期外域烹饪原料大量地引进中国，如辣椒、番薯、番茄、南瓜、四季豆、土豆、花菜等。其中，辣椒原产于秘鲁，明代传入中国。番薯原产于美洲中南部，也是明代传入中国的。南瓜原产于中、南美洲，明末传入中国。土豆原产于秘鲁和玻利维亚的安第斯山区，15 至 19 世纪分别由西北和华南多种途径传入。

面对这些引进的烹饪原料，中国的厨师们洋为中用，利用这些洋原料来制作适合中国人口味的菜肴。此外，由于原料品种和产量不断增加，人们对原料的质量提出了更高的要求。

元明清时，菜农增加，蔬菜的种植面积进一步扩大，菜农的蔬菜栽培技术也有了相应的提高，这不仅促进了蔬菜品种的增多，也促进了蔬菜品种的优化。可以说，对现有原料的优化与利用，又是这一时期烹饪原料开发利用的主旋律。如白菜是我国古代的蔬菜品种，至明清时，经过不断改良，培育出多个品种和类型，南北方都大量栽培，成为深受人们喜爱的蔬菜品种。

在妙用原料方面，中国古代的厨师早已养成了珍惜和妙用原料的美德，尽管当时的社会经济有了很大的发展，烹饪原料日渐丰富，但人们在如何巧妙合理地利用烹饪原料方面还是不断地探索和尝试，并总结出一料多用、废料巧用和综合利用的用料经验。如通过分档取料和切配加工，采用不同的烹调方法，就可以把猪、羊、牛等肉类原料分别烹制出由多款美味组成的全猪席、全羊席或全牛席。又如锅巴本是烧饭时因过火而形成的结于锅底的焦饭，理应废弃不用，但人们可以用来发酵制醋，在烹饪中甚至用它做成锅巴菜肴，如"白云片""桃花泛""锅巴海参"等风味独特的菜肴，真可谓是匠心独运，妙手创造。

（二）烹饪工具和烹饪技术的进一步发展与应用

这一时期的烹饪工具有很大的发展，宋人林洪在其《山家清供·拨霞供》中记载，武夷六曲一带人们冬季使用的与风炉配用的"铋"，其实就是今人所说的火锅，可见当时火锅在南方一些地区已经流行。而汴京饮食市场上出现的"入炉羊"一菜，则表明当时已有了烤炉。值得一提的是，珍藏于中国历史博物馆中的河南偃师出土的宋代烹饪画像砖，画中的主人公是一位中年妇女，正在挽袖烹调，其旁边有镣炉一个，炉内火焰正旺，炉上锅水正开，从画面上看，这种镣炉可以移动，通风性能很好，节柴省时，火力很猛，是当时较为先进的烹调炊具。元代宫廷太医忽思慧在其《饮膳正要·柳蒸羊》中记载了一种用石头砌的地炉，其用法是先将石头烧热至红，置于炉内，再将原料投入烘烤。该书还提到了"铁烙""石头锅""铁签"等新的烹饪工具。明代以后，炊具的成品质量较之前代有很大提高，广东、陕西所产的铁锅成为当时驰名全国的优质产品。到了清代，锅不仅种类很多，而且使用得相当普及。而烤炉也有了焖炉和明炉之分。

自两宋开始，我国烹饪工艺的各大环节如原料选取、预加工、烹调、产品成形已基本定型。又经明清数百年的完善，整个烹饪工艺体系已完全建立。首先，对原料的选取和加工已有了较为科学的总结，从《吴氏中馈录》《饮膳正要》等文献记载中可知，人们对烹饪原料的选用已不仅考虑到原料自身的特性及烹调过程中配伍原料间的内在关系，而且也开始对原料的配用量重视起来。而袁枚在其《随园食单·须知单》中首先讲的就是选料问题："凡物各有先天，如人各有资禀""物性不良，虽易牙烹之，亦无味也。"作者明确指出："大抵一席佳肴，司厨之功居其六，买办之功居其四。"这段文字实际上是总结了几代厨师的原料选用与配伍经验，意识到烹饪原料的选用是整个烹饪工艺过程之要点所在，烹饪产品是否能出美味，关键在于烹饪原料的选用。明代厨师已经能较为全面地掌握一般性原料，如牛、羊、猪、鸡、鱼等如何治净、如何分档取料等基本原理，如用生石灰加水释热以涨发熊掌等。清代厨师对山珍海味等干料的涨发、治净总结出了较为系统的经验，这在袁枚的《随园食单》一书中有具体载述。元代出现了"染面煎"的挂糊方法，即在原料外挂一层面糊后加以油煎。明清时期的厨师已经开始用多种植物淀粉进行勾芡。清代厨师用蛋清和淀粉挂糊上浆，这已与今天的挂糊上浆方法基本相同。明代的厨师已经普遍地掌握了吊汤技术。通过制作虾汁、蕈汁、笋汁等来提味的方法已成为当时厨师的基本技能之一。其次，这一时期的刀工技术有了很大的提高。据《江行杂录》描述，宋代有一厨娘运刀切肉的情形："据坐胡床，缕切除起，取抹批窍，惯熟条理，真有运斤成风之势。"

足见此厨娘的刀工技术之精湛。这一时期的食雕水平也有很大的提高。《武林旧事》载，在张俊献给高宗的御宴中，就有雕花蜜煎一行，共 12 个品种，书中虽未具体描绘这些食雕作品的精美程度，但既是御宴，其食雕水平自然是相当高的。元代厨师很重视菜肴中原料的雕刻，擅长运用刀工技术来美化原料。据《广东新语》记载，明代厨师已能将"鱼生"切得非常之薄，说"细脟之为片，红肌白理，轻可吹起，薄如蝉翼，两两相比"。清代扬州的瓜雕堪称绝技，代表了这一时期最高的食品雕刻艺术。再次，烹调方法与调味技术在这一时期有了很大发展。早在宋代，主要的烹调方法已经发展到 30 种以上，就"炒"的方法而论，已有生炒、熟炒、南炒、北炒之分。从《山家清供》的记载中可知，此时还出现了"涮"法，名菜"拨霞供"的基本方法与今天的涮羊肉无异。另从《居家必用事类全集·煮诸般肉法》中可知，元代厨师已熟练掌握许多种煮肉之法。至明代时，制熟方法更是花样繁多，如《宋氏养生部》一书就收录了为数可观的食品加工方法，其中仅"猪"类菜肴的制熟方法就达 30 多种，而书中记载的酱烧、清烧、生爨、熟爨、酱烹、盐酒烹、盐酒烧等都是很有特色的制熟方法。到了清代，制熟工艺在继承中又有所发展，出现了爆、炒等速熟法。值得一提的是清代厨师蒸法上的许多创新，如无需去鳞的清蒸鲥鱼，以蟹肉填入橙壳进而清蒸的蟹酿橙等，这都是对蒸法的改进。同样，这一时期厨师在把握火候和调味方面，也颇有建树。《饮膳正要·料物性味》中记载元代的调味品已有近 30 种之多。明代厨师将火候以文、武这样颇有意味的字眼来形容。清代厨师把用油的温度划分为十成，以此判断油热程度，多次油烹的重油复炸工艺已能熟练把握。宋元时期的厨师在烹调过程中已开始了复合味的调味方法，清代后期，厨师们将番茄酱和咖喱粉用于调味之中。至此，已出现了姜豉、五香、麻辣、蒜泥、糖醋、椒盐等味型，今天的烹饪调味工艺中大多数的味型都是在这一时期定型的。

尤其值得一提的是菜肴、面点、小吃的造型艺术在这一时期大放异彩。像宋元资料中记录的假熊掌、假羊眼羹、假蚬子等以"假"命名的菜肴，就是以非动物性原料模仿动物造型制作而成的菜肴。在南宋招待金国来使的国宴中，就有假圆鱼、假鲨鱼这样的仿生造型的艺术菜肴。明代还出现了"假腊肉""假火腿"等造型艺术菜肴。

（三）饮食风味流派与地方菜的形成

饮食风味流派的形成与社会的发展，政治、经济、文化中心的形成和转移相关联。便利的交通条件和繁荣的经济环境是促成一个都市餐饮业发达的重要前提。各地有着不同的饮食习惯，正如《中华全国风俗志》中所言："食物之习性，各地有殊，南喜肥鲜，北嗜生嚼（如葱、蒜等），各得其适，亦不可强同也。"这样就出现了风味各异的餐馆，而这种地方风味餐馆的出现，正是地方风味流派形成的发端。各种地方风味餐馆的日渐发展，进而在一些大城市中出现了"帮口"。来自各地的餐饮业经营者，为了在经营中能相互照应，自然结合成帮，从而使"帮口"具有行帮和地方风味的双重特性。他们联合起来，主持或者占领某一大城市的餐饮行业，形成独具特色的餐饮行业市场。早在夏商周时期，中国菜点的文化体系与流派已出现了黄河流域和长江流域之分。隋唐以后，又出现了岭南饮食文化流派、少数民族饮食文化流派和素食饮食文化流派。各地风味流派的形成，主要得助于一大批名店、名厨和名菜。宋代以后，市肆饮食文化流派已成气候，出现了北食、南食、川食、素食等不同风味的餐馆。至清代末年，地域性饮食文化流派已经形成，清人徐珂编撰的《清稗类钞》论述了有关当时地域性饮食风味流派的情况："肴馔之有特色者，为京师、山东、四川、广东、福建、江宁、苏州、镇江、扬州、淮安。"我国目前所说的四大菜系，即长江下游地区的淮扬菜系、黄河流域的鲁菜系、珠江流域的粤菜系和长江中游地区的川菜系，在这一时期已经发展成熟。除地域性饮食文化、少数民族饮食文化和市肆饮食文化外，这一时期的宫廷饮食文化、官府饮食文化也都走向成熟并基本定型，这正是中国饮食文化在其历史长河中发展积淀走向成熟的结果。

（四）饮食市场繁荣发达、饮食消费水平日益提高

这一时期我国的饮食市场与饮食消费呈现出空前的繁荣景象。宋代的宴会不仅名目繁多，而且相当奢侈。例如为皇上举办寿宴，仅进行服务和从事食品准备工作的就有数千人之多，场面盛况至极，难以言状。据《武林旧事》一书记载，绍兴二十年十月，清河郡王张俊接待宋高宗及其随从，宴会从早到晚，分六个阶段进行，皇上一人所享菜点达 200 余道之多。当时的餐饮市场上已有了四司六局，专门经营民间喜庆宴会，采取统一指挥、分工合作的集团化生产方式。高档宴会很讲究审美，如南宋集贤殿宴请金国使者，上菜九道，"看食"四道。元代的宴会受蒙古族影响，菜点以蒙古风味为主，并充满了异国情调。蒙古族人原以畜牧业为主，习嗜肉食，其中羊肉所占比重较大。宫廷菜尤其庞杂，除蒙古族菜外，兼容女真、西域、印度、阿拉伯、土耳其及欧洲一些民族的肴馔，大型宴会多羊肉、奶酪、烧烤、海鲜，所以，当时一般宴会都少不了羊肉奶品。同时与草原民族风格相应。宴饮出现了豪饮所用的巨型酒器"酒海"。元延祐年间，宫廷饮膳太医忽思慧在其《饮膳正要·聚珍异馔》中就收录了回族、蒙古族等民族及印度等国的养生美食菜点 94 种，比较全面地反映了元代在饮食消费方面对各族传统饮食风味融会贯通、兼收并蓄的时代特点。明代人在饮食方面十分强调饮膳的时序性和节令食俗，重视南味。据《明宫史》载："先帝最喜用炙蛤蜊、炒海虾、田鸡腿及笋鸭脯。又海参、鳆鱼、鲨鱼筋、肥鸡、猪蹄筋共脍一处，名曰'三事'，恒喜用焉。"由于明代在北京定都始于永乐年间，皇帝朱棣是南方人，其嫔妃多来自江浙一带，南味菜点在明代宫廷中唱主角，自洪熙以后，北味在宫廷菜点中的比重渐增，羊肉成为宫中美味。另据《事物绀珠》记载，明中叶后，御膳品种更加丰富，面食成为主食的重头戏，而且与前代相比，肉食类品种有所增强。时至

清代，人们的饮食消费水平又有了很大的提高。无论是官宴还是民宴，宴会都很注重等级、套路和命名。清宫中的烹调方法上还特别重视"祖制"，许多菜肴在原料用量、配伍及烹制方法上都已程式化。而奢侈靡费和强调礼数，这是历代宫廷生活的共同特点，清代宫廷或官府的饮食生活在这两个方面上表现得尤为突出。如在菜点上席的程序上，一般是酒水冷碟为先，热炒大菜为中，主食茶果为后，分别由主碟、座汤和首点统领。其中的"头菜"则决定着宴会的档次和规格。命名方法有很多，或以数字命名的，如三套碗、十二钵等；或以头菜命名的，如燕窝席、熊掌席、鱼翅席等；或以意境韵味命名的，如混元大席、蝴蝶会等；或以地方特色命名的，如洛阳水席等。值得一提的是，这一时期的全席不仅发展成熟，而且出现了多样化的局面。在众多全席中，以全羊席和满汉全席最为有名。全羊席是蒙古族喜食的宴会，也是招待尊贵客人的最为丰盛和最为讲究的一种传统宴席。席间看馔百余种，皆以羊肉为料，其中的头菜大烹整羊，是将羊羔按要求分头部、颈脊部、带左右三根肋条和连着尾巴的羊背以及四条整羊腿，共分割成七块，入锅煮熟即起。用大方盘，先摆好前后四只整羊腿，还要放一大块颈脊椎，又在上面扣放带肋条及有羊尾的一块，最后摆一羊头及羊肉，拼成整羊形，以象征吉利。清代的满汉全席，又称为"满汉席""满汉大席""满汉燕翅烧烤席"，是中国历史上最著名，也是中国饮食文化发展史上影响最大的宴席之一，其基本格局包括红、白烧烤，各类冷热菜肴、点心、蜜饯、瓜果以及菜酒等。

（五）饮食养生与烹饪理论的成熟发达

根据著名饮食文化学者邱庞同先生所著《中国烹饪古籍概述》等有关资料统计，这一时期完整地流传下来的有关饮食养生、烹饪理论文献中，影响较大的主要有宋代浦江吴氏《中馈录》、林洪的《养小录》、陈达叟《本心斋疏食谱》、元代宫廷饮膳太医忽思慧的《饮膳正要》和倪瓒的《云林堂饮食制度集》、元明之际贾铭的《饮食须知》和韩奕的《易牙遗意》、明代宋诩的《宋氏养生部》、宋公望的《宋氏尊生部》、高濂的《饮馔服食笺》、张岱的《老饕集》等。清代出现的饮食烹饪专著，数量更是空前，而且理论水平较高。主要有著名文人袁枚的《随园食单》、戏剧理论家李渔的《闲情偶寄·饮馔部》、张英的《饭有十二合》、曾懿的《中馈录》、顾仲的《养小录》、四川人李化楠著并由其子李调元整理刊印的《醒园录》、著名医学家王士雄的《随息居饮食谱》、宣统时文渊阁校理薛宝辰的《素食说略》、清末朱彝尊的《食宪鸿秘》以及《调鼎集》等。这些饮食烹饪文献中，既有总结前人烹饪理论方面的，又有饮食保健方面的，从烹饪原料、器具、工艺、产品，一直到饮食消费，这些文献都有不同程度的理论研究与概括，并形成了一个较为完善的体系，其中袁枚的《随园食单》堪称是这一理论体系的代表。

任务五　近现代中国饮食文化全盛发展

清王朝的灭亡，不仅标志着中国封建社会的终结，也奏响了中国饮食文化走进现代阶段的交响乐。在这一阶段中，社会的发展虽然经历了跌宕起伏，而且就时间来说并非很长，但是中国饮食文化却发生了突飞跃进性的发展，无论是烹饪实践还是理论研究，中国饮食文化以全新的姿态进入了新开拓的新时代，走上与世界各民族饮食文化进行广泛交流的道路。以近现代科学思想指导烹饪实践和理论研究，运用现代科学技术改良、培育和人工生产烹饪原料新品种，并改进发明

视频 2-11
饮食文化繁荣
创新时期的
历史背景

烹饪生产工具，广泛开辟新型的能源，为烹饪原料的来源、烹饪物质要素的发展开辟了全新的道路。与此同时，饮食风味流派与菜肴体系在结构和内容上发生了不同于传统形式的改变和革新，在烹饪技艺传承上发展了现代意义的烹饪职业教育；餐饮生产经营管理日趋科学化、社会化，现代饮食文化经过数十年的努力已初步构成了全新的体系。因此，中国饮食文化的发展进入近代与现代已经达到了全面繁盛的历史时期。近现代中国饮食文化的发展成果与特征主要表现在以下五个方面。

一、饮食烹饪原料丰富发展，品类繁多

视频 2-12
中国饮食繁荣
创新时期的
特点（一）

首先，在近现代饮食文化发展阶段，由于对外开放，尤其是近年来提倡优质高效的农业生产，从世界各国引进了许多优质的烹饪原料。植物性原料主要有洋葱、西芹、苦苣、樱桃番茄、奶油白菜、西兰花、凤尾菇等；动物性原料主要有牛蛙、珍珠鸡、肉鸽、鸵鸟、象拔蚌、皇帝蟹等，这些烹饪原料已在我国广泛种植或养殖，并用于烹饪之中，丰富了原有的食材品类。

其次，进入 20 世纪以来，人们曾在一个时期内毁林造田，乱砍滥伐，使得许多野生动植物濒临灭绝，生态环境遭受到严重破坏，于是又不得不对野生动植物进行加倍保护，国家还为此颁布了野生动植物保护条例。同时，科研人员利用先进的科学技术对一些珍稀动植物原料进行人工培植或养殖，并获得了成功。如今，人工培植成功的珍稀植物原料有猴头菇、银耳、竹荪、虫草及多种食用菌。人工饲养成功的珍稀动物原料有果子狸、竹鼠、环颈雉、牡蛎、刺参、湖蟹、对虾、鳜鱼、长吻鲍、鳗鲫、蝎子等。这些珍稀原料的产量大大超过了野生的，能够更多地满足众多食客的需求。

再次，各种优质烹饪原料品种不断增多，其中最引人注意的是粮食、禽畜及加工制品。在粮食中，仅米的名贵品种就有广东丝毛米、福建过山香、云南接骨糯等。而绿豆约有 200 多个品种，著名的有安徽明光绿豆、河北宣化绿豆、山东龙口绿豆等。此外大小麦等也有众多名品。在禽畜类原料中，猪的优良品种有四川荣昌猪、浙江金

华猪、苏北准猪等。近年来，全国又推行养殖瘦肉型猪，以减少脂肪的含量。鸡的优良品种也很多，有寿光鸡、狼山鸡、浦东鸡等。加工制品中优良品种众多，如板鸭名品有江苏南京板鸭、福建建瓯板鸭、江西南安板鸭等；豆腐名品有八公山豆腐、黄陂豆腐、榆林豆腐、平桥豆腐等。

总之，饮食、烹饪原料的丰富发展，品类的日益繁多，不仅为我们现代人的饮食生活开拓了食料空间，为烹饪技术的进步发达奠定了物质基础，同时更加促进了中国饮食文化的丰富发展。

二、烹饪加工生产趋于现代化

视频 2-13
中国饮食繁荣
创新时期的
特点（二）

在现代烹饪阶段，烹饪工具发生了重大变革，尤其体现在能源和设备两个方面。就能源而言，木柴已不再是主要能源，城镇居民家庭和酒店宾馆主要使用煤炭、煤气、天然气以及液化气、汽油、柴油、太阳能、电能等，这些变化充分展示了现代科技对烹饪领域的影响和推动。

基于上面的因素，无论是工业食品加工，还是烹饪菜点的生产方式都发生了很大变化，生产方式日益现代化。现代食品工业是传统烹饪的派生物，是现代科学进入烹饪领域的结果，如今，中国食品工业已经形成比较完整的生产体系。至于烹饪生产方式的变化，主要表现在两个方面：一是餐馆、饭店中食品原料的切割、制蓉等某些烹饪工艺环节，以及许多成品的加工等已经出现了以机械代替厨师的手工操作，甚至出现了智能机器人厨师作业；二是食品工业的兴起，已经出现了食品工厂，并生产火腿、月饼、香肠、饺子、包子、面条等这些传统手工烹饪的食品，既减轻了手工烹饪繁重的体力劳动，又使大批量食品的生产质量更加规范化和标准化。

三、现代营养科学对中国传统饮食产生重大影响

诞生于近代的饮食营养科学，是研究食物与人体健康关系的一门综合性学科，它起源于 18 世纪中后期，丰富发展于 19 世纪，完善于 20 世纪，进入 21 世纪以来，营养学的成果对人类健康的影响越来越突出。其优势是微观、具体、深入，通过现代自然科学已有的各种检测手段，能够严格地进行定量分析。现代营养学大约在 1913 年传入中国，到 20 世纪 20 年代后，中国现代营养学逐步发展起来。一些营养学专家还逐步将营养与烹饪结合起来研究，取得了长足进步，并在 20 世纪 80 年代前后发展成为一门新兴学科，即烹饪营养学。这门学科在中国虽然起步较晚，但已取得一定成果。许多高等烹饪学府都开设了烹饪营养学课程，使学生能够运用营养学的知识科学合理地烹饪，制作出营养丰富、风味独特的菜点。

近年来，随着人们对饮食健康的追求，中国烹饪与现代营养学密切结合的同时，仍然没有也不可能放弃长期指导中国菜肴、面点制作的传统饮食养生学的研究与应用。中国饮食养生学说虽然比较直观、笼统、模糊，带有经验型烙印，但有宏观把握事物本质的长处。正是由于中西医学的结合，传统饮食养生学说与现代营养学的相互渗透，宏观把握与微观分析两种方法的相互配合，使得中国烹饪向现代化、科学化迈出了更快的步伐。传统饮食养生学与现代营养科学有机结合的饮食健康理念，越来越受到当代人的欢迎。

四、中国饮食文化进入更广泛意义上的交流与融合

众所周知，中国是一个多民族的国家，各民族之间的交流从未停止过。无论秦、汉、南北朝，抑或是唐、宋、元、明、清这些朝代，食品原料、烹饪技艺交流已很普遍。通过不断交流，汉族的食品烹饪、饮食风俗影响了兄弟民族，而各兄弟民族的食品烹饪与饮食风俗也影响了汉族，促进了共同发展。进入现代饮食文化发展阶段以来，民族之间的烹饪技艺与饮食文化交流更加频繁。如今满族的"萨其马"、维吾尔族的"烤羊肉串"，土家族的"米包子"，黎族与傣族的"竹筒饭"等品种，已成为各民族都认同和欢迎的食品，并且有了新的发展。如"萨其马"已进行工业化生产；而在"烤羊肉串"的启发之下，又出现了"烤鸡肉串""烤兔肉串"，以及烤各种海鲜串等；"竹筒饭"及其系列品种"竹筒烤鱼""竹筒乳鸽"等更是在北京、四川、广东等地大显身手。

与此同时，由于交通的日益发达、便捷，人员流动增大，国内地区间的饮食文化交流更加频繁。在许多大中城市林立的酒楼餐饮业馆中，既有当地的风味菜点，也有异地的风味菜点，而且还出现了相互交融与渗透的现象。可以说，地区间的饮食文化交流，加之改革开放后全国范围内进行的多次烹饪大赛，对提高中国烹饪的整体水平、缩小地区间的烹饪技术的差别起到了巨大的推动作用，促进了中国饮食文化的全面发展。

尤其引人瞩目的是中国与世界各地、各国间的饮食文化交流，在近现代饮食文化发展阶段中发生了翻天覆地的变化。20世纪初，随着西方教会、使团、银行、商行的涌入，洋蛋糕、洋饮料、奶油、牛排、面包等西菜西点也进入了中国，并对中国饮食文化产生了很大的影响。近几十年来，随着改革开放的深入，西方的一些先进的厨房设施和简易的烹饪方式正在被学习和借鉴。在食品方面，西式快餐、日本料理、泰国菜、韩国烧烤等异国风味竞相登陆，这不仅是对古老的中国饮食文化的挑战，更是中国饮食文化蓬勃发展的机遇。其中，西式快餐是将高科技发展的成果应用于快餐，是工业化标准和标准化思想、标准化科学技术运用的结果。它适应了高科技社会的客观需要，并以崭新的姿态赢得了中国人的喜欢，获取了巨大的成功。面对这一现实，中国也正努力借鉴西式快餐的优点和成功经验，发展中式快餐，并将其作为饮食业的

新增长点。另外，中国饮食文化在海外的影响也越来越大，在遍布世界各地的 6000 多万中国侨民中，有不少人开中式餐馆谋生，传播着中国饮食文化和美味可口的中国菜点，使洋人大开眼界。改革开放以来，中国又不断派出烹饪专家和技术人员到国外讲学、表演，参加世界性的烹饪比赛，使海外更多人士了解中国饮食文化，喜爱中国菜点，这也促进了世界烹饪水平的提高。

五、饮食市场空前繁荣与烹饪创新日新月异

视频 2-14
中国饮食的未
来发展趋势

中国自古以农立国，历代统治者都实行"重农抑商"的政策，因此作为商业重要组成部分的饮食业虽然在不断地走向繁荣，但常受到轻视，不能理直气壮地发展。直到 20 世纪 80 年代，第三产业蓬勃兴起，饮食业也受到了前所未有的重视和青睐，并迅速成为第三产业的中坚力量，饮食市场空前繁荣。据有关部门统计报告，2018 年，全国餐饮收入 42716 亿元，同比增长 9.5%。餐饮业已成为国内消费需求市场中发展速度最快的行业，对扩大内需和促进国民经济的发展作出了突出贡献。

与此同时，随着时代浪潮的冲击、社会经济的发展，人们的生活条件和消费观念发生了变化，尤其是对新、奇、特的追求日益强烈。为适应这些新的追求，创新出大量的风味别具菜肴、面点与特色筵席，如淮扬菜系中的姑苏肴宴，它将菜点与茶结合起来，开席后先上淡红色的似茶又似酒的茶酒，再上芙蓉银毫、铁观音炖鸭、鱼香鳗球、银针蛤蜊汤等，用名茶烹制的菜肴，再上用茶汁、茶叶等作配料的点心玉兰茶糕、茶元宝等。目前，姑苏茶肴宴的茶酒、茶菜、茶点共 18 种，已经初成系列。再如，鲁菜中仅海参一项，经过无数厨师的创新，使海参菜肴的款式由原来的几十种，发展到现今的几百种，而因此设计创新的海参宴席更是不计其数。这些风味独特的创新筵席与传统筵席一起，共同促进了中国筵席的进一步发展和繁荣。此外，受西方饮食文化的影响，中国也出现了冷餐酒会、鸡尾酒会等宴会形式。

■ 项目小结 ■

中国饮食文化的发展历程悠久而漫长，大致经过了五大阶段。整个原始社会，是中国饮食文化的起源，先民在熟食活动中又经历了火烹、石烹和陶烹三个过程。夏商周时期，中国饮食文化进入形成阶段，烹饪原料进一步扩大，新的烹调手段应运而生，饮食器具更是品类多样，传统饮食养生理论初步建立。从秦汉至唐代，是一个发展壮大的时期，烹饪原料大量增加，植物油用于烹饪，烹饪工具迅速发展，灶具、刀具、餐具以及桌、椅和燃料等都比前阶段大有改善，烹饪工艺水平有了很大的提高，风味流派已基本成型，烹饪名家辈出，理论研究繁荣。从宋到清朝灭亡，是饮食文化的转变时期，主要表现在外城的烹饪原料和饮食品大量地引进中国，各类烹饪器具已

经基本上能满足烹饪工艺过程的需要，并已形成体系。至清末，地域性饮食文化流派已经形成。辛亥革命后至今，中国饮食文化有着飞跃性的发展，这一时期，人们以近代科学思想指导烹饪实践和理论研究，为烹饪原料的来源、烹饪物质要素的发展开辟了新的道路，风味流派体系在结构和内容上发生了不同于传统形式的改变和革新，烹饪教育培训、生产管理日趋科学化、社会化，现代饮食文化经过数十年的努力已经初步构成了全新的体系。

思考与练习

一、单项选择题

1. 最早使用的调味品是（　　）。

　A. 盐、糖　　　　　　B. 果酒、醋　　　　　C. 野蜜、醋　　　D. 盐、果酒

2. 我国最早的一部营养卫生学的专著是（　　）。

　A.《本草纲目》　　　B.《黄帝内经》　　　C.《饮膳正要》　　D.《食疗本草》

3. 国家组织中，管理膳食的官"庖正"出现的时代是（　　）。

　A. 夏代　　　　　　　B. 商代　　　　　　　C. 周代　　　　　D. 秦代

4. 根据史料记载，"月饼"最早出现的时代是（　　）。

　A. 唐代　　　　　　　B. 宋代　　　　　　　C. 元代　　　　　D. 明代

5. 宋元时期最早"涮"的菜肴原料是（　　）。

　A. 羊肉　　　　　　　B. 兔肉　　　　　　　C. 猪肉　　　　　D. 牛肉

6. 在烹饪发展史上，红、白案的分工是在（　　）。

　A. 汉魏时期　　　　　B. 唐代　　　　　　　C. 宋代　　　　　D. 元代

7. 清代《随园食单》的作者是（　　）。

　A. 袁枚　　　　　　　B. 忽思慧　　　　　　C. 贾思勰　　　　D. 李时珍

8. 国内第一届烹饪大专班的建立时间是（　　）。

　A. 1980 年　　　　　B. 1981 年　　　　　C. 1983 年　　　D. 1985 年

9. 改革开放后我国较早发行的烹饪专业杂志是（　　）。

　A.《中国烹饪》　　　B.《烹调知识》　　　C.《餐饮世界》　　D.《美食》

10. 利用（　　）栽培蔬菜，是秦汉时期蔬菜种植技术发展的一项突出成就。

　A. 水塘　　　　　　　B. 泥土　　　　　　　C. 温室　　　　　D. 无土技术

11. 当今闻名世界、被称为"四大菜系"的川菜、鲁菜、粤菜、淮扬菜，是在（　　）形成的地方风味流派基础上进一步发展起来的。

　A. 唐朝　　　　　　　B. 宋朝　　　　　　　C. 民国时期　　　D. 清朝

二、多项选择题

1. 夏代的主要作物有（　　）、菽、粟、麻等，包括后世常说的"五谷"。

　A. 稻　　　　　　　　B. 麦　　　　　　　　C. 黍　　　　　D. 稷　　　E. 玉米

2. 淮扬菜是长江中下游流域饮食风味体系的代表，包括（　　），以及江西、河南部分地区，有"东南第一佳味""天下之至美"的美誉。

A. 江苏　　　　　　B. 浙江　　　　　　C. 安徽　　　　　D. 无锡　E. 上海

三、填空题

1. 用火熟食，扩大了食物来源，使食物更有利于人体吸收，既是一场人类生存的大革命，也是人类（　　）的开端，是人类发展史上一座重要的里程碑。

2.《庄子》中著名的寓言"（　　）"，描述庖丁宰牛的分解技术出神入化、游刃有余，生动地反映出当时厨师对刀工技术的理想化要求。

3. 中国面点大致可分为北味和南味。北味面点以面粉和杂粮制品为主、以（　　）为代表；南味面点以米及米粉制品为主，以江苏、（　　）一带的面点为代表。

四、名词解释

1. 庖丁解牛。

2. 五谷六牲。

五、简答题

1. 中国饮食体系在各个发展时期有哪些重大成就？

2. 中国菜肴的不同风味流派各有哪些特点？

3. 中国面点的不同风味流派各有哪些特色？

项目三
中国饮食科学思想

📥 项目导读

科学是关于自然、社会和思维的知识体系。它的任务是揭示事物发展规律，探索客观真理，以作为人们改造世界的指南。每一门科学通常都只是研究客观世界发展过程中的某一阶段或运动形式。饮食科学就是以人们加工制作饮食的技术实践为主要研究对象，揭示饮食烹饪发展客观规律的知识体系和社会活动。它的内容十分丰富，本项目主要阐述饮食科学的两个重要方面，即饮食思想观念以及受其影响形成的食物结构。而中国历来有"民以食为天"的思想，创造和品评饮食的人物众多，他们中的许多人对中国饮食的发展起到了很大的促进作用。

🚀 学习目标

中国饮食思想是中国古代文化的重要组成部分，它融合了哲学、伦理学、医学、农学等多方面的知识，体现了中华民族对饮食文化的独特理解和追求。了解中国饮食科学思想的三大观念和重要的饮食人物，掌握传统食物结构的内容及在烹饪中的运用状况，熟悉食物结构改革与发展的指导思想和发展原则。

在中国传统文化中，饮食不仅是满足生理需求的行为，而且是一种修身养性的方式。人们通过饮食的合理搭配，可以调和阴阳平衡，达到身体和心理的双重调节。这种整体观念也体现在食物的选材和烹饪过程中，强调食物的性味、功效、营养等方面的搭配，以适应不同季节、不同体质、不同场合的需求。

🌐 思维导图

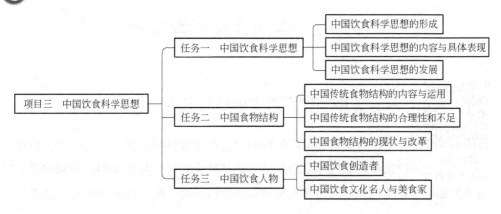

📖 案例导读

孔子饮食的有关论说

孔子，名丘，字仲尼，春秋时鲁国人，是古代的思想家、教育家和儒家学说的创始人。孔子的先祖曾是宋国的宗室，到公元前 5 世纪时，他的家庭已不在贵族之列，生活也颇清贫。他对饮食追求所形成的饮食观念，并非是他个人饮食生活的写照，而是士大夫阶层的一种追求。

孔子的饮食观点集中记录在《论语·乡党》篇。他主张"食不厌精，脍不厌细"。以不厌精细为前提，对饮食提出了许多应当怎样办和不应当怎样办的要求。这既是对饮食和菜肴烹饪的总的概括，又是对烹饪、调味、营养、卫生、食礼诸内容的具体要求。从他下面一系列的主张可以得到证明：

"食饐而餲，鱼馁而肉败，不食；色恶，不食；臭恶，不食；失饪，不食；不时，不食；割不正，不食；不得其酱，不食；沽酒市脯，不食。"意思是说：饭因天气闷热放得过久而变味不要吃，鱼烂了、肉腐败了不要吃；不新鲜的食物颜色因变质而难看了不要吃；气味变得难闻了不要吃；夹生或烧焦糊的烹饪不当的食品不要吃；不到该吃饭的时候或食物未到能食用的时令不要吃；不按一定方法割解的肉不吃；没有合宜的调味品酱醋不吃；从市肆中买来的酒肉（菜肴）不吃。分别从食品卫生、火候、刀工、原料搭配等多个方面提出了主张，其中绝大多数至今也是正确的和被人们所遵循的。

对于饮食，孔子又提出了不要过分追求享受的主张，其实质是以食而喻德。孔子曰："饭疏食，饮水，曲肱而枕之，乐亦在其中矣"（《论语·述而》）。孔子多次提出的"疏食"说，是对仁人志士提出的一种道德观念，是精神文化方面的哲学论述，不能仅作为一种饮食文化观念来认识和理解。

案例分析

1. 孔子有哪些饮食科学思想？
2. 孔子的饮食科学思想与现代人的饮食观念有哪些差别？

任务一　中国饮食科学思想

视频 3-1
中国饮食科学
思想的形成

一、中国饮食科学思想的形成

作为对饮食烹饪认识和研究的饮食科学，深受社会科学、自然科学尤其是概括和总结自然知识与社会知识的哲学影响，不同的哲学思想及由此形成的文化精神和思维模式将产生不同的饮食科学思想。

（一）哲学思想的影响

从哲学思想看，中国哲学的一个核心是讲究气与有无相生，注重整体研究。中国人认为，宇宙本体即形成世界的根本之物是气，这种气就是无、是虚空，而这种气又充满生化创造功能，能衍生出有、生出万物，也如同老子所说："天下之物生于有，有生于无"（《老子四十章》）。对此，张载在《正蒙·太和》中进行了比较详细的阐述，指出"虚空即气""太虚无形，气之本体，其聚其散，变化之客形尔""凡可状皆有也，凡有皆象也，凡象皆气也"。即是说，宇宙无形，只充满了气，气是宇宙的本体，气化流行，衍生万物，气之凝聚则形成实体、形成有，实体如散则物亡，又复归于宇宙流行之气、归于无。当代学者张岱年等人的《中国文化与文化论争》进一步指出："在中国古代的气一元论者看来，有形的万物是由无形、连续的气凝聚而成的，元气或气不仅充塞着所有的虚空，或与虚空同一，而且渗透到有形的万物内部，把整个物质世界联结成一个整体并以气为中介普遍地相互联系、相互作用。"在这个气的宇宙模式中，中国人认为，有与无、实体与虚空是气的两种形态，密不可分；但无与虚空又是永恒的气，是有与实体的本源和归宿，是最根本、最重要的。因此，要认识宇宙、认识气就不能将实体与虚空分离、对立起来看，必须将实体与虚空、有与无有机结合起来进行整体研究和认识。

图 3-1 中国哲学人物——庄子

（二）文化精神和思维模式的影响

在独特的哲学思想影响和制约下，中国产生了独特的文化精神和思维模式，即讲究天人合一、强调整体功能，在它们的进一步影响下，形成了中国独特的饮食科学观念。张法在《中西美学与文化精神》一书中，将中西方文化进行比较后指出："一个实体的宇宙，一个气的宇宙；一个实体与虚空的对立，一个则虚实相生。这就是浸渗于各方面的中西文化宇宙模式的根本差异，也是两套完全不同的看待世界的方式。西方人看待什么都是实体的观点，而中国人则用气的观点去看待。"他举例说，面对人体，西方人看重的是比例，中国人看重的是传神；面对宇宙整体，西方人重视理念演化的逻辑结构，中国人重视气化万物的功能运转。其实，不只这些，在天人关系上、在认识事物的思维模式以及由此形成的饮食科学观念等方面也是如此。

在天人关系上，中国讲究天人合一，认为人作为主体与人以外的客体是合而为一、融为一体的，人是自然界的组成部分，人与自然是合二为一、密不可分的。由此，处于大自然生态环境中的人要满足自己包括饮食在内的各种需要，就必须遵循自然界的普遍规律，适应自然、适应环境。在认识事物的思维模式上，中国强调整体功能，认为由部分构成的整体是密不可分的，离开了整体的部分已不再是整体的部分，也不再具有其在整体里的性质，不能离开整体来谈部分、离开整体功能来谈结构。以对人自身的认识而言，中国人认为人是有机体，是由精、气、神构成的，密不可分，不能通过解剖人体各部分来认识人的自身状况，而必须通过望、闻、问、切等方法对人的精、气、神的整体功能进行观察来认识。要使人体健康长寿，就必须使人气足、精充、神旺，必须根据人的整体功能状况来辨证施食、以食治疾、以食养生。与此同时，这种从整体上认识、把握事物的思维模式，把整体置于首要位置，使整体异常突出，也使人们更加重视整体而忽视个体，更加注重调和而轻视特异独立。以对菜点的审美而言，中国人重视菜点的整体风格，崇尚五味调和，力图通过对各种不同滋味和性味原料的烹饪调制，创造出合乎时序与口味的新的综合性美味。

图 3-2　"天人合一，道法自然"饮食观

视频 3-2
中国饮食科学
思想的内容

二、中国饮食科学思想的内容与具体表现

熊四智先生在其《中国烹饪概论》一书中总结指出，中国传统的饮食科学思想主要包括三大观念，即天人相应的生态观念、食治养生的营养观念与五味调和的美食观念。它们具体表现在食物的选择、配搭和菜点的组成、制作与风格特色上。

（一）天人相应的生态观念及表现

天人相应的生态观念，是指人取自然界的食物原料烹制肴馔来维持生命、营养身体，必须适应自然、适应环境，在宏观上加以控制，保持阴阳平衡，使人与天相适应。它具体表现在食物的选择上，是从天人合一出发，把人的生存与健康放在自然环境中去认识和研究，认为人的生命过程是人体与自然界的物质交换过程，人体的健康状况与所处的自然环境密切相关，不同气候、不同季节、不同地域对人体会产生不同的作用，进而影响人体对饮食的需要，强调人的饮食选择不仅要满足人体自身的需要，还必须满足人体因自然、环境因素而产生的需要，适应自然、适应环境，做到四季不同食、四方不同食。从古至今，中国的餐饮业和家庭烹饪大多讲究"时令菜"，根据不同的季节选择不同的食物原料进行烹饪、食用，这不仅因为原料的出产和质量等因时不同而不同，而且因为人对食物的需要也因时不同而有差异，人对食物的选择必须适应人体在四时的不同需要。此外，由于地理、气候等自然环境的不同，各地在食物原料、口味的选择上也不同。仅以山西而言，由于地处中国北方，出产大量优质小麦，所以人们主要选择小麦作为常用食物原料之一，形成了"面食为主"的饮食传统；而由于山西气候较为寒冷，土壤中盐碱含量较高，人们便习惯于在饮食制作中多加醋，形成偏酸的口味，以有利于人体的酸碱平衡。

（二）食治养生的营养观念及表现

食治养生的营养观念，是指人的饮食必须有利于养生，以食治疾，辨证施食，饮食有节，以此保正气、除邪气，达到健康长寿。它具体表现在食物的配搭上，是从天人合一与整体功能出发，着重强调要辨证施食、饮食有节。

所谓辨证施食，是指将食物的性能和作用以性味、归经的方式加以概括，并根据人体的特点和各种需要，恰当地搭配食用不同种类和数量的食物。其中，性味、归经是中国传统养生学中特有的术语，是在观察事物的整体功能基础上产生的。性味，指的是食物的性能，主要包括寒、凉、温、热等四气和甘、酸、苦、辛、咸等五味。归经是指食物的作用，常常根据食物对脏腑的作用来划分，并以相应脏腑的名称命名。如梨有润肺、止咳作用，则称其"人肺经"。饮食有节，包括以下三个方面。一是饮食数量的节制，指摄取饮食的数量要符合人体的需要量，不能过饥过饱，不能暴饮暴

食；否则，不仅消化不良，还会使气血流通失常、引起多种疾病。元朝李东垣《脾胃论》言："饮食自倍，则脾胃之气既伤，而元气亦不能充，而诸疾之由生。"清朝曹慈山《老老恒言》指出："凡食总以少为有益，脾易磨运，乃化精液，否则极补之物，多食反致受伤。"如今，一些由于过量饮食而出现的肥胖症和心血管疾病，也从反面证明节制饮食的数量是十分必要的。二是饮食质量的调节。即指食物种类的搭配要合理，不能有过分的偏好，否则也会引起身体不适乃至疾病。《黄帝内经·素问》曾列举了过分偏食五味的危害，如"多食咸，则脉凝泣而变色；多食苦，则皮槁而毛拔；多食辛，则筋急而爪枯"等。现在，一些由于偏食而出现的营养不良或营养过剩疾病，同样从反面证明了调节饮食质量的必要性。三是饮食的寒温调节。它不仅包括对食物食性的调节及其与四季气温的调节，还包括对食物自身温度的调节，强调不能过量食用单一食性的食物，不能过分违背季节或过冷过热，否则有害身体健康。《黄帝内经·灵枢》言："饮食者，热无灼灼，寒无沧沧，寒温适中，气将持，乃不致邪僻也。"如当今盛行的火锅，在寒冷的冬天食用，让人倍感温暖；但在炎热的夏天，如果经常食用，就会使许多人身体不适。

图 3-3　黄帝内经食治养生

（三）五味调和的美食观念及表现

五味调和的美食观念，是指通过对饮食五味的烹饪调制，创造出合乎时序与口味的新的综合性美味，达到中国人认为的饮食之美的最佳境界"和"，以满足人的生理与心理双重需要。这种"和"侧重于以美学为基础，是一种质的重组，类似于由化学组合或反应而成，难以分离、还原。在中国人看来，"'声一无听，物一无文'，单调的一种声音不可能悦耳，孤立的一种物象也不可能构成绚丽多彩的景观；相同的东西加在一起不可能产生美，只有不同的东西综合起来才能形成美（郑师渠《中国传统文化漫谈》）"，于是生活中以和为贵、饮食上以和为美。

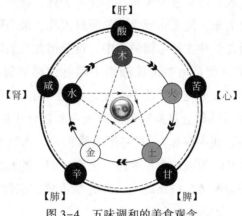

图 3-4 五味调和的美食观念

这种美食观念具体表现在菜肴的组成、制作上，强调菜点由主料、辅料和调料组成并合烹制成。以记载中国传统名菜的《中国菜谱》为例，将其中选录的各地猪肉菜肴进行比较后发现，在江苏和广东选录的猪肉菜中，有 50% 的菜肴是以猪肉为主料、以植物性原料为辅料，合在一起烹制而成的；在山东选录的 26 种猪肉菜肴中，有 14 种这类品种，占总数的 53.8%；在四川选录的 45 种猪肉菜肴中，有 33 种这类品种，占总数的比例高达 73.3%。正因为是合烹成菜，所以烹制菜肴最主要、最常用的炊具是半球形的圆底铁锅，最具特色、最常使用的烹饪方法之一是炒。马新的《中国"锅文化"与西方"盘文化"比较初探》一文言："在中餐菜肴的制作中，虽有整羊或整鱼，但基本上是以丝、丁、片、块、条为主的料物形状。上火前，它们是独立的个体形式，但一经在圆底锅中上下颠炒后，这些有规则的若干个体便按烹调师的构想进行交合，出锅后，装入盘中的是一个色、香、味、形俱佳的整体。"并指出："中餐菜肴的制作，从个体到整体的转变，体现出锅文化中分久必合，天人合一及合欢的哲学思想。"中国在以圆底铁锅烹炒菜肴的过程中还采用大翻勺和勾芡等技术，使锅中的主料、辅料乃至调料均匀地融合成一体，更促进了合烹成菜。圆底铁锅不仅用于炒法合烹成菜，还可以用于多种烹调方法，如爆、炸、烟、煎、煮、烧等，不同种类、形状、质地的原料都可以通过这些方法在铁锅中合烹成菜。它既充分体现中国饮食"和"的特点，也反映出中国烹饪的模糊、精妙和不易把握。

五味调和的美食观念具体表现在菜肴的风格特色上，讲究内容与形式的调和统一，在味道上强调貌神合一，在形态上强调美术化、追求意境美。味道上的貌神合一，主要通过两种方式来实现。一是味的组合，即将主料、辅料和各种调料放在一起，通过调味料的化学性质进行组合，把单一味变成丰富多样的复合味。如鱼香味型的菜肴，是将泡红辣椒、食盐、酱油、醋、白糖、姜、葱、蒜等多种调料放在一起，把各种的单一味进行调制、组合，形成咸甜酸辣兼备、姜葱蒜香浓郁的独特复合味。此外，川菜中常用的怪味、麻辣味、家常味、陈皮味等，都是用多种调料组合而成的复合味。二是味出与味入，即通过调味和其他技术手段，特别是加热手段，使有自然美味的原料充分表现出美味，使无味或少味的原料入味，最终创造出全新的美味，并使这种美味均匀地渗透在各种主料与辅料之中，难分彼此。如以牛肉为主料、以土豆为辅料制成的红烧牛肉，就是将牛肉放油锅中略炒，再加鲜汤、盐、料酒、糖色、姜、香料等调料和土豆，大火烧沸后改小火慢烧，使牛肉的腥膻味得以去除、鲜美味得以突出，并吸收各种调料和土豆的味道，而土豆和汤汁中同样有牛肉和调料的味道，几乎是"你中有我，我中有你"，最终形成质软烂、味浓香的全新而统一的整体风味特色，而这个特色又均匀地渗透在牛肉、土豆之中。除此之外，还有许多著名品种，如麻婆豆腐、大蒜烧鲇鱼、白果炖鸡、口蘑烩舌掌、家常海参、清炖牛尾汤等，都是味道上貌神合一、渗透均匀的佳品。

形态上的美术化、意境美，主要是通过刀工、造型、菜肴命名、餐具配搭等手段来实现。如著名的仿唐菜"比翼连鲤"，就是将带鳍的鲤鱼对剖但皮相连，烹制成双色、双味的菜肴，展鳍、平铺于盘中，淋上汤汁，借用唐代白居易《长恨歌》中的诗句"在天愿作比翼鸟，在地愿为连理枝"来命名，可谓"盘中有画，画中有诗"，充分体现出中国菜形态上的美术化、意境美。此外，具有美术化、意境美的名品还有熊猫戏竹、丹凤朝阳、鲲鹏展翅、松鹤延年、出水芙蓉、孔雀开屏、蝴蝶竹荪、金鱼闹莲、锦江春色、推纱望月、草船借箭等，不胜枚举。其中，最为人称道的是推纱望月。它以鱼糁制成窗格外形，以熟火腿丝、瓜衣丝嵌成窗格线条，以鸽蛋为月，以竹荪为纱，灌以清澈透明的清汤为湖水，构成一幅窗前轻纱飘逸、窗外皎月高悬、湖水静谧的美妙画面，自然令人想起"闭门推出窗前月""投石冲开水底天"的诗句，推纱望月是其意境美的最佳表述。然而，在制作极具美术化、意境美的菜肴时常常需要精湛的刀工技艺特别是食品雕刻技艺，以精心的雕刻来模仿、再现自然界的动植物和美好景象，使作品的形象栩栩如生。

三、中国饮食科学思想的发展

视频 3-3
中国饮食科学
思想的发展

中国传统的饮食科学观念是在几千年的历史发展过程中形成和完善起来的。到了近现代，尤其是 19 世纪 80 年代以后，西方饮食文化和科学思想大规模进入，中国便对其进行吸收、借鉴，努力促使自身的饮食科学思想更加合理、完善。于是，中国的饮食科学思想有了进一步的发展。它主要表现在营养观念上，吸收西方膳食均衡的营养观念，出现了食治养生观念与膳食均衡观念并存的局面。

膳食均衡的营养观念是西方营养学，尤其是西方现代营养学的基本观念。它从天人分离与形式结构出发，认为人是由肌肤、骨骼、毛发、血液等有形之物构成的，可以分为头、手、脚、五官、内脏等部分，人体的健康长寿取决于人体的各个部分运行良好，而这就必须根据人体各部分的需要来合理均衡地摄取饮食。所谓膳食均衡，就是将食物的结构组成以营养素的方式加以概括，并根据人体各部分对各种营养素的需要来均衡、恰当地搭配食物的种类和数量。其中，营养素是西方营养学特有的术语，指的是维持人体健康以及提供生长发育所必需的、存在于各种食物中的物质，主要包括蛋白质、碳水化合物、脂肪、无机盐、维生素、膳食纤维和水等，这些物质成分是根据食物的形式结构检测、分析出来的，具有较强的明晰性，即它们不仅有质的区别，也有量的差异。因此，西方人不仅根据不同人群的身体需要制定出《每日膳食中营养素供给量表》，还编撰出专门记载食物营养素构成和数量的《营养成分表》，并把它们作为选择和均衡搭配各种食物原料的依据。人们只要将这两种表组合使用、稍加计算，就可以比较容易地对食物原料的品种和数量进行准确、合理地搭配，而很少有随意性。这种对食物成分分析和搭配的准确性恰恰是中国传统饮食科学思想所缺乏的，也是值得学习和借鉴的。如中国预防医学科学院营养与食品研究所同北京国际饭店合作，对川、鲁、粤、苏等地方风味流派的许多菜肴成品进行营养成分测定；四川烹饪高等专科学校对30种川菜筵席进行营养调查与分析研究，并通过实践证明在不改变中国筵席格局的前提下，用现代营养学指导筵席设计，能够做到合理、均衡的膳食。因此，在当今中国，人们并不是全盘接受西方现代的营养观念，而是将中国传统的营养观念与西方现代的营养观念相结合，取长补短，形成了食治养生与膳食均衡观念并存的科学思想新局面。这样，既在宏观上总体把握，又在微观上深入分析，更好地促进了中国饮食快速而健康地发展。

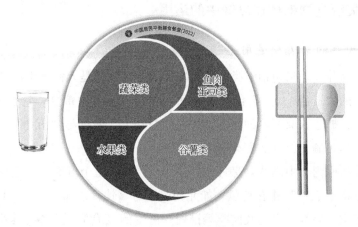

图 3-5　中国居民平衡膳食餐盘

任务二　中国食物结构

食物结构，又称饮食结构、膳食结构，是指人们饮食生活中食物种类和相对数量的构成。它不仅关系到一个人的身体素质和健康，而且关系到一个民族、一个国家的健康发展。饮食科学思想直接影响着人们对食物结构的选择。中国人从天人相应、食治养生与五味调和的思想观念出发，选择了一个独特的食物结构。长期的历史实践证明，它是比较科学与合理的。

一、中国传统食物结构的内容与运用

（一）传统食物结构的提出与内容

视频 3-4
中国传统食物
结构的内容

《黄帝内经·素问》中说："五谷为养，五果为助，五畜为益，五菜为充。气味合而服之，以补精益气。此五者，有辛酸甘苦咸，各有所利，或散，或收，或缓，或急，或坚，或软，四时五藏，病随五味所宜也。"这段话本是从中医学角度论述怎样通过饮食治疗疾病的，然而，中国传统医学和养生学自古有"医食同源"之说，食物既可食用也可以当做药物用，不过主要还是做饮食之用，其最终目的是养生健身。因此，如果从养生学的角度看，这段话则是在论述怎样通过饮食来养生的，而其中的"五谷为养，五果为助，五畜为益，五菜为充"就是关系到中国人养生健身的食物结构。虽然长期以来没有人把养、助、益、充作为中国人的食物结构来论述，但事实上，两千多年的历史实践表明，中国人特别是汉族人的饮食基本上是按这个食物结构进行的。

（二）传统食物结构在烹饪中的运用

1. 五谷为养的含义及运用

所谓五谷为养，是指包括谷类和豆类在内的各种粮食是人们养生所必需的最主要的食物。这里的"五谷"，泛指包括谷类和豆类在内的各种粮食。它强调杂食五谷，以五谷为主食，抓住获取营养的根本，并在此基础上，通过与"五果""五畜""五菜"的配合，辨证施食，达到养生健身的目的。

五谷为养的原则在中国饮食烹饪中的运用，主要有三个方面。一是在中国古代的食谱中，大多将"五谷"排在首位。如元朝贾铭的《饮食须知》，在谈水火之后，其目录便是按谷类、菜类、果类及肉类等排列。清朝的《食宪鸿秘》《养小录》《随息居饮食谱》等，都是以谷类为首排列的。二是在中国的饮食品中，拥有众多以"五谷"为主体的主食和豆制品。中国的主食包括饭、粥、面点等，至少有上千个品种、十分丰富，而他们基本上都是用粮食作为主要原料的。中国的豆制品包括豆腐、豆豉、豆花、千张等类别，而仅仅用豆腐作为原料，就制作出了成百上千的豆腐菜肴，可见其品种繁多。三是在中国的饮食制作和格局上，形成了养与助、益、充结合的传统。在用粮食作为主要原料的饭、粥、面点中加入肉食品和蔬果，成为中国人约定俗成的食品制作方式。如中国著名的粥品皮蛋瘦肉粥、海鲜粥、南瓜粥、红薯粥、杏仁粥、八宝粥等，都是将分属于养、助、益、充的各类原料结合在一起制成的，营养和口感都非常丰富。此外，中国各地的面条、包子、饺子等的制作绝大多数，也是如此。而中国的饮食格局特别是筵席格局，长期以来都包括菜肴、点心、饭粥、果品和水酒五大类，谷、肉和蔬果齐备。人们在日常生活中，在经济条件允许的情况下，总是把酒、菜、饭、点及果品等配合食用，几乎不会只吃饭而不吃菜、只喝酒而不吃饭菜。

2. 五果为助的含义及运用

"五果"，在中国古代，不仅指具体的五种果品，如桃、李、杏、栗、枣，还泛指所有果品。而从饮食烹饪科学的角度看，五果为助的"五果"也应该泛指各种果品，包括水果和干果等。五果为助的含义就是指食用少量的果品作为对粮食和肉、蔬品的辅助、调节，对维护人体健康有很大帮助。它强调应当在"养"，"益""充"的基础上食用少量的果品，这样，一方面可以适当补充人体所需的营养；另一方面不会造成伤害，以便维护和促进人体健康。

五果为助的原则在中国饮食烹饪中的运用，主要有两个方面。一是果品成为中国普通菜点的重要原料。长期以来，果品尤其是新鲜水果常常是甜菜的主要原料。如用苹果制作苹果糊、酿苹果、拔丝苹果；用鲜桃制作桃羹、桃冻、蜜汁桃脯；用香蕉制作拔丝香蕉、蜜汁香蕉；用橘子制作银耳橘羹、醉八仙等。同时，也十分盛行在其他菜肴中添加干鲜果品作辅料，以改善或丰富菜肴的风味。传统的名品有板栗烧鸡、奶汤银杏等，如今的木瓜炖鱼翅，是将热带水果木瓜与名贵原料鱼翅合炖而成，质地软糯、香甜可口。而在饭粥，特别是面点中，干鲜果品几乎是不可缺少的原料。除了鲜果外，各种干果、干果仁、果脯，各种蜜饯水果如蜜樱桃、蜜橘、蜜枣、蜜橙等，都可以用来作为辅料或馅料，制作众多的饭粥、面点小吃。二是许多果品成为食品，雕刻等花色菜肴的造型材料，也是厨师施展烹饪技艺的重要加工对象。食品雕刻作品是烹饪艺术最直观的体现，而它的核心原料之一就是果品。古代的盘饤、攒盒、雕花蜜饯等，是用果品雕刻、拼摆而成；现代的西瓜盅、椰子盅，也是用相应的瓜果雕刻而成；还有用核桃仁堆叠的假山，用橘子镂空的灯笼等，非常精致、美妙。此外，果品还是制作酒水饮料的主要原料，苹果汁、梨子汁、橙汁、橘子汁、杏仁露等果汁，都是以相应的果品为原料制作的。在各种果酒中，用猕猴桃酿造的乳酒有最丰富的维生素，而用葡萄酿造的葡萄酒最为著名，也最受人们欢迎。

3. 五畜为益的含义及运用

"五畜"，在中国古代，既有具体所指，如牛、羊、猪、狗、鸡，或马、牛、羊、猪、狗等，也泛指家禽家畜及其副产品乳、蛋。而如果从饮食烹饪科学的角度看，五畜为益的"五畜"应该更广泛地指整个动物性食物原料。那么，五畜为益的含义就是适量地食用动物性食物原料，对人体健康特别是机体的生长有很大的补益。它强调必须食用肉、乳、蛋类食品，但是又只能适量食用，把它们作为一类副食品，不能与主食品五谷颠倒、过度食用，以恰到好处地满足人体需要、促进其健康发展为宜。

五畜为益的原则在中国饮食烹饪中的运用，主要有两个方面。一是动物性原料成为中国菜肴原料的核心之一。在中国菜肴中，用动物性原料作为主料或辅料而制作的菜肴已超过一半，品种繁多、风味各异。无论是猪、牛、羊、鸡、鸭、鹅等家畜家禽，还是鱼、虾、鳖、蟹等河鲜水产，每一类、每一种原料都可制作出几十个、数百个菜肴，使得中国菜品种异常丰富。如猪、牛、羊，从头到尾，从肉、骨到内脏，都可以制成几百个菜肴，制作出全猪席、全牛席、全羊席。二是动物性原料成为中国厨师施展烹饪技艺的主要加工对象。在日常的菜肴制作中，多种多样的刀工刀法，使用的重要对象是不同形状的动物原料；多种多样的配菜原则与方法，是围绕不同营养价值的动物原料进行的；多种多样的烹饪方法，是针对不同质地和口感的动物原料而出现的；多种多样的调味手段与方法，则是针对不同味道的动物原料而出现的，尤其是灭腥去膻除臊的手段主要是针对牛、羊、鱼、虾等个性突出的原料。而厨师对动物原料在各个烹饪环节的精心制作，不仅表现出了高超的烹饪技艺，也使中国菜变化无穷。中国人能够做到一年 365 天，一天三顿，每天的菜不同，每顿的菜不同。难怪一位研究法国菜的日本料理专家在中国品尝了各地菜肴后说，吃法国菜一个月就可能厌烦，而吃中国菜一年也不会厌烦。此外，表演性、比赛性极强的菜肴制作项目，如绸上切肉、杀鸡一条龙等，更是中国厨师烹饪技艺精彩而集中的展示。

4. 五菜为充的含义及运用

"五菜"，在中国古代，同样有具体所指，如葵、藿、薤、葱、韭等，也有泛指，指对人工种植的蔬菜和自然生长的野菜的统称。李时珍在《本草纲目》中指出："凡草木之可茹者谓之菜。"而从饮食烹饪科学的角度看，五菜为充的"五菜"应该泛指各种蔬菜。五菜为充的含义是指食用一定量的蔬菜作为对粮食和肉食品的补充，可以使人体所需的营养得到充实、完善，有效地促进人体健康。它强调在"养""益"的基础上食用一定量的各种蔬菜，可以更好地增强人体的抗病能力，预防和减少多种疾病的发生。

五菜为充的原则在中国饮食烹饪中的运用，与五畜为益相似，也主要有两个方面。一是蔬菜成为中国菜肴原料的又一个核心，并且在"益""充"配合、互补的原则下创制出众多荤素结合的菜肴。在中国菜肴中，用蔬菜作为主料或辅料制作的菜肴，以及荤素配合制作的菜肴，也都超过一半，品种和风味都丰富多彩。以孔府菜为例，在 47 种猪肉菜中，用素食原料为辅料的有 30 个品种。而在山东、四川、江苏、广东四大地方风味流派中，荤素配合制作的菜肴占整个菜肴的 50%～70%。可以说，用蔬菜做原料和荤素配合制作菜肴已经是一个传统，遍及东西南北四方和官府、民间。二是蔬菜也成为中国厨师施展烹饪技艺的主要加工对象。不仅在日常的菜肴制作中，对蔬菜原料运用切割、配搭、加热、调味等各种方法来展示烹饪技艺，还对蔬菜原料进行粗菜细做、细菜精做、一菜多做、素菜荤做，创制出数量众多、味美可口的菜肴。如无土栽培的蔬菜豆芽，早就成为寻常的蔬菜，而孔府的厨师却将它掐头去尾，在豆茎中镶入肉末，制作出名为"镶豆莛"的菜肴，令无数人赞叹不已。这可以说是粗菜细做、细菜精做的典范。而对于素菜荤做，最值得称道的是寺院、宫观的厨师和食品雕刻师。他们用竹笋、菌菇、青笋、萝卜等素食原料，通过精心加工处理，仿照动物形态，制作出众多以素托荤、栩栩如生的美妙菜肴，令人眼花缭乱、难辨真伪，更表现了精湛的烹饪技艺。

二、中国传统食物结构的合理性与不足

（一）传统食物结构的合理性

1. 符合中国人养生健身的总体营养需要

现代营养学指出，人体必须从外界摄取食物、获得营养，才能维持生命与身体健康。而维持人体健康以及提供其生长发育所必需的存在于各种食物中的物质，被称为营养素，包括七个种类，即碳水化合物、蛋白质、脂肪、无机盐、维生素、膳食纤维和水。中国传统的食物结构正好提供了人体需要的这七大营养素，满足了养生健身的基本营养需要。

首先，"五谷"提供了大量碳水化合物和植物蛋白质。"五谷"包括谷类、豆类，谷类含有的大量碳水化合物，能够转化成能量，为人体提供生命活动所需要的动力来源；豆类含有大量的蛋白质，是生命细胞最基本的组成成分。能量和蛋白质对机体代谢、生理功能、健康状况等的作用最大、最主要。"五谷为养"，即用包括谷类、豆类在内的粮食作为主食，基本上满足了人体对能量和蛋白质的需要。

其次，"五畜""五菜""五果"提供了动物蛋白质、脂肪、无机盐、维生素、膳食纤维和水等。因为谷类所含的蛋白质质量较差、脂肪过少、维生素和无机盐的供给量偏低，即使豆类含有的植物蛋白质很多，其生理价值也低于动物蛋白，而"五畜""五菜""五果"即动物性食物原料和蔬菜、果品恰恰富含粮食所缺乏的这些营养素。其中，动物性食物原料不仅含有大量的优质动物蛋白、脂肪，含有足量而平衡的 B 族维生素，也含有钙、锌等无机盐以及一些植物原料不含的养分和其他生物活性物质；蔬菜和水果除含有大量水分外，还含有大量品种丰富的维生素，如维生素C、胡萝卜素等，并含有许多无机盐，如锌、镁、钙、铁和膳食纤维等，这些食物原料配合食用，能够弥补"五谷为养"的不足，满足人体对各种营养素的需要。但是，任何事物都有限度，如果超过了这个度，就会适得其反。人体对各种营养素的需要也是有一定数量的，否则将损害身体健康，如过量食用动物性食品，会造成蛋白质、脂肪等供过于求，产生肥胖症和心血管疾病；过量食用果品，蔗糖、果糖、柠檬酸、苹

果酸等能源物质很容易转化成中性脂肪，导致肥胖。因此，在传统食物结构中，在提出"五谷为养"的原则之后，认为必须适量地食用肉食品、一定量地食用蔬菜、少量地食用果品，即"五畜为益""五菜为充"，"五果"仅仅"为助"。这样，粮食作主食，兼有肉、菜、果，养、助、益、充结合，就满足并符合了中国人养生健身的总体营养需要。

2. 适合中国的国情

长期以来，中国是一个以农为本的农业大国，虽然地大物博，但人口众多，人均占有食物原料的数量并不多。如果没有一个比较适合中国特点的食物结构，将会影响中华民族的生存与发展。一位美国学者曾经对以肉食为主的食物结构和以素食为主的食物结构进行比较，指出在农业国家，以肉食为主的食物结构，需要消耗大大超过人的食用量的饲料粮来保证，没有足够的粮食作为后盾，是很难形成这种结构的；而以素食为主的食物结构，人们直接食用的粮食量较低，比较容易解决温饱问题，能够保证人的生存与繁衍，因此，它是比较适宜的结构。对于中国这个农业大国而言，粮食、蔬菜、果品等植物原料的产量大、价格低，除了战争和灾荒等因素外，在正常状态下能够比较充分地满足人的饮食需要，普通百姓也有条件把它们作为常食之品；而动物性食物原料，其产量较小、价格也较贵，不太容易满足人的饮食需要，普通百姓常常只能根据自己的条件来选择，经济条件好的人可以经常食用，经济条件不好的人则不能经常食用甚至几乎无法食用。但是无论如何，由于有豆类提供的蛋白质作支撑，不会从根本上影响人体的健康与繁衍。因此可以说，中国人选择这个以素食为主的食物结构是符合国情、符合实际的，也是明智的。

（二）传统食物结构的不足

中国传统食物结构最大的不足是它的模糊性及由此而来的随意性。在传统食物结构中只有质的区别，而没有明确的量的规定，即主要强调的是各种食物品种、质量的搭配，而没有进一步指出明确的数量。《黄帝内经》提出："五谷为养，五果为助，五畜为益，五菜为充。"意思是说，包括豆类在内的粮食是人们养生所必需的最主要食物，在此基础上，必须将肉、乳、蛋类荤食品和蔬菜、果品等作为对养生起补益、充实、帮助作用的辅助食物。简言之，以素食为主、肉食为辅。但是，这个食物结构的叙述十分模糊，历代养生家和医学家也没有进一步提出明确的量化标准，使得人们在搭配食物时在数量和比例上有极大的随意性，乃至影响了这个食物结构发挥良好的作用，如由于动物性食物原料在饮食中搭配的数量、比例过低，出现了优质蛋白质、无机盐、B 族维生素缺乏，造成相应的疾病。

三、中国食物结构的现状与改革

食物是人类生存和发展的重要物质基础。随着中国经济的发展和人民生活水平的提高，中国人的食物状况已发生了深刻变化，开始进入新的发展阶段。及时掌握这种变化，引导食物结构的调整，促进食物生产与消费的协调发展，尽快建立更加科学、合理的食物结构，不仅关系到中国人民身体素质的提高，还关系着国民经济的发展与繁荣。为此，国务院在1993年审议颁发了《九十年代中国食物结构改革与发展纲要》，在2014年1月，修订了《中国食物与营养发展纲要》，并重新颁发了《中国食物与营养发展纲要（2014—2020年）》，对中国食物结构的现状与发展思想、基本目标做了全面的阐述。与此同时，中国营养学会也制定和多次修改《中国居民膳食指南》。

（一）《中国食物与营养发展纲要（2014—2020年）》的内容

21世纪到来以后，中国人的生活朝着全面建成小康社会迈进。2014—2020年正是中国居民食物结构迅速变化和营养水平不断提高的重要时期。我国农产品综合生产能力稳步提高，食物供需基本平衡，食品安全状况总体稳定向好，居民营养健康状况明显改善，食物与营养发展成效显著。但是，我国食物生产还不能适应营养需求，居民营养不足与过剩并存，营养与健康知识缺乏，必须引起高度重视，保障食物有效供给，优化食物结构，强化居民营养改善。

1. 总体要求

1）指导思想

以邓小平理论、"三个代表"重要思想、科学发展观和习近平新时代中国特色社会主义思想为指导，顺应各族人民过上更好生活的新期待，把保障食物有效供给、促进营养均衡发展、统筹协调生产与消费作为主要任务，把重点产品、重点区域、重点人群作为突破口，着力推动食物与营养发展方式转变，着力营造厉行节约、反对浪费的良好社会风尚，着力提升人民健康水平，为全面建成小康社会提供重要支撑。

2）基本原则

（1）坚持食物数量与质量并重。实施以我为主、立足国内、确保产能、适度进口、科技支撑的国家粮食安全战略。在重视食物数量的同时，更加注重品质和质量安全，加强优质专用新品种的研发与推广，提高优质食物比重，实现食物生产数量与结构、质量与效益相统一。

（2）坚持生产与消费协调发展。充分发挥市场机制的作用，以现代营养理念引导食物合理消费，逐步形成以营养需求为导向的现代食物产业体系，促进生产、消费、营养、健康协调发展。

（3）坚持传承与创新有机统一。传承以植物性食物为主、动物性食物为辅的优良膳食传统，保护具有地域特色的膳食方式，创新繁荣中华饮食文化，合理汲取国外膳食结构的优点，全面提升膳食营养科技支撑水平。

（4）坚持引导与干预有效结合。普及公众营养知识，引导科学合理膳食，预防和控制营养性疾病；针对不同区域、不同人群的食物与营养需求，采取差别化的干预措施，改善食物与营养结构。

3）发展目标

（1）食物生产量目标。确保谷物基本自给、口粮绝对安全，全面提升食物质量，优化品种结构，稳步增强食物供给能力。到2020年，全国粮食产量稳定在5.5亿吨以上，油料、肉类、蛋类、奶类、水产品等生产稳定发展。

（2）食品工业发展目标。加快建设产业特色明显、集群优势突出、结构布局合理的现代食品加工产业体系，形成一批品牌信誉好、产品质量高、核心竞争力强的大中型食品加工及配送企业。到2020年，传统食品加工程度大幅提高，食品加工技术水平明显提升，全国食品工业增加值年均增长速度保持在10%以上。

（3）食物消费量目标。推广膳食结构多样化的健康消费模式，控制食用油和盐的消费量。到2020年，全国人均全年口粮消费135公斤、食用植物油12公斤、豆类13公斤、肉类29公斤、蛋类16公斤、奶类36公斤、水产品18公斤、蔬菜140公斤、水果60公斤。

（4）营养素摄入量目标。保障充足的能量和蛋白质摄入量，控制脂肪摄入量，保持适量的维生素和矿物质摄入量。到2020年，全国人均每日摄入能量2200~2300千卡，其中，谷类食物供能比不低于50%，脂肪供能比不高于30%；人均每日蛋白质摄入量78克，其中，优质蛋白质比例占45%以上；维生素和矿物质等微量营养素摄入量基本达到居民健康需求。

（5）营养性疾病控制目标。基本消除营养不良现象，控制营养性疾病增长。到2020年，全国5岁以下儿童生长迟缓率控制在7%以下；全人群贫血率控制在10%以下，其中，孕产妇贫血率控制在17%以下，老年人贫血率控制在15%以下，5岁以下儿童贫血率控制在12%以下；居民超重、肥胖和血脂异常率的增长速度明显下降。

2. 主要任务

（1）构建供给稳定、运转高效、监控有力的食物数量保障体系。稳定耕地面积，加快高标准农田建设，积极调整农业结构，提高粮食等重要农产品综合生产能力。大力发展畜牧业，提高牛肉、羊肉、禽肉供给比重。大力发展海洋经济，保障水产品供应。广辟食物资源，因地制宜发展杂粮、木本粮油等生产。大力发展农产品储藏、保鲜等产地初加工。积极推进物联网等信息技术应用，加强市场网络和配送服务体系建设，加快形成安全卫生、布局合理的现代食物市场流通体系。加强农产品数量安全智能分析与监测预警，健全中央、地方和企业三级食用农产品收储体系，增强宏观调控能力。更加积极地利用国际农产品市场和农业资源，有效调剂和补充国内食物供给。

（2）构建标准健全、体系完备、监管到位的食物质量保障体系。建立最严格的覆盖全过程的食物安全监管制度，健全各类食物标准，落实地方政府属地管理和生产经营主体责任，规范食物生产、加工和销售行为。加快推进原料标准化基地建设，集中创建一批园艺作物标准园、畜禽养殖标准化示范场、水产标准化健康养殖示范场和农业标准化示范县。完善投入品管理制度，加强农产品质量安全监管，推进农产品质量安全监管示范县创建活动。推进食物生产、加工和流通企业诚信制度建设，加大对失信企业惩处力度，增强企业诚信经营意识。加强食物安全信息共享与公共管理体系建设，健全快速反应机制，加强应急处置，强化舆论监督和引导。

（3）构建定期监测、分类指导、引导消费的居民营养改善体系。建立健全居民食物与营养监测管理制度，加强监测和信息分析。对重点区域、重点人群实施营养干预，重视解决微量营养素缺乏、部分人群油脂摄入过多等问题。开展多种形式的营养教育，引导居民形成科学的膳食习惯，推进健康饮食文化建设。

3. 发展重点

1）重点产品

（1）优质食用农产品。全面推行食用农产品标准化生产，提升"米袋子"和"菜篮子"产品质量。大力发展无公害农产品和绿色食品生产、经营，因地制宜发展有机食品，做好农产品地理标志工作。积极培育具有地域特色的农产品品牌，严格保护产地环境。

（2）方便营养加工食品。加快发展符合营养科学要求和食品安全标准的方便食品、营养早餐、快餐食品、调理食品等新型加工食品，不断增加膳食制品供应种类。强化对主食类加工产品的营养科学指导，加强营养早餐及快餐食品集中生产、配送、销售体系建设，推进主食工业化、规模化发展。发展营养强化食品和保健食品，促进居民营养改善。加快传统食品生产的工业化改造，推进农产品综合开发与利用。

（3）奶类与大豆食品。扶持奶源基地建设，强化奶业市场监管，培育乳品消费市场，加强奶业各环节衔接，推进现代奶业建设。充分发挥我国传统大豆资源优势，加强大豆种质资源研究和新品种培育，扶持国内大豆产业发展，强化大豆生产与精深加工的科学研究，实施传统大豆制品的工艺改造，开发新型大豆食品，推进大豆制品规模化生产。

2）重点区域

（1）经济欠发达地区。采取扶持与开发相结合的方式，提高居民的食物消费水平。创新营养改善方式，合理开发利用当地食物资源。动员社会各界参与开发，采取营养干预措施，实现地区人口食物与营养的基本保障和逐步改善。

（2）农村地区。加快农村经济社会发展，增加农民收入。加强农村商贸与流通基础设施建设，将城镇现代流通业向广大农村地区延伸，推进"万村千乡"市场工程，开拓农村食物市场，方便农村居民购买食物。

（3）流动人群集中及新型城镇化地区。改善外来务工人员的饮食条件，加强对在外就餐人员及新型城镇化地区居民膳食指导，倡导文明生活方式和合理膳食模式，控制高能量、高脂肪、高盐饮食，降低营养性疾病发病率。

3）重点人群

（1）孕产妇与婴幼儿。做好孕产妇营养均衡调配，重点改善低收入人群孕妇膳食中钙、铁、锌和维生素 A 摄入不足的状况，预防中高收入人群孕妇因膳食不合理而导致的肥胖、巨大儿等营养性疾病。大力倡导母乳喂养，重视农村地区 6 个月龄至24 个月龄婴幼儿的辅食喂养与营养补充，加强母乳代用品和婴幼儿食品质量监管。

（2）儿童青少年。着力降低农村儿童青少年生长迟缓、缺铁性贫血的发生率，做好农村留守儿童营养保障工作。遏制城镇儿童青少年超重、肥胖增长态势。将食物与营养知识纳入中小学课程，加强对教师、家长的营养教育和对学生食堂及学生营养配餐单位的指导，引导学生养成科学的饮食习惯。强化营养干预，加大蛋奶供应，保障食物与营养需求。

（3）老年人。研究开发适合老年人身体健康需要的食物产品，重点发展营养强化食品和低盐、低脂食物。开展老年人营养监测与膳食引导，科学指导老年人补充营养、合理饮食，提高老年人生活质量和健康水平。

4. 政策措施

（1）全面普及膳食营养和健康知识。加强对居民食物与营养的指导，提高全民营养意识，提倡健康生活方式，树立科学饮食理念。研究设立公众"营养日"。开展食物与营养知识进村（社区）入户活动，加强营养和健康教育。发布适宜不同人群特点的膳食指南，定期在商场、超市、车站、机场等人流集中地发放。发挥主要媒体对食物与营养知识进行公益宣传的主渠道作用，增强营养知识传播的科学性。加大对食物与营养事业发展的投入，加强流通、餐饮服务等基础设施建设。

（2）加强食物生产与供给。全面落实"米袋子"省长负责制和"菜篮子"市长负责制，强化地方人民政府的食品安全责任。加大对食用农产品生产的支持力度，保护农民发展生产的积极性。加大对食物加工、流通领域的扶持力度，鼓励主产区发展食物加工业，支持大中城市食品加工配送中心建设，发展共同配送、统一配送。加强农业生态环境保护，有效治理面源污染。支持到境外特别是与周边国家开展互利共赢的农业生产和进出口合作。

（3）加大营养监测与干预。开展全国居民营养与基本健康监测工作，进行食物消费调查，定期发布中国居民食物消费与营养健康状况报告，引导居民改善食物与营养状况。加大财政投入，改善老少边穷地区的中小学校和幼儿园就餐环境。

（4）推进食物与营养法制化管理。抓紧进行食物与营养相关法律法规的研究工作，适时开展营养改善条例的立法工作。针对食物与营养的突出问题，依法规范食物生产经营活动，开展专项治理整顿，营造安全、诚信、公平的市场环境。创新食物与营养执法监督，提高行政监管效能。弘扬勤俭节约的传统美德，形成厉行节约、反对浪费的良好社会风尚。

（5）加快食物与营养科技创新。针对食物、营养和健康领域的重大需求，引导企业加大食物与营养科技投入，加强对食物与营养重点领域和关键环节的研究。加强对新食物资源开发和食物安全风险分析技术的研究，在科技创新中提高食物安全水平。加强食物安全监测预警技术研究，促进食物安全信息监测预警系统建设。深入研究食物、营养和健康的关系，及时修订居民膳食营养素参考摄入量标准。

（6）加强组织领导和咨询指导。由农业部、卫生计生委牵头，发展改革委、教育部、科技部、工业和信息化部、财政部、商务部、食品药品监管总局、林业局等部门参加，建立部际协调机制，做好本纲要实施工作。继续发挥国家食物与营养咨询委员会的议事咨询作用，及时向政府提供决策咨询意见。省级人民政府要根据本纲要确立的目标、任务和重点，结合本地区实际，制定当地食物与营养发展实施计划。

（二）《中国居民膳食指南（2022）》的主要内容

为给中国居民提供最根本、准确的健康膳食信息，指导居民合理营养、保持健康，中国营养学会受卫健委的委托，在深入调查研究的基础上制定出了《中国居民膳食指南》并多次进行修改。该指南由一般人群膳食指南、特定人群膳食指南和平衡膳食宝塔三部分组成。

1. 一般人群和特定人群的膳食指南

一般人群的膳食指南共有 10 条，适合于 6 岁以上的正常人群，具体内容是：

（1）食物多样，谷类为主，粗细搭配。

（2）多吃蔬菜水果和薯类。

（3）每天吃奶类、大豆或其制品。

（4）常吃适量的鱼、禽、蛋和瘦肉。

（5）减少烹调油用量，吃清淡少盐膳食。

（6）食不过量，天天运动，保持健康体重。

（7）三餐分配要合理，零食要适当。

（8）每天足量饮水，合理选择饮料。

（9）如饮酒应限量。

（10）吃新鲜卫生的食物。

特定人群膳食指南是根据各人群的生理特点及其对膳食营养需要而制定的。特定人群包括孕妇、乳母、婴幼儿、学龄前儿童、儿童青少年和老年人群。其中，6 岁以上各特定人群的膳食指南是在一般人群膳食指南 10 条的基础上进行增补形成的。

2. 中国居民平衡膳食宝塔

中国居民平衡膳食宝塔（Chinese Food Guide Pagoda，以下简称"宝塔"）是根据《中国居民膳食指南（2022）》的准则和核心推荐，把平衡膳食原则转化为各类食物的数量和所占比例的图形化表示。

中国居民平衡膳食宝塔形象化的组合，遵循了平衡膳食的原则，体现了在营养上比较理想的基本食物构成。宝塔共分5层，各层面积大小不同，体现了5大类食物和食物量的多少。5大类食物包括谷薯类、蔬菜水果、畜禽鱼蛋奶类、大豆和坚果类以及烹调用油盐。食物量是根据不同能量需要量水平设计，宝塔旁边的文字注释，标明了在1600~2400kcal 能量需要量水平时，一段时间内成年人每人每天各类食物摄入量的建议值范围。

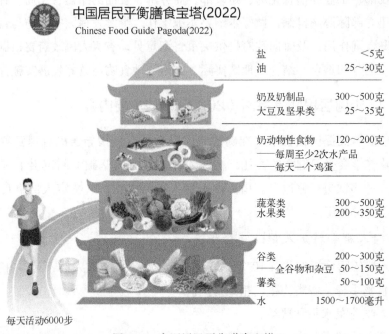

中国居民平衡膳食宝塔(2022)
Chinese Food Guide Pagoda(2022)

盐	<5克
油	25~30克
奶及奶制品	300~500克
大豆及坚果类	25~35克
奶动物性食物	120~200克
——每周至少2次水产品	
——每天一个鸡蛋	
蔬菜类	300~500克
水果类	200~350克
谷类	200~300克
——全谷物和杂豆	50~150克
薯类	50~100克
水	1500~1700毫升

每天活动6000步

图 3-6　中国居民平衡膳食宝塔

1）第一层：谷薯类食物

谷薯类是膳食能量的主要来源（碳水化合物提供总能量的50%~65%），也是多种微量营养素和膳食纤维的良好来源。膳食指南中推荐2岁以上健康人群的膳食应做到食物多样、合理搭配。谷类为主是合理膳食的重要特征。在1600~2400kcal 能量需要量水平下的一段时间内，建议成年人每人每天摄入谷类200~300g，其中包含全谷物和杂豆类50~150g；另外，薯类50~100g，从能量角度，相当于15~35g 大米。

谷类、薯类和杂豆类是碳水化合物的主要来源。谷类包括小麦、稻米、玉米、高粱等及其制品，如米饭、馒头、烙饼、面包、饼干、麦片等。全谷物保留了天然谷物的全部成分，是理想膳食模式的重要组成，也是膳食纤维和其他营养素的来源。杂豆包括大豆以外的其他干豆类，如红小豆、绿豆、芸豆等。我国传统膳食中整粒的食物常见的有小米、玉米、绿豆、红豆、荞麦等，现代加工产品有燕麦片等，因此把杂豆与全谷物归为一类。2岁以上人群都应保证全谷物的摄入量，以此获得更多营养素、膳食纤维和健康益处。薯类包括马铃薯、红薯等，可替代部分主食。

2）第二层：蔬菜水果

蔬菜水果是膳食指南中鼓励多摄入的两类食物。在1600~2400kcal能量需要量水平下，推荐成年人每天蔬菜摄入量至少达到300g，水果200~350g。蔬菜水果是膳食纤维、微量营养素和植物化学物的良好来源。蔬菜包括嫩茎、叶、花菜类、根菜类、鲜豆类、茄果瓜菜类、葱蒜类、菌藻类及水生蔬菜类等。深色蔬菜是指深绿色、深黄色、紫色、红色等有颜色的蔬菜，每类蔬菜提供的营养素略有不同，深色蔬菜一般富含维生素、植物化学物和膳食纤维，推荐每天占总体蔬菜摄入量的1/2以上。

水果多种多样，包括仁果、浆果、核果、柑橘类、瓜果及热带水果等。推荐吃新鲜水果，在鲜果供应不足时可选择一些含糖量低的干果制品和纯果汁。

3）第三层：鱼、禽、肉、蛋等动物性食物

鱼、禽、肉、蛋等动物性食物是膳食指南推荐适量食用的食物。在1600~2400kcal能量需要量水平下，推荐每天鱼、禽、肉、蛋摄入量共计120~200g。

新鲜的动物性食物是优质蛋白质、脂肪和脂溶性维生素的良好来源，建议每天畜禽肉的摄入量为40~75g，少吃加工类肉制品。目前我国汉族居民的肉类摄入以猪肉为主，且增长趋势明显。猪肉含脂肪较高，应尽量选择瘦肉或禽肉。常见的水产品包括鱼、虾、蟹和贝类，此类食物富含优质蛋白质、脂类、维生素和矿物质，推荐每天摄入量为40~75g，有条件可以优先选择。蛋类包括鸡蛋、鸭蛋、鹅蛋、鹌鹑蛋、鸽子蛋及其加工制品，蛋类的营养价值较高，推荐每天1个鸡蛋（相当于50g左右），吃鸡蛋不能丢弃蛋黄，蛋黄含有丰富的营养成分，如胆碱、卵磷脂、胆固醇、维生素A、叶黄素、锌、B族维生素等，无论对多大年龄人群都具有健康益处。

4）第四层：奶类、大豆和坚果

奶类和豆类是鼓励多摄入的食物。奶类、大豆和坚果是蛋白质和钙的良好来源，营养素密度高。在1600~2400kcal能量需要量水平下，推荐每天应摄入至少相当于鲜奶300g的奶类及奶制品。在全球奶制品消费中，我国居民摄入量一直很低，多吃各种各样的乳制品，有利于提高乳类摄入量。

大豆包括黄豆、黑豆、青豆，其常见的制品如豆腐、豆浆、豆腐干及千张等。坚果包括花生、葵花籽、核桃、杏仁、榛子等，部分坚果的营养价值与大豆相似，富含必需脂肪酸和必需氨基酸。推荐大豆和坚果摄入量共为25~35g，其他豆制品摄入量需按蛋白质含量与大豆进行折算。坚果无论作为菜肴还是零食，都是食物多样化的良好选择，建议每周摄入70g左右（相当于每天10g左右）。

5）第五层：烹调油和盐

油盐作为烹饪调料必不可少，但建议尽量少用。推荐成年人平均每天烹调油不超过25~30g，食盐摄入量不超过5g。按照DRIs的建议，1~3岁人群膳食脂肪供能比应占膳食总能量35%；4岁以上人群占20%~30%。在1600~2400kcal能量需要量水平下脂肪的摄入量为36~80g。其他食物中也含有脂肪，在满足平衡膳食模式中其他食物建议量的前提下，烹调油需要限量。按照 25～30g 计算，烹调油提供 10% 左右的膳食能量。烹调油包括各种动植物油，植物油如花生油、大豆油、菜籽油、葵花籽油等，动物油如猪油、牛油、黄油等。烹调油也要多样化，应经常更换种类，以满足人体对各种脂肪酸的需要。

我国居民食盐用量普遍较高，盐与高血压关系密切，限制食盐摄入量是我国长期行动目标。除了少用食盐外，也需要控制隐形高盐食品的摄入量。酒和添加糖不是膳食组成的基本食物，烹饪使用和单独食用时也都应尽量避免。

6）身体活动和饮水

身体活动和水的图示仍包含在可视化图形中，强调增加身体活动和足量饮水的重要性。水是膳食的重要组成部分，是一切生命活动必需的物质，其需要量主要受年龄、身体活动、环境温度等因素的影响。低身体活动水平的成年人每天至少饮水 1500～1700mL（7～8 杯）。在高温或高身体活动水平的条件下，应适当增加饮水量。饮水或过多都会对人体健康带来危害。来自食物中水分和膳食汤水大约占 1/2，推荐一天中饮水和整体膳食（包括食物中的水，汤、粥、奶等）水摄入共计 2700～3000mL。

身体活动是能量平衡和保持身体健康的重要手段。运动或身体活动能有效地消耗能量，保持精神和机体代谢的活跃性。鼓励养成天天运动的习惯，坚持每天多做一些消耗能量的活动。推荐成年人每天进行至少相当于快步走 6000 步以上的身体活动，每周最好进行 150 分钟中等强度的运动，如骑车、跑步、庭院或农田的劳动等。一般而言，低身体活动水平的能量消耗通常占总能量消耗的 1/3 左右，而高身体活动水平者可高达 1/2。加强和保持能量平衡，需要通过不断摸索，关注体重变化，找到食物摄入量和运动消耗量之间的平衡点。

任务三　中国饮食人物

中国是一个烹饪王国，拥有辉煌灿烂的饮食文明。其中，无数美食创造者的辛勤劳动起着至关重要的作用，同时一些文化名人、美食家对饮食烹饪的贡献也功不可没，是他们共同的不懈努力，建立了傲立于世界之林的烹饪王国，铸造了令人炫目的饮食辉煌。

一、中国饮食创造者

视频 3-6
中国饮食
创造者（一）

（一）饮食之神

1. 厨神

关于厨神，不同时代、不同地域有不同的说法，大致有十余种之多，如黄帝、雷祖、灶君、彭祖、伊尹、易牙、汉宣帝、关公、詹王等，众说纷纭，在全国没有统一的认定，这里介绍其中几个非常著名、很有影响力的厨神，是上古传说中的人物。

钱铿，是颛顼帝的后代，为陆终氏所生。晋朝葛洪《神仙传》载，他常吃桂芝，善养气，"能调羹，进雉羹于尧"，因而受到尧帝的赏识，封于彭城（今江苏徐州）。他活了800岁，被人视为长寿的象征，尊称为彭祖，被烹饪行业奉为祖师。徐州一带有不少关于他的古迹，还流传着这样的诗文，"雍巫善味祖彭铿，三访求师古彭城"，说易牙的调味技术是向彭祖学习的。每年农历六月十五，苏、鲁、豫、皖等地的厨师都要到彭祖祠上香膜拜，并摆摊献艺。

伊尹，是夏朝末年的人，后为商朝宰相。《墨子·尚贤》《吕氏春秋·本味》等载，有莘氏的女子把在空桑中得到的婴儿献给君王，君王命一个厨师抚养他。这位厨师给他取名挚，又名阿衡，即后来的伊尹，并言传身教，使他精通烹饪。他长大后，作为有莘氏女儿陪嫁的佣人，到了商汤那里。他背着鼎，抱着砧板，去给商汤烹饪了"鹄羹"等美味佳肴，并且用烹饪技术理论做比喻，详细地向商汤阐述了治国之道，深得赞赏，因而被任命为宰相。他出身危人，在烹饪技术理论上立论精辟，又有治国的政治才能，被后世尊为"烹饪之圣"。

詹王，相传是唐朝烹饪技艺高超的御厨，姓詹。一天，皇帝问他："普天之下，什么最好吃?"这位忠厚、老实的厨师回答道："盐味最美。"皇帝听了勃然大怒，认为盐是最普通的东西，天天都在吃，没什么稀奇珍美的，是厨师在戏弄自己不懂饮食之道，就下令把姓詹的厨师推出斩首。詹厨死后，御膳房的其他厨师听说皇帝忌盐，怕再犯欺君之罪，在烹制菜肴时都不敢放盐了。皇帝连续吃了许多天无盐的菜肴，不仅感到索然无味，而且全身无力，精神萎靡。究其原因，才知是缺盐的缘故。皇帝因此恍然大悟，知道自己错杀了詹厨，便追封詹厨为王，自己退位十天（每年农历八月十三至八月十二），让百姓祭祀悼念他。后来，湖北、四川等地的许多厨师把詹王尊为祖师，并在每年詹王生日的农历八月十三举行詹王会，缅怀先贤，交友联谊。

灶君，又称灶王、灶神，原为主灶司厨之神。相传他是玉皇大帝的女婿，专门派到人间监厨并掌管家政，每到岁末要回天宫汇报人间情况，因此人们不敢怠慢，要向他献酒食和饴糖，让他尝到甜头，以便"上天言好事，下地报吉祥"。而他既会烹饪，又有同情心，常常教厨师一些手艺。随着时间流逝，山东、北京、昆明等地的厨师便尊他为厨者的祖师，在农历八月初三灶君生日时举行祭灶仪式，各自拿出看家本领制作菜肴、出师、拜师，有的甚至还要念《大灶王经》。

2. 酒神

关于酒神，主要有仪狄、杜康两种说法。仪狄，相传为夏朝人，是中国最早的酿酒者。《世本·作篇》言："仪狄始作酒醪，变五味。"醪，是一种用米发酵加工而成的浊酒。《战国策·魏策》还载有一段趣事："昔者，帝女令仪狄作酒而美，进于禹。

禹饮而甘之，曰：'后世必有以酒亡其国者。'遂疏仪狄而绝旨酒。"意思是说，夏禹的妃子让仪狄酿造出美酒，进献给禹，禹喝后觉得确实很好，但担心后世君王会因为贪图美酒而亡国，便疏远了仪狄，自己也不再喝酒。仪狄造美酒，不但没有得到奖励，反而受到惩罚，实在有失公允。

杜康，相传也是中国最早的酿酒者，关于其生活年代、地点，有几种说法，但大多认为是夏朝时期的河南人。《世本》和《中州杂俎》等记载道，杜康生活在河南汝阳的一个小村庄，小时候放羊，常常在名叫空桑涧的小河边吃饭，然后把吃剩的饭倒进身旁的空桑树洞中，不久，树洞里就散发出浓郁的香气。后来，他受到启发，开始酿酒并以此为业，被后世奉为酒神、酿酒祖师。如在著名的酒乡贵州茅台镇，每当酒坊烤出初酒时，老板都要在酒房贴"杜康先师之神位"，焚香燃烛，设供祝祷。如今，在河南仍然有杜康泉、杜康沟、杜康墓，在许多酿酒地有杜康庙，供酿酒者缅怀祭祀。

3. 茶神

关于茶神，人们公认的是唐朝陆羽。陆羽，字鸿渐，号竟陵子、桑苎翁等，一生嗜茶，精于茶道，以撰写世界第一部茶叶专著《茶经》而闻名于世，在唐朝末年就被尊为茶仙、茶圣、茶神。《新唐书·陆羽传》记载，陆羽是一个孤儿，唐开元二十三年（公元735年）被竟陵龙盖寺的智积禅师收养，教他研习佛法，但他偏好儒家经典，后来偷偷逃离寺院，浪迹天涯。他几乎走遍当时著名的产茶地，收集采茶、制茶的各种资料，并且钻研烹茶用水之道，成为烹茶高手，最后在湖州完成了亘古未有的《茶经》，贞元二十年（公元804年）辞世。不久，由于他突出的贡献，便被人们奉为茶神，并建祠塑像来供奉。在谷雨日，茶农常常要举行大型的祭祀茶神活动，祈求茶叶丰收。

（二）中国名厨

视频 3-7
中国饮食
创造者（二）

在历史上，厨师的社会地位十分低下，被归入三教九流。人们津津乐道地享用无数精美的饮食，却瞧不起这些美食的创造者，更很少为他们青史留名。因此，历史上有关著名厨师的详细资料很少，大多为零星记载。但是，从这些记载中仍然可以看出，是一代又一代厨师的聪明才智和辛勤劳动，创造了无数的美馔佳肴，创造了中国辉煌的饮食文化。这里按主要的类别介绍一些著名厨师。

1. 御厨

御厨是指在宫廷制作饮食品的厨师。他们由宫廷食官统一管理，内部分工非常细致，各专一行，各怀绝技，常常一生都只做几个拿手菜。他们人数众多，但留下姓名、事迹的却非常少。在宋朝，据《武林旧事》记载，宋高宗到张俊府中游玩，带了两名御厨，一个是保义郎干办御厨冯藻，另一个是保义郎干办御厨潘邦，但没有关于二人的其他记载。到清朝，《清代档案史料丛编》中记录了比较多的有姓名的御厨，并且可以看出他们的技艺精湛。如乾隆年间，有张东官、郑二、双林、树木勒等，他们都有自己的拿手菜。其中，张东官是苏州人，曾为乾隆烹饪燕窝红白鸭子八仙热锅、燕窝锅烧鸭丝、肥鸭千张野鸭子、莲子卤煮鸭子、山药酒炖符尔肉、鸡糕锅烧符尔肉等菜肴以及猪肉提褶包子、枣尔糕老米面糕、象眼小馒首等点心。乾隆外出时，张东官被选入随侍御厨行列。郑二则为乾隆烹饪葱椒鸭子热锅、炒鸡大炒肉炖酸菜热锅、火熏炖烂鸭子、口蘑盐煎肉等。双林为乾隆烹饪的菜肴有燕窝鸡糕酒炖鸭子热锅、鹿筋口蘑烩肥鸡、肉丝清蒸关东鸭子等。树木勒为乾隆烹饪的菜肴有全猪肉丝、额思克森等。他们也被选入随侍御厨行列。清朝末年，影响较大的著名御厨有"抓炒大王"王玉山，王玉山最擅长制作抓炒菜肴，清朝灭亡后与人合作，在北海公园创办了"仿膳斋"，为宫廷美食的传承起了极大作用。

2. 家厨

家厨，主要指在上至达官显贵下至普通百姓家中制作饮食品的厨师，也包括在家中主持厨务的中馈，即家庭主妇。由于主人家庭条件限制，他们较少制作豪华的大型筵席，主要擅长制作家常菜点，烹饪技艺水平高低不一，也有不少出类拔萃者在中国饮食史上，著名的家厨有唐朝的膳祖、明朝的董小宛、清朝的王小余和曾懿等。

膳祖，是唐穆宗时丞相段文昌的家厨。段文昌是著名的美食家，他将府中的厨房命名为"炼珍堂"，把出差在外时用的厨房称"行珍馆"，而膳祖就负责炼珍堂和行珍馆的厨务。每天吃什么菜肴、怎样制作，都由她安排、指挥。她在段家事厨40余年，培养了不少技艺高超的厨师，并且挑选9人传授绝技。因为她言传身教、诲人不倦，人们尊敬她，不直呼其名，而称为膳祖。

董小宛，名白，字青莲，是明末清初才华横溢的中馈。她曾是"金陵八艳"之一，后与如皋才子冒辟疆结成眷属。她多才多艺，精通茶经酒谱、医籍食方，常常根据冒辟疆的饮食爱好制作出精美可口的菜肴。据冒辟疆《影梅庵忆语》记载，董小宛在烹饪上有两方面的特点。一是善制花露、咸菜、糖果糕点和一些菜肴。她能从各地菜中吸取长处，做出拥有自己特色的色、香、味俱全的菜肴，喜欢以花入食，使菜肴色彩艳丽、香醇鲜美。她制作的方块糖，成形而不散，进口而不黏，清香适口。二是善于吸收和总结烹调与创新菜肴的经验。她说，"火肉久者无油，有松柏之味。风鱼久者如火肉，有麋鹿之味。醉蛤如桃花，醉姆骨如白玉"，并且把这些经验都在食谱中加以验证，"而又以慧巧变化为之，莫不异妙"。

王小余，是清朝乾隆年间文学家和美食家袁枚的家厨。他在袁枚家事厨近10年，二人结下深厚的友谊。王小余去世后，袁枚写下《厨者王小余传》悼念他。这是中国饮食烹饪史上罕见的专门为纯粹厨师而写的传记。据传记载，王小余敬业、守职、厨艺精、厨德高。他事厨时，选料"必亲市物"，观察火候"雀立不转目"，调味

"未尝见染指之试"，但主客品尝其制作的菜肴时"欲吞其器"。他精湛的厨艺，除了表现在娴熟、准确的操作外，还表现在对技艺诀窍的领会和把握上。如他认为，用水、用火是烹饪的两个关键，"作厨如作医。吾以一心诊百物之宜，而谨审其水火之齐，则万口之甘如一口"；筵席组合和上菜顺序必须有一定的原则，"浓者先之，清者后之，正者主之，奇者杂之"。他良好的厨德主要体现在认真和谦虚上。他说，"吾苦思殚力以食人，一肴上，则吾之心腹肾肠亦与俱上"，"美誉之苦，不如严训之甘"，期盼得到中肯的批评使自己的技艺不断提高。这种境界实在是当时厨师难以达到的，因此袁枚在传记中评价说，王小余的话已经超出了厨事范围："思其言，有可治民者焉，有可治文者焉。"这也是袁枚专门为他立传的原因之一。

曾懿，字伯渊，四川华阳（今双流）人，是清朝光绪年间的作家和中馈。她出身仕宦之家，"通书史，善课子"，著有《古欢室诗集》《医学篇》《女学篇》等书籍。她在烹饪上最突出的成就是把自己主持家中饮食之事的实际经验和采集到的一些家常菜烹饪方编写成了《中馈录》。她在书中详细记载了香肠、肉松、鱼松、豆豉、豆瓣、腐乳、冬菜、咸菜、泡菜、熏鱼、糟鱼、风鱼、醉蟹、糟蛋、皮蛋、月饼的制作方法，人们完全可以依法行事。她说，其目的是"将应司食物制造各法笔之于书，庶使学者有所归依，转相效仿，实行中馈之职务"，以"节用卫生"。她的行为令人景仰、值得学习，也许因此，《清史稿》为她列有简要的传记《曾懿传》。

3. 肆厨

肆厨指在饮食市场上制作饮食品的厨师。他们是中国厨师队伍的主力军，其服务对象广泛，从业场所遍及各地城乡，烹饪技艺水平也有较大差异，但最大的共同点是为了适应竞争的需要，都有极强的进取和创新精神。在史料中记载的市肆厨师相对较多，如汉朝有浊氏、张氏，唐宋时期有张手美、花糕员外、宋五嫂等，明清时期尤其是清朝中后期最多，有点心师萧美人、帽花厨子李大垣、姑姑筵创办者黄晋临，有没骨鱼面的创始人徐履安、天津狗不理包子的创始人高贵友、广州娥姐粉果的创始人娥姐、四川麻婆豆腐的创始人陈兴盛之妻刘氏、吉林李连贵大饼的创始人李广忠、道口义兴张烧鸡的创始人张丙、佛跳墙的创始人郑春发等，不胜枚举。这里介绍其中两类值得一提的肆厨。

一类是创制菜点流传至今的肆厨，著名的有宋五嫂、萧美人等。宋五嫂，是宋朝擅长制作菜肴的厨师。相传她是汴京（今开封）人，后流落到临安（今杭州），她做的鱼羹闻名遐迩，曾得到宋高宗和孝宗的赞赏。一次，孝宗游西湖时专门召见她，她献上鱼羹，得到重赏。消息传开后，人们争着来品尝。她便用皇帝的赏赐在钱塘门外开店，食客如云。《梦粱录》记载，当时杭州市肆名家著名者就有"钱塘门外宋五嫂鱼羹"。据说，如今杭州名菜赛蟹羹是在宋五嫂鱼羹的基础上发展而来的。萧美人，是清朝擅长制作糕点的点心师。她生于乾隆七年，年轻时相貌娇美，烹饪手艺高超。她制作的"麻姑指爪"，可与东坡肉、眉公饼媲美。袁枚在《随园食单》"萧美人点心"条说，仪征南门外萧美人善制点心，"凡馒头、糕、饺之类，小巧可爱，洁白如雪"。他还曾派人到萧美人的店铺订购3000只点心，作为馈赠之物。诗人吴名煊曾写诗赞道："妙手纤纤如粉匀，搓酥糁拌擅奇珍。自从香到江南日，市上名传萧美人。"至今，当地的点心仍然有小巧可爱之遗风。

另一类是文人充当的肆厨，代表人物有帽花厨子李大垣、姑姑筵创办者黄晋临等。李大垣，又名台征，是明末清初的一位儒生，会写诗，但最有特色的是咏刀的衅刀诗。后来，因为好吃、喜欢烹调并且行厨，时常戴一绒小团帽，缀玉花，便自称"帽花厨子"。他在烹饪上有一些奇招，如烧羊肉，别人用酱，他却用芍药，竟使品尝者不知是用羊肉做的；他还自制了一种厨刀，可以伸缩，有利于使用和收藏。由于他的特立独行，当时的知名学者傅山为他写了《帽花厨子传》。黄晋临，也写作黄敬临、黄静临，四川成都人，是文人开餐馆、事厨的奇才。他生于同治十二年（公元1873年），光绪时考中进士，曾为慈禧太后管理膳食，又当过射洪、巫溪、荥经等县知事，辞官后在成都开办了著名餐馆姑姑筵，并亲理厨政。他在菜点制作和经营上有独到之处：将宫廷风味与地方风味相结合，巧制新菜；勤于宣传，使饮食与文化相结合，给人以物质和精神双重享受；定额办席，最多不超过4桌，以求精工细作、保质保量，由此餐馆生意兴隆。黄晋临的姑姑筵菜肴，如樟茶鸭子、坛子肉、烧牛头方、酸菜鱿鱼、豆渣烘猪头、叉烧肉、软炸斑指等，味美质佳，至今为川人喜爱。可以说，他对川菜的发展有深远的影响。

二、中国饮食文化名人与美食家

在中国历史上，曾经有一大批懂吃、会吃的文化名人和美食家。他们或者提出自己的饮食主张，或者记述、赞美和品评各地的物产、食俗、菜点等，对饮食文化的发展作出了宝贵的贡献。著名的有春秋战国时期的孔子、孟子、庄子、老子、屈原，汉魏南北朝的司马迁、枚乘、扬雄、潘岳、左思、常璩，唐宋时期的李白、杜甫、白居易、苏易简、欧阳修、苏轼、黄庭坚、陆游、范成大，元明清时期的倪瓒、韩奕、杨慎、徐渭、张岱、袁枚、李渔、李调元、曹雪芹等，实在是繁多。这里简要介绍其中有代表性和影响力的几位。

视频 3-8
中国饮食
文化名人

（一）孔子

孔子、名丘，字仲尼，春秋时鲁国人，是古代的思想家、教育家和儒家学派的创始人。他一生奔走各诸侯国，宣传"仁"的思想，但不被采用。在他去世后，其弟子及后学将他的言行整理、记录成《论语》。根据《论语》可以看出，孔子对饮食提出了许多自己的主张。其中，最著名的有两个。一是"食不厌精，脍不厌细"。二是八个"不食"：食饐而餲，鱼馁而肉败，不食；色恶，不食；臭恶，不食；失饪，不食；不时，不食；割不正，不食；不得其酱，不食；沽酒市脯，不食。分别从食品卫生、火候、刀工、原料搭配等多个方面提出了主张，其中绝大多数至今也是正确的和被人们所遵循的。由于《论语》是儒家经典，在古代是读书的首选之作，因此孔子的饮食主张也有了持久而深远的影响。如今，孔子的"食不厌精，脍不厌细"等观点不仅在国内广为引用、遵循，而且在海外论中国饮食文化的书中也常常提及，可见其影响深远。

图3-7　孔子画像

（二）李渔

李渔以戏剧家著称，但实际上他跟张岱相似，也属博学多才、兴趣广泛之辈，这可以从他的著作《闲情偶寄》中得到最好的证明。他的美食家修养，可以从《闲情偶寄》中的《饮馔部》看出来。《饮馔部》分三节，蔬食、谷食、肉食，也就是说，蔬菜、米面主食、水陆空禽鸟兽畜鱼虾，美食所需各种材料的制作、食用，提倡选用新鲜食材，注重烹饪技巧，他的饮食思想对后人的饮食文化产生了深远的影响。

李渔晚年定居于杭州吴山脚下，那时他已贫病交加，但还自寻快乐："贫贱托名称隐逸，清癯假口学神仙。"日子贫贱，当作是隐居；清瘦就权当在学神仙。他对蟹有痴情，被人称为"蟹仙"，被家人取笑为"以蟹为命"。每年，螃蟹还未上市，就早早地存好了买螃蟹的钱，称其为"买命钱"。他还养了一位"蟹奴"，专门给他做蟹、剥蟹。在他看来，蟹的"鲜而肥，甘而腻，白似玉而黄似金"，已经达到了色香味三者的极致。他还很讲究螃蟹的吃法，认为要遵循"自然"之道。在《闲情偶寄》里写道："凡食蟹者，只合全其故体，蒸而熟之，贮以冰盘，列之几上，听客自取而食。"意思是蟹要整只蒸熟，再存在冰盘里，放在餐桌上由食客自己动手剥食。

（三）苏轼

苏轼，字子瞻，号东坡居士，四川眉山人。20岁考中进士，做官多年，但沉浮不定。他是北宋时期著名的文学家、书画家，在饮食烹饪上有极高造诣，对后世影响很大。如今，传统名菜中有以"东坡"命名的，如东坡肘子、东坡豆腐、东坡墨鱼，甚至筵宴、餐厅也有称东坡宴、东坡餐厅的。

苏轼一生喜好饮食，几乎每到一地，都要品尝该地风味菜肴，并且将所吃菜肴写入诗中。他的足迹遍及东西南北，吃过各地的风味食品，因此他写的饮食诗文也非常多，较详细地记下了宋代许多地方菜肴和饮食风貌。苏轼不仅好吃，而且懂吃、会吃，还亲自动手和教人烹饪美食。他在黄州时，看到当地猪肉价廉物美，而百姓因不懂怎样做才好吃而很少吃，便写了《猪肉颂》："黄州好猪肉，价贱如粪土。富者不肯吃，贫者不解煮。净洗锅，少著水，柴头罨烟焰不起。待他自熟莫催他，火候足时他自美。"将烧炖猪肉的方法明白地表达了出来。后世据此文归纳出烧肉的 13 字用火经，并以此制作出"东坡肉"这款名菜。苏轼亲手创制了不少菜肴和美酒。如他创制了两种有名的羹，一种是用蔓菁、萝卜制成，另一种是以荠菜为主料烹制的荠糁，当时人和后人分别将这两种羹都取名为"东坡羹"；他酿制的酒则有蜜酒、桂酒、天一酒等，供客人品尝。可以说，苏轼的一生不仅是文学家的一生，也完全称得上是美食家的一生，对文学和饮食烹饪的贡献是中国人的骄傲。

（四）陆游

陆游，字务观，号放翁，越州山阴（今浙江绍兴）人，南宋著名的爱国诗人。他曾在四川宦游近 10 年，足迹几乎遍及四川各地。四川丰富的物产、淳朴的民俗、众多的佳肴和美丽的山川，使他把四川作为了第二故乡。

在陆游的诗篇中着力描绘和赞美了当时四川众多菜点品种。如他在《饭罢戏作》诗中言："东门买彘骨，醯酱点橙薤。蒸鸡最知名，美不数鱼蟹。"彘骨，即指猪排骨，用它蘸上加有橙汁、薤泥的酸酱食用，是一道很好的菜肴；蒸鸡也是当时的名菜，发展至今四川出现有荷叶粉蒸鸡、旱蒸灯笼鸡、贝母清蒸鸡、八宝蒸鸡等菜肴。其《薏苡》诗咏道："初游唐安饭薏米，炊成不减雕胡美。大如芡实白如玉，滑欲流匙香满屋。"薏米，在唐宋时期四川已普遍用它做饭食，非常香美、珍贵，唐代韦巨源的《烧尾宴食单》记载它是用来献给皇帝享用的。此外，陆游的诗篇还描写和记载了四川美酒与一些菜肴的制法。如描写的美酒有郫筒酒、鹅黄酒、琥珀酒、玻璃春、临邛酒等。其《思蜀》诗说："未死旧游如可继，典衣犹拟醉郫筒。"即使典当衣服也，要痛饮郫筒酒，可见它非常诱人。其《饭罢戏示邻曲》："今日山翁自治厨，佳肴不似出贫居。白鹅炙美加椒后，锦雉羹香下豉初。"烧白鹅要用花椒调味，烹野鸡羹要加豆豉，这便是烹制的窍门和方法。陆游用他的诗记录和描绘宋代四川菜肴、饭品、酒类等的饮食风貌，组成了一幅宋代四川饮食烹饪图画。

（五）李调元

李调元，字羹堂，号雨村、童山蠢翁等，四川罗江县人，是清朝乾隆时有名的文学家和学者。曾任翰林院编修、吏部文选司主事、广东学政等职，后因得罪权贵而流放新疆，中途获准以万金赎免，回到故乡的家中醒园过着恬淡的隐居生活。其著述极丰，除《童山诗集》《童山文集》外，还有诗话、词话、曲话、剧话等五十余种，并积平生心力编印出巨著《函海》，藏于家中的万卷楼供人阅览，客观上促进了四川文化的振兴和发展。

李调元一生受父亲李化楠的影响，非常重视饮食、重视饮食制作方法。李化楠在江浙做官时，凡遇到厨师烹制美馔佳肴，就立刻去访问，把制作方法记录下来。李调元则称："夫饮食，非细故也。"他对中国饮食烹饪的贡献主要有两个方面。一是把父亲的手稿整理编辑后刊印成饮食著述《醒园录》，并提供给人们阅读，对四川饮食烹饪的发展产生了重大影响。二是在诗文中记录了一些菜肴及其制作方法。如《豆腐四首》，不仅记述了豆腐的发展历史，还记述了四川生产、烹制、食用豆腐的详细情况，提到了四川菜常用的原料豆腐皮、豆腐条、豆腐块和风味菜肴臭豆腐、五香豆腐干、白水豆腐、清油豆腐、豆花等。这一切都为近代川菜的发展与完善奠定了基础。

（六）袁枚

袁枚，字子才，号简斋、随园老人。浙江钱塘人。清朝著名的诗人、美食家和烹饪理论家。乾隆年间考中进士，曾任江宁等地知县，40岁后辞官，筑居于江宁小仓山，号随园，从事写作。他一生喜好美食，深入研究饮食烹饪之道，成就卓著。

他对中国饮食烹饪的贡献主要有三个方面。一是使烹饪工艺经验上升为技术理论。在他所著的《随园食单》中，二十须知、十四戒，全面地总结了历代的烹饪经验，从正反两个方面提出了完整而系统的烹饪技术理论，其内容包括肴馔烹制工艺和品尝的全过程。二是真实地记载了清朝部分流行的菜肴，客观地反映了当时的饮食烹饪发展水平。《随园食单》中记载了清朝流行的342种菜肴，包括各地尤其是以南方为主的菜点和茶酒。在整理、记录这些菜谱时，他几乎探讨了当时中国各个类别的菜点，并用其理论对菜点进行严格选择，指出原料来源、制作过程、成菜特色及用途等，具有极强的借鉴作用。三是通过各种方法培训厨师，提高从业人员素质。

袁枚之所以能品尝到众多的美味，进而总结出系统的烹饪技术理论，其中一个重要的原因是有厨艺高超的家厨和家人。但是，一个优秀的厨师不是天生的，也不常见。他说"居今之世，三君易得，八厨难求"，因此十分重视培训厨师。他或者派厨师外出学习，"执弟子之礼"；或者用轿子请厨师到家中传授；甚至自己去访求菜肴烹饪方法，然后让家厨和家人试制，再亲自指导和训练，"其佳者，必指示其所以能佳之由；其劣者，必寻求其所以致劣之故"。同时，对厨师的评价非常客观，反对过分表扬，认为厨师只有谦虚、知道不足才能进步。正是他的正确培养和引导，才使其家厨都身怀绝技，使王小余视他为难得的知味之人，共同成就了饮食烹饪史上的

"高山流水"佳话。

项目小结

　　中国饮食科学思想是一种深深植根于中国传统文化中的理念，它融合了儒、释、道、医等众多思想，形成了独特的以"天人合一"为原则，以"四气五味"为基础，以"食治养生"为核心，以"五味调和"为追求的美食观念。"天人合一"是中国哲学的基本概念，强调人与自然的和谐共生，这一思想在饮食科学中也有深刻体现。中国人通过长期的实践和思考，理解到人与食物的关系不仅是满足基本生理需求，更是为了实现人与自然的和谐。人们通过选择适当的食材，尊重自然界的规律，以实现与自然的和谐共处。"四气五味"是中国饮食科学的另一基础。四气是指食物的寒、凉、温、热四种性质，五味则是指酸、苦、甘、辛、咸五种味道。这种对食物特性的认知，是中华民族在漫长的历史过程中逐渐积累和总结出来的，它既反映了食物的特性，也体现了人们对食物口感和健康的追求。"食治养生"是中国饮食科学的核心思想，它强调饮食对身体健康的影响。中国人相信，通过选择适当的食物，可以预防疾病，促进健康。从营养学角度看，中国的食治养生观念具有很高的科学性，它引导人们正确地选择食物，从而维护身体健康。最后，"五味调和"是中国饮食科学思想的终极追求。它是指在烹饪过程中，应根据食物的特性，对其进行合理的搭配和调整，使各种味道的食物能相互协调，达到口感和营养的平衡。这种追求不仅体现了中国人对美食的热爱，也反映了他们对和谐生活的向往。

　　总的来说，中国饮食科学思想是一种全面考虑人的健康、环境的可持续性以及美食美感的综合性理念。它体现了中华文化的智慧和独特的美食传统，也展示了中国人对生活质量和健康的高要求。同时，它也是全球美食文化宝库中的一颗璀璨明珠，对世界饮食文化的发展产生了深远影响。

思考与练习

一、名词解释

1. 天人合一。　2. 五果为助。　3. 精气神。　4. 食物结构。

二、选择题

1. 中国饮食文化的直接创造者是（　　　　）。

A. 烹调师　　　　　　B. 士大夫　　　　　　C. 诗人　　　　　D. 杂家

2. 下面的烹饪作品为汉代创造的是（　　　　）。

A. 鹄羹　　　　　　　B. 全牛席　　　　　　C. 辋川小样　　　D. 各式花糕

3. 由于社会环境差异，在南北地区形成的差别是（　　　　）。

A. 南米北面　　　　　B. 南细北粗　　　　　C. 南甜北咸　　　D. 南糯北奶

4. 根据《周礼》中所言的四季差别，适宜夏季口味特点的是（　　　　）。

A. 夏多酸   B. 夏多辛   C. 夏多咸   D. 夏多苦

5. 东晋僧人法显为求取佛律共游历的国家有（   ）。

A. 27 国   B. 28 国   C. 29 国   D. 32 国

三、问答题

1. 中国饮食思想的内容有哪些？

2. 生态观念和营养观念对菜点制作与风格的影响。

3. 中国传统食物结构的内容是什么？有哪些合理性与不足？

4. 孔子提出的主要饮食观点是什么？如何评价它？

项目四
饮食民俗与礼仪

📲 项目导读

　　民俗即民间风俗，是广大民众在长期历史发展过程中积累并延续下来的行为传承和风尚。它是人们在日常生活中的行为习惯、信仰观念、艺术表现形式等方面的传承，是一种深深植根于人们生活中的风尚。民俗的形成是一个漫长而复杂的过程，它既受到历史、地理、民族等多种因素的影响，又与人们的生活环境、生活方式、思维方式等密切相关。在这个过程中，人们逐渐形成了一套独特的生活方式和行为规范，这些规范被代代相传，成为一种深入人心的习俗。礼仪大多指为表示某种情感而举行的仪式。它常常与民俗交织在一起，共同展示一个国家、民族、地区的思想与精神风貌，在一定意义上是窥视各地区、各民族、各个国家社会心态的重要窗口。中国幅员辽阔，是有着56个民族的大家庭，也是有悠久历史的礼仪之邦。

🚀 学习目标

　　了解和掌握饮食民俗与礼仪的含义、特点与主要类别，通过学习掌握汉族和少数民族各类饮食习俗与礼仪的内容。民俗文化不仅具有历史价值，也具有实用价值。它是民族文化的重要组成部分，对于弘扬民族文化、保护文化多样性、促进文化交流都具有重要意义。

🌐 思维导图

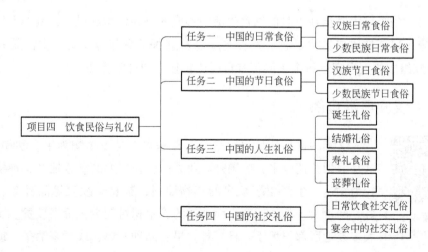

农家民俗餐厅的经营特色

某店是一家拥有 300 个餐位的餐厅，该餐厅的设计独具匠心，其主体是以农家民俗文化为风格，在餐厅布置了菜肴样品展示台，餐厅内点缀各种农家器具，如斗笠、蓑衣、农具，墙壁上挂着红辣椒、玉米棒等，餐厅内的餐台是八仙桌和长条凳，并贴醒目大红对联，以形成一种休闲野趣的氛围。餐厅设计并印制了一套富有农趣的菜单——田园食谱，菜单品种如下：

冷菜：鱼子鱼泡冻 农家咸鸡 家制小鱼干 家乡腌笋 凉拌蒜根
    凉拌野笋干 腌豇豆干 虾皮腌黄花 霄菜鞭笋 荠菜奂干

热菜：粉条烧河鲇 竹筒石鸡 蕨菜炒肉丝 笋表尖椒 瓦罐鸡
    家乡红烧肉 红烧老鹅 麻鸭煲笋干 笋尖烧肉 炒鸡肠
    三椒蒸鱼头 乡村豆腐 螺丝炒青蒜 清炒藕梗 麻油茄子
    油渣烧青菜 炒南瓜苗 蒜泥芋芳茎 酸辣薯藤 煨老鸡汤

点心：农家手擀面 烤玉米棒 雷菜麦疙瘩 荠菜水饺 腌菜汤圆

餐厅还特别地在菜单正面赋诗一首：

禾田溪边牧歌声，农舍炊烟翠竹间。

欲知农家盘中事，稳坐餐厅把味玩。

案例分析

1. 根据农家餐厅的特色，设计以寿宴为民俗主题餐厅的环境和菜单。

2. 如何结合中国传统饮食民俗的特点创新中国菜肴？

任务一 中国的日常食俗

日常食俗指广大民众在平时的饮食生活中形成的行为传承和风尚，基本上反映出一个国家或民族的主要饮食品种、饮食制度以及进餐工具与方式等。中国是一个由56 个民族组成的大家庭，每个民族都有自己比较独特的日常食俗。

一、汉族日常食俗

视频 4-1
汉族日常食俗

汉族的食品从日常的三餐来看基本上是以植物为主、动物为辅。这是因为长期以来，中国是农业大国，在广大的汉族地区，种植技术较为发达，生产出了众多的植物原料，粮食、蔬菜等品种多、质量好、产量大、价格低廉，而动物的养殖相对较少，价格较贵。汉族的大多数地区都习惯于一日三餐。早餐品种简单，或豆浆油条，或稀饭馒头与包子，或一碗面条，谷物类食品占有绝对优势。其余两餐常常分为便餐和正餐，由于工作、学习或其他原因，大多数人把午餐作为便餐，食品多是简单的菜肴、米饭或面点，以方便、快捷为原则；而把晚餐作为正餐，人们常用较多的时间精心制作美味佳肴，品种比较丰富，但仍然是以谷物为主，由米饭、菜点构成，随意性很强，没有固定的格局。

除食品外，汉族人一日之中常用的饮品是茶和白酒。对许多人来说，茶几乎是一日不可无之物。俗语说"开门七件事，柴米油盐酱醋茶"，可见茶与人们日常生活息息相关。人们用茶来消暑止渴，用茶来提神醒脑，视茶为纯洁、高雅且能净化心灵、清除烦恼、启迪神思的人间仙品。白酒作为饮品，虽然不是一日不可无，却也是许多人爱不释手的。人们用酒来成就礼仪，用酒来消忧解愁，视酒为神奇、刺激且能催人幻想、美化生活、激发灵感的魔术佳品。李白有诗称："但得酒中趣，勿为醒者言。"

二、少数民族日常食俗

中国的少数民族众多，由于其所处的自然环境和社会环境不一样，使得他们在日常生活中形成了各自独特且丰富多彩的饮食习俗，主要表现在饮食品的选择、烹调加工、饮食爱好等方面。同时，随着时代和社会的发展、各民族之间的频繁交流，各个少数民族的饮食习俗尤其是日常食俗还在发生或大或小的变化。这里难以逐一叙述，仅按四个大的区域概括介绍其中部分少数民族的日常食俗。

视频 4-2
少数民族日常食俗（一）

（一）东北与内蒙古地区

1. 满族的日常食俗

满族主要居住在东北三省、河北和内蒙古自治区。其先民最初主要以游猎和采集为谋生手段，战国时开始种植五谷，到南北朝时定居于松花江上游和长白山北麓，已饲养家畜。明朝以后，满族先民女真人大举南迁，定居东北三省，从事农业生产，基本上形成了以杂粮为主食、猪肉为主要肉食的饮食习惯，到清朝满族入关后仍然保持着这种习惯。

满族通常是一日三餐，日常的主食是高粱、小米和玉米，也间有麦面和稻米，呈现着黏、凉、甜三大特点。其常见品种有酸汤子、水饭、饽饽、小米饭、豆包等。酸汤子是将玉米发酵后做成面条或面片，直接甩入汤锅中制成。水饭是满族人夏天的美食，将做好的高粱米饭或碎玉米饭用清水过一遍后再入清水浸泡，吃时捞出，清凉可口。饽饽有着悠久的历史，深受满族人喜爱，种类繁多，有豆面饽饽、搓条饽饽、苏叶饽饽、菠萝饽饽、牛舌饽饽、年糕饽饽等。在日常的副食方面，满族人最突出的特点是喜食猪肉和秋冬季食用腌渍菜。满族人喜欢养肥猪，爱吃猪肉，最常见的烹饪方法是白煮，白片肉、白肉血肠是其著名品种。另外，由于北方冬季寒冷、没有新鲜蔬菜，人们便在秋冬季以腌渍的大白菜（即酸菜）为主要蔬菜，常用的烹饪方法是熬、炖、炒和凉拌，也可以做火锅或包饺子。用酸菜熬白肉、粉条是他们入冬以后常吃的菜肴。

2. 朝鲜族的日常食俗

朝鲜族主要居住在东北三省，吉林的延边是其最大的聚居区，地处北方著名的"水稻之乡"，形成了以稻米为主食和以猪、牛、鸡、鱼为主要肉食的饮食习惯。

朝鲜族曾经有一日四餐的习惯。在一些农村，除早中晚三餐外，有时在晚上劳动后还要加一餐。朝鲜族日常的主食是稻米，也有麦面等。他们喜食并且擅长制作米饭，所用的铁锅要求底深、收口、盖严，受热均匀，制作出的米饭不仅颗粒松软而且可以有质地不同的多种层次，如双层米饭、多层米饭等。此外，冷面、打糕也是常见并且著名的品种。在日常的副食方面，朝鲜族最突出的特点喜食狗肉、咸菜和泡菜等，菜品具有麻辣香的风味特点。他们喜欢制作狗肉菜肴，最著名的品种狗肉火锅。泡菜是日常生活中不可缺少的菜肴，常见的有酱牛肉萝卜块、酱腌小辣椒、酱腌紫苏叶、咸辣桔梗等。泡菜是入冬以后至第二年春天的常备菜肴，制作十分精细，其味道的好坏常常成为判断主妇烹饪技艺水平的标志。

3. 蒙古族的日常食俗

蒙古族绝大多数聚居于内蒙古自治区，也有一部分居住在新疆、青海、甘肃和东北三省，有马背上的民族之称。蒙古族在很长时期内过着逐水草而居的游牧生活，畜牧业生产历史悠久，出产的牛、羊、马、骆驼等牲畜及畜产品名声远扬，因此也形成了以肉、奶制品为主食的饮食习惯。

蒙古族通常是一日三餐，几乎餐餐都离不开奶与肉。以奶为原料制成的食品，蒙古语称"查干伊得"，意思是圣洁、纯净的食品，即"白食"。他们食用得最多的是牛奶，其次羊奶、马奶、鹿奶和骆驼奶等，除一部分作鲜奶饮用外，大部分加工成奶制品，常见的有酸奶干、奶豆腐、奶皮子、奶油、稀奶油、奶油渣、酪酥、奶粉等，这些奶制品都被视为上乘的珍品。以肉类为原料制成的食品，蒙古语称"乌兰伊得"，意思是"红食"。蒙古族人的肉类食物主要是牛和绵羊，其次是山羊、骆驼和少量的马，狩猎季节也捕食黄羊。羊肉在一年四季均有食用，最常用的烹饪方法是烤、煮、炸、炒等，最常见且著名的品种有烤全羊、烤羊腿、手把羊肉、大炸羊等。牛肉则大多在冬季食用，以清炖、红烧、煮汤为主。在蒙古族日常食俗中，与白食、红食占有同样重要地位的是"炒米"。人们常常用炒米做"崩"，加羊油、红枣、糖等拌匀，捏成小块，当做饭吃。此外，蒙古族的饮品主要是茶和酒。茶是他们每天不可缺少的饮料，而奶茶最具特色。每天早上的第一件事就是煮奶茶，用茶、鲜奶、盐等制成，有时要加黄油、奶皮子、炒米及植物的果实、花叶等。蒙古族人都喜欢饮酒，常常豪饮，而最具特色的是奶酒和马奶酒。

（二）西北地区

1. 回族的日常食俗

回族主要聚居在宁夏、甘肃、青海、新疆等西北地区，其他地区也有分布。

回族日食三餐，由于分布较广，各地的饮食品及烹饪加工等有一定差异。宁夏回族以米、面为日常主食，喜食面片、面条（如拉面），也喜食调和饭，即在煮好的饭粥中加羊肉丁、菜丁和煮熟的面条或面片，或在面条或面片中加米饭和熟肉丁、菜丁等。甘肃、青海的回族则以玉米、青稞、马铃薯为日常主食。在肉食方面，回族喜食牛肉和羊肉，居住在北方的回族特别善于制作牛羊肉，常用的烹饪方法是烤、炸、爆、烩、炒、煎等，常见而著名的品种有涮羊肉、烤牛肉、烤羊肉串、羊筋菜、牛羊肉泡馍等。他们在日常生活中不饮酒，但重茶，不仅有奶茶、油茶、茯砖茶、绿茶，还有著名的八宝茶，由绿茶、冰糖、枸杞、红枣、桂圆、核桃仁、葡萄干、芝麻、甘草等制成，有补虚强身之功。

2. 维吾尔族的日常食俗

维吾尔族主要聚居在新疆，主要从事农业生产，也有一定的畜牧业，因此形成了以粮食为主、以肉类和果蔬为辅的饮食结构。

维吾尔族日食三餐，以面食品为主食，常见且著名的品种有馕、羊肉抓饭、薄皮包子、面条、徽子、曲曲等。馕是用小麦面或玉米面制成饼坯，在特制的火坑内烤制而成，香酥可口、久储不坏。羊肉抓饭是用大米、羊肉、羊油、植物油、胡萝卜等焖制而成，用手抓食。薄皮包子是用面粉为皮、羊肉和羊油拌少量洋葱为馅制作而成，皮薄肉多、油大味香。面条则有拉面、拌面、汤面等。在副食方面，维吾尔族人特别喜欢牛、羊肉和果品。他们吃菜必须有肉，而且常用胡椒、孜然、洋葱、辣椒、黄油、蜂蜜、果酱、奶酪等调味提香，著名品种有烤全羊、烤羊肉串等。维吾尔族的日常饮品也是茶，有奶茶、油茶、茯茶等。

3. 哈萨克族的日常食俗

哈萨克族主要居住在新疆的伊犁哈萨克自治州和木垒、巴里坤两个自治县等地，主要从事畜牧业，较少从事农业，许多牧民仍然过着游牧生活。

哈萨克族的日常食品主要是面食品、牛羊马肉和奶制品。在面食品中，常见的有包尔沙克、烤饼、油饼、面片和汤面等。此外，也有用羊、牛奶煮的米饭和用米饭、羊肉、油与胡萝卜、洋葱等制的抓饭。在肉和奶制品中，最有特色的是冬肉、奶疙瘩、奶豆腐、酥奶酪等。冬肉，哈萨克语称"索古姆"，是将入冬以后宰杀的马、牛、羊肉切成块，用盐卤制后熏烤、储藏，可以随时取用。哈萨克族的日常饮品主要有牛奶、羊奶、马奶子和奶茶。其中，马奶子也称酸马奶，是用马奶经过发酵制成的高级饮料，特别受到人们的喜爱。

视频 4-3
少数民族日常
食俗（二）

（三）西南地区

1. 藏族的日常食俗

藏族主要聚居在西藏自治区以及青海、甘肃、四川、云南等地。绝大部分藏族人生活在高寒地区，主要从事高原农牧业，生产青稞、荞麦，饲养绵羊、山羊、牦牛等。他们信仰藏传佛教，其食俗深受教规、戒律的影响，许多人还有不食飞禽和鱼类的习惯。

藏族通常日食三餐，在农忙或劳动强度大时有四餐、五餐、六餐的习惯。绝大部分藏族的主食糌粑，即用青稞炒熟磨成的细粉。它是十分有利于储藏、携带和食用的方便食品，食用时只需拌上浓茶或奶茶、酥油、奶渣、糖等即可。此外，主食品中著名的还有酥油、红糖、奶渣制成的形似奶油蛋糕的"推"，有水油饼"特"和足玛米饭、蒸土豆、麦面粑粑。在副食方面，藏族过去很少食用蔬菜，以牛、羊肉为主，猪肉次之，奶制品也必不可少。他们食用牛羊肉时讲究新鲜，在牛羊宰杀后立即将大块带骨肉入锅，用猛火炖煮，以鲜嫩可口为佳，用刀子割食。牛、羊的血则加碎牛羊肉灌入其小肠中，制成血肠。在奶制品中，从牛、羊奶中提炼的酥油是最常见而著名的品种，其次还有酸奶、奶酪、奶疙瘩、奶渣等。酥油不仅用来制作饭菜，也是制作饮料必不可少的原料。藏族的日常饮品是酥油茶和青稞酒。酥油茶是用砖茶加水熬汁，与酥油、盐一起放入特制的酥油茶筒中搅拌而成的。青稞酒是用青稞酿制的酒，不经蒸馏，类似黄酒，味微酸甜、醇香。它们是藏族最典型和最著名的饮料，也是深受人们欢迎的饮料。

2. 彝族的日常食俗

彝族主要居住在四川、云南、贵州等地。他们大多数生活在山区和半山区，主要从事农业，出产玉米、荞麦、大麦和小麦等农作物，兼有畜牧业，主要饲养猪、牛、羊、鸡等，形成了以杂粮为主食而以猪、牛、羊为主要肉食的饮食习惯。

大多数彝族人习惯一日三餐，以玉米、荞麦等杂粮和土豆等为主食。其中，最著名的品种是疙瘩饭、荞粑。疙瘩饭是将玉米、荞麦、大麦、小麦、粟米等磨粉后和成小面团，入水中煮制而成。荞粑是用荞麦面烙制的，可以久存不坏，有消食、止汗、消炎等功效。在副食方面，以猪、牛、羊为主要肉食，也将猎获的鹿、岩羊、野猪等作为肉类补充。其著名品种是坨坨肉，即将猪肉宰成较大的块，入锅中煮熟，拌上盐、蒜、花椒、辣椒和当地特产的香料制成。此外，还有牛汤锅、烤小猪等。蔬菜品种中最有特色的是酸菜，分干酸菜、泡酸菜两种，用煮肉的汤煮酸菜，加少量辣椒，解腻、醒酒，几乎每餐不可缺少。彝族的日常饮品是酒和茶，尤其重视酒，有"汉人贵茶，彝人贵酒"之说，著名品种是坛坛酒和烤茶。坛坛酒是用高粱、玉米、荞麦等为原料，加草药制的酒曲，入坛内密封后酿成，味道甜中带苦，饮时常常加水，众人围坐在一起吸食。烤茶则是先把绿茶放入小砂罐内焙烤至酥脆略呈黄色出香味，再加沸水制成。

3. 苗族的日常食俗

苗族主要居住在贵州、云南、湖南、湖北、广西、四川等地。他们生活在雨量充沛、气候温和的地区，主要从事农业生产，盛产稻谷、小麦、玉米及各种农副产品，形成了以稻米为主食的饮食习惯，喜欢糍糯、酸辣的风味。

大部分地区的苗族日食三餐，以大米为主食，并且以糯米为贵。通常将糯米饭作为丰收和吉祥的象征，其制法是将糯米蒸熟，趁热倒入木槽内捶打成泥，再扯成小圆团，用木板压平，待完全冷却后用山泉水浸泡，随时换水，可存放 4 至 5 个月，食用时烧、烤、炸皆可。在副食方面，苗族人喜欢狗肉，喜欢鲊类菜肴，即用鸡、鸭、鱼和畜肉、蔬菜腌制而成的酸味菜肴。苗族人几乎家家都有腌制食物的酸坛。腌制时先将肉切大块，一层肉、一层盐放好，三天后将糯米饭与甜糟酒混合并与肉块一起擦搓，再放辣椒粉和其他调料，密封坛口，随时取用。苗族日常饮品中，最著名的是咂酒、油茶、万花茶和酸汤。咂酒最突出的特点在饮酒方式上，众人围着酒坛，用麦秆吸食酒汁，吸完后再冲水吸，直至淡而无味时停止。万花茶却不用茶叶，而是将冬瓜、萝卜、丝瓜和橙皮、柚子皮原料浸泡、煮沸，加白糖、蜂蜜、桂花、玫瑰等拌和，晒至透明、干脆，然后取数片冲沸水制成，馨香馥郁，甜美可口。酸汤是用米汤或豆腐水发酵而成，也是苗族夏天的常见饮料，酸凉解渴。

4. 傣族的日常食俗

傣族主要聚居在云南的西双版纳和德宏州。他们生活在亚热带，森林密布，土地肥沃，主要从事农业，盛产水稻、蔬菜，也饲养猪、牛、鸡、鸭，形成了以稻米为主食的饮食习惯，喜欢糯香、酸辣的风味。

傣族大多日食两餐，主食是粳米和糯米，通常是现舂现吃，以保持其原有的色泽和香味，不吃或很少吃隔夜饭，习惯于用手捏饭食用，外出劳动时则用竹筒盛装，或用芭蕉叶包饭，称芭蕉叶饭。在副食方面，至少有两个突出特点。一是善于利用野生动植物入烹。如所用肉食原料，虽以猪、牛、鸡、鸭为主，但也大量使用昆虫，如蝉、竹虫、大蜘蛛、田鳖、蚂蚁蛋、蜂蛹等，著名品种有烧烤花蜘蛛、凉拌白蚁蛋、生吃竹虫、清炸蜂蛹等。傣族人喜欢将蝉入锅焙干，制成酱食用，有清热解毒、去痛消肿之功。所用蔬食原料，除了白菜、萝卜、竹笋、瓜果外，野生青苔是其特有的品种。选用春季江水中岩石上的青苔，晒干后油煎或火烤，再与糯米团或腊肉同食，味美无比。所用的调味料，也大量选择香茅草、酸果和野生的花椒等。二是大部分菜肴小吃皆以酸味为主，酸辣结合。著名品种有牛撒皮凉拌拼盘、酸肉、腌牛头等。傣族人嗜酒，但酒的度数低、味香甜。他们饮茶，大多数只喝不加香料的大叶茶，将大叶茶放在火上，略炒焦后冲水而成。

5. 白族的日常食俗

白族主要聚集在云南的大理白族自治州和附近一些地区。他们生活在苍山与洱海之间的鱼米之乡，主要从事农业，农作物有稻米、小麦、玉米、荞麦、豆类等，蔬菜种类丰富，饲养牛、羊、猪和鸡、鸭，也捕捞淡水鱼虾，形成了以粮食为主食的饮食习惯，喜欢酸辣麻甜的风味。

白族习惯日食三餐，农忙或节庆时还要加早点与午点。在主食方面，平坝地区的白族多用大米、小麦，山区的白族多用玉米、荞麦和土豆。大多采用蒸的烹饪方法，著名品种有饵块、饵丝等。在副食方面，肉食以猪肉为主，也善烹鱼、虾、牛肉及乳制品，著名品种有生皮、柳蒸猪头、活水煮活鱼、粉蒸鱼、螺豆腐以及大锅牛肉汤、乳扇等；蔬菜品种繁多，除了善于制作腌菜外，还采摘洱海的海菜花制作各种风味菜，如用海菜花的叶、茎制作海菜豆腐汤，用其花蕊等炒肉丝或腌咸菜。白族人喜欢喝酒、饮茶。酿酒是白族家庭的一项主要副业，其中的窖酒和干酒是传统名品。他们几乎每天都要喝两次茶，清晨喝的叫早茶或清醒茶，常常将下关产的沱茶烤后饮用；午间喝的叫休息茶或解渴茶，通常要放米花和乳扇。若有客人到来，则少不了"三道茶"。

（四）中南与东南地区

1. 壮族的日常食俗

壮族是中国人口最多的少数民族，绝大多数居住在广西，只有100多万人分布在云南、广东、湖南及贵州部分地区。他们主要从事农业生产，大量出产稻谷、玉米、红薯、芋头等农作物，其甘蔗、香蕉、龙眼、荔枝、菠萝、柚子也极负盛名，形成了以稻谷、玉米为主食且喜甜食的饮食习惯。

大多数壮族人日食三餐，也有少数地区的壮族习惯于四餐，即在午餐与晚餐之间加一餐。盛产的稻米和玉米是他们的主食。其中，稻米的种类较多，有籼米、粳米、糯米等，用糯米制作的糍粑、粽子、醪糟和五色糯米饭味道甜美，非常有名。用玉米制作的名品有玉米饼、玉米粥和南瓜粥。玉米粥的制法是将大米煮熟后撒入。玉米面边搅边煮，再掺一些水搅匀，煮沸即成。南瓜粥则是将上述的大米换作南瓜即可。在副食方面，四季鲜蔬不断，各种禽畜皆可食用，以狗肉为最爱，擅长水煮、烤、炸、炖、卤等烹饪方法，著名品种有清炖破脸狗、白切狗肉、状元柴把、壮家酥鸡和鱼生、龙泵三夹等。壮族人常常自酿米酒、红薯酒和木薯酒。其中，再加工的米酒颇有特色。如在米酒中加鸡杂，称为鸡杂酒；在米酒中加猪肝，称为猪肝酒；在米酒中加蛇胆，称为蛇胆酒，别具风味。

2. 土家族的日常食俗

土家族主要居住在湘西、鄂西、川东和黔东北地区。地处丘陵地带，主要从事农业，出产稻谷、玉米、红薯、土豆、高粱、小米、荞麦和豆类等，形成了以粮食为主食的饮食习惯，喜欢酸辣的风味。

土家族通常一日三餐，但农忙时为四餐，农闲时为两餐。他们以稻米、玉米、红薯为主食，常见的品种除米饭外有苞谷（即玉米）饭、豆饭、油炸粑和团馓等。苞谷饭是以玉米面为主，适量地掺一些大米煮或蒸制而成。豆饭是将绿豆、豌豆等与大米合煮而成。油炸粑，又名油香或灯盏窝，是以大米、黄豆为主要原料炸制而成，色泽焦黄、清香酥脆。在副食方面，土家族常食猪肉、蔬菜和豆腐，酸辣风味突出。在民间，几乎每家都有酸菜缸，每餐离不开酸菜，并且有"辣椒当盐"之说，视酸辣椒炒肉为美味。豆腐制品也很常见，尤其喜欢食用合渣菜，即将黄豆磨成浆，不滤渣，煮沸澄清，加菜叶煮制而成。土家族的日常饮品是油茶和酒，最常见的是用糯米、高粱酿制的甜酒和哩酒，度数不高，味道很纯正。

3. 黎族的日常食俗

黎族主要居住在海南的中南部。他们大多从事农业生产，出产水稻、旱稻、玉米、红薯、木薯等，盛产热带水果，香蕉、芭蕉、芒果、甘蔗、菠萝、椰子、槟榔等，闻名全国，有着以大米为主食的饮食习惯。

黎族日食三餐，主食大米，有时也吃一些杂粮，最著名的是竹筒饭，即把适量的米和水倒入竹筒中放在火堆里烧烤而成，也可以把猎获的野味、畜肉与香糯米、盐混合后加入竹筒中烧烤成熟，则为香糯饭。香糯米是海南的特产，用它做饭，有"一家饭熟，百家闻香"的美誉。在副食方面，猪、牛是其主要肉食，但也特别喜欢吃鼠肉和一些野生植物。无论田鼠、山鼠还是家鼠、松鼠，皆可用来烧烤食用。"南杀"曾是黎族常吃的小菜，是用螃蟹、田蛙、鱼虾或飞禽走兽腌制而成。此外，还有鱼虾煮雷公根、烤芭蕉心、鱼茶、肉茶等。黎族嗜好饮酒，常见的有米酒、红薯酒和木薯酒。其中，著名品种是用山兰米酿制的酒，味道美妙。

4. 高山族的日常食俗

高山族主要居住在台湾地区，也有一些分布在福建等地。他们中的绝大多数生活在热带山区，气温较高，雨量充沛，从事农业和渔猎，出产稻米、小米、玉米及各种薯类，形成了以粮食为主食的饮食习惯。

高山族一日两餐或三餐，以稻米、小米、玉米及各种薯类为主食，除煮制米饭外，大部分高山族人喜欢将糯米、玉米面等蒸成糕或糍粑，外出时则常常用干芋、熟红薯或糯米制品作干粮。在副食方面，蔬菜品种非常丰富，肉食品以猪、牛、鸡为主，也用捕捞的鱼和猎获的野猪、鹿、猴等作为补充。他们吃鱼的方法很独特，一般把鱼捞起来后就地取一块石板烧热，把鱼放在上面烤至8成熟，即撒盐食用。高山族人很少饮茶，嗜好饮酒，主要是自家酿的米酒；也喜欢用生姜或辣椒泡的凉水作饮料，相传这种饮料有治腹痛的功能。

任务二　中国的节日食俗

节日是指一年中被赋予特殊社会文化意义并穿插于日常之间的日子，是集中展示人们丰富多彩生活的绚丽画卷。节日食俗是指广大民众在节日，即一些特定的日子里创造、享用和传承的饮食习俗。它常因节日体系及更深层次的自然与社会环境的差异而有所不同。

一、汉族节日食俗

（一）汉族节日食俗的特点

视频 4-4
汉族节日食俗

传统节日常常是一个地区、民族、国家的政治、经济、文化等的总结和延伸。而每一个节日食俗事象能够独立存在并代代相传，必然在内容和形式上有它的显著特点。汉族节日食俗最主要的特点是源于岁时节令，以吃喝为主，祈求幸福。

长期以来，汉族地区以农业为主，在生产力和科学技术不发达的情况下，靠天吃饭成为必然，农作物的耕种与收获有着强烈的季节特征，于是中国人尤其是汉族十分重视季节气候对农作物的影响，在春种、夏长、秋收、冬藏的过程中认识到了自然时序变化的规律，总结出四时、二十四节气说。人们不但把它看作农事活动的主要依据，而且逐渐把一些源于二十四节气的特殊日子规定为节日，因此形成了以岁时节令为主的传统节日体系及相应的习俗。又由于汉族人十分重视饮食，崇尚"民以食为天"，使得节日习俗始终少不了饮食，常常以吃喝为主题，几乎每个节日都有品种多样的相应食品，并且通过这些节日食品等祈求自身的吉祥幸福。

（二）汉族的主要节日及其食俗

1. 春天的重要节日——春节及其食俗

春节是汉族最隆重的节日，其时间在汉魏以前是农历的立春之日，后来逐渐改为农历的正月初一，但是，人们常常从腊月三十、除夕算起，直至正月十五，又称"过年"。春节期间，人们最重视的是腊月三十和正月初一，其节日食品从早期的春盘、春饼、屠苏酒，到后来的年饭、年糕、饺子、汤圆等多种多样，但无论哪一种节日食品，都寄托着人们对身体健康、生活幸福的祈求与向往。

俗语说，一年之计在于春。一年的收获也来源于春天的耕种，而耕种需要强壮的身体，因此，早在汉晋时期春节就有了春盘、屠苏酒等相应的节日食品。春盘，又称五辛盘，是由五种辛辣刺激蔬菜构成的春节应节食品，可以通过疏通五脏来强健身体。南朝梁宗懔《荆楚岁时记》引晋周处《风土记》言："元日造五辛盘，正元日五熏炼形"。五辛所以发五脏之气。《庄子》所谓春日饮酒茹葱，以通五脏也。"屠苏酒，相传由汉朝华伦创制，是用大黄、白术、桂枝、防风、花椒、乌头、附子等中药入酒中浸制而成，有避瘟疫、健体强身的作用。唐韩谔《岁华纪丽》注言："俗说屠苏乃草庵之名。昔有人居草庵之中，每岁除夜遗闾里一药帖，令囊浸井中，至元日取水，置于酒樽，合家饮之，不病瘟疫。今人得其方而不知其姓名，但曰屠苏而已。"随着时间的推移，人们的祈求从希望身体强健扩大为希望新的一年幸福吉祥、万事如意，于是又出现了新的节日食品，如年饭、年糕、饺子、汤圆等。清朝时年饭是在正月初一时食用。清顾禄《清嘉录》载："煮饭盛新竹笋中，置红橘、乌菱、荸荠诸果及糕元宝，并插松柏枝子上，陈列中堂，至新年蒸食之。取有余粮之意，名曰年饭。"但民国以后，年饭就基本上在腊月三十食用。民国时成都的一首《年景竹枝词》言："一餐羹饭送残年，腊味鲜肴杂几筵。欢喜连天堂屋内，一家大小合团圆。"同时，吃年饭也多了一些禁忌，如年饭的菜肴数量要双数，要有鸡、鱼，并且不能吃完，以示大吉大利、年年有余。年糕更因为其谐音"年年高升"而特别受人喜爱。《帝京景物略》载清代的年糕是由黍米制成："正月元旦，……啖黍糕，曰年年糕。"现在的年糕则用糯米粉制作。饺子长久以来是中国北方春节期间必食之品，因谐音"交子"而交子曾经是中国钱币的一种，便以此寓意财源广进、吉祥如意。为了凸显其寓意，人们还常在饺子中包入糖果、钱币等。清富察敦崇《燕京岁时记》言：北京人在正月初一"无论贫富贵贱，皆以白面作角而食之，谓之煮饽饽""富贵之家，暗以金银小锞及宝石等藏之饽饽中，以卜顺利。家人食得者，则终岁大吉。"

2. 夏天的重要节日——端午节及其食俗

端午节的时间是农历的五月初五，其主要的节日食品是粽子。许多民俗学者认为，端午节起源于农事节气——夏至。今人刘德谦曾在《"端午"始源又一说》中作了详细论证。夏至标志着夏季的开始，常出现在农历的五月中。这一时期，昼长夜短，气温逐渐升高，是农作物生长最旺盛的时期，也是杂草、病虫害最易滋长蔓延的时期，必须加强田间管理。农谚说："夏至棉田草，胜如毒蛇咬。"搞好田间管理是秋天收获的重要保证。为了提醒人们重视夏至、管好田间，也为了祈求祖先保佑农作物丰收，早在商周时代，天子就在夏至日专门品尝当时主要的粮食黍米，并用它来祭祀祖先。《礼记·月令》言，伊夏之始"天子乃以雏尝黍羞以含桃，先荐寝庙"。俗语言，上行下效。周天子在夏至尝黍并以黍祭祖的活动必然逐渐渗透、影响到民间，久而久之形成习俗，最终出现了"用黍"即粽子这一特殊食品，供人们在夏至祭祀和食用。又由于端午节从夏至发展演变而来，于是"角黍"也成了端午节的节日食品。晋人范汪《祠制》载："仲夏存角黍。"《太平御览》引晋周处《风土记》言："俗以菰叶裹黍米，以淳浓灰汁煮之令烂熟，于五月五日及夏至啖之。一名粽，一名角黍，盖取阴阳尚相裹未分散之时象也。"可见，端午节及其节日食品粽子的产生与农事节气有着密切的联系。

然而，人们并不满足这种客观存在，又为其起源赋予了许多动人的传说，而流传最广、影响最大的是纪念屈原说。南朝梁吴均《续齐谐记》言，屈原于五月初五投汨罗江，楚人哀之，乃于此日以竹筒贮米，投水祭祀他。汉建武年间，长沙区曲忽见一士人自称三闾大夫说："闻君当见祭甚善，常年为蛟龙所窃。今若有惠，当以楝叶塞其上、以彩丝缠之。此二物蛟龙所惮。曲依其言。今五月初五做粽并带楝叶五丝花，遗风也。"也许是由于这个动人传说的推波助澜，端午节及其节日食品粽子的影响不断扩大，以至于中国的邻邦朝鲜、韩国、日本、越南、马来西亚等国也时兴，过端午节并吃粽子。粽子的品种也因习俗、爱好的不同而不同，如形状有三角形、锥形、斧头形、枕头形等，馅心有火腿馅、红枣馅、豆沙馅、芝麻馅、肉馅等。这些品种众多的粽子不仅表达了人们对丰收的祈求、对先民的崇敬，也实实在在地丰富了人们的饮食生活，客观上为人们幸福生活创造了条件。

3. 秋天的重要节日——中秋节及其食俗

中秋节的时间是农历的八月十五，因它正好处于孟秋、仲秋、季秋的中间而得名，其主要节日食品是月饼。

月饼的雏形最早出现于唐朝，其名称则见于宋朝。据史料记载，唐高祖李渊曾于中秋之夜设宴，与群臣赏月。在这次赏月宴上，他与群臣一起分享了吐蕃商人进献的美食——一种有馅且表面刻着嫦娥奔月、玉兔捣药图案的圆形甜饼。大多数人认为这就是后世"月饼"的始祖，只是此时还没有称作"月饼"，并且只是偶然食用，不具备普遍意义。而月饼的名称最早见于宋朝吴自牧的《梦粱录》，该书卷十六"荤素从食店"中列有"月饼"，说明它是市场面食品的一种，但与中秋节没有密切联系。到明朝，关于中秋吃月饼的习俗已有许多记载。明田汝成《西湖游览志余》卷二十"熙朝乐事"载："八月十五谓之中秋，民间以月饼相遗，取团圆之义。"《明宫史》言：此日"家家供月饼瓜果，候月上焚香后，即大肆饮啖，多竟夜始散席者。如有剩月饼，仍整收于干燥风凉之处，至岁暮合家分用之，曰团圆饼也。"此时，月饼至少已有两重意义：一是形如圆月，用以祭拜月神，表达对大自然的感激之情；二是饼为圆形，象征团圆，寄托人们对家庭团圆、生活幸福的祈求与渴望。正因为月饼蕴涵了丰富的文化意蕴，才在以后的岁月里有了极大的发展。如今，月饼品种繁多，并形成了粤式、苏式、京式三大流派，影响深远。

4. 冬天的重要节日——冬至及其食俗

冬至的时间在农历的十一月中、阳历的 12 月 21 日—23 日之间。其节日食品较多，主要有馄饨、羊肉、粉团等。

冬至是农历二十四节气之一，冬至前后也是大量储藏农作物及其他食物原料的重要时期。《月令七十二候集解》言："十一月中，终藏之气至此而极也。"至此，一年的农事忙碌即将或已经结束，五谷满仓，牛羊满圈，该是人们初享劳动成果的时候了。因此，人们十分重视这个日子。许多研究者认为，大约在汉朝，冬至就已成为一个节日。而魏晋之时，人们将庆贺规模扩大，使之仅次于春下过年，又有"亚岁"之称。到唐宋时期，人们更加重视冬至节。《东京梦华录》载："十一月冬至，京师最重此节。虽至贫者，一年之间，积累假借，至此日更易新衣，备办饮食，享祀先祖。"这仿佛是春节过年的一次彩排、一次预演，民间又有"冬至如年"之说。

冬至的节日食品主要是馄饨，既可食用又可祭祀祖先。宋代《咸浮岁时记》载：冬至"店肆皆罢市，垂帘饮博，谓之做节。享先则以馄饨"，"贵家求奇，一器凡十余色，谓之百味馄饨"。《岁时杂记》则言"京师人家冬至多食馄饨"。究其原因，《雁仙神隐书》言："（十一月）是月也，天开于子，阳气发生之辰，君子道长之时也，其眷属当行拜贺之礼，食馄饨，譬天开混沌之意，建子之说也。"即冬至节是阴阳交替、阳气发生之时，食馄饨暗寓祖先开混沌而创天地之意，表达对祖先、对大自然的缅怀与感激之情。此外，羊肉也是冬至的节日食品。《明宫史》卷四载，冬至节"吃炙羊肉、羊肉包、扁食、馄饨，以为阳生之义"。羊与阳同音，寓意阳气发生。同时，羊与"祥"通，古代常把"吉祥"写作"吉羊"。《汉元嘉刀铭》言："宜侯王，大吉羊。"因此，食羊又寓意吉祥，企盼生活吉祥幸福。

二、少数民族节日食俗

中国有 55 个少数民族，他们的农祀节会、纪庆节日、交游节日加在一起多达 270 余种，而大部分节日都有相应的节日食俗。这里简要介绍其中一些影响较大、特色突出的节日及其食俗。

视频 4-5　少数民族节日食俗

（一）开斋节

开斋节，是阿拉伯语"尔德，菲图尔"的意译，又称肉孜节，是回族、维吾尔族、哈萨克族、东乡族、撒拉族、柯尔克孜族、乌孜别克族、塔吉克族、塔塔尔族、保安族等民族的传统节日。整个节日期间，家家户户都要杀鸡宰羊做美食招待客人，要炸傲子、油香等富有民族风味的食品，互送亲友邻里，互相拜节问候，已婚或未婚女婿还要带上节日礼品给岳父拜节。

（二）古尔邦节

古尔邦节，在阿拉伯语中称为"尔德，古尔邦"或"尔德，阿祖哈"。"尔德"是节日之意，而"古尔邦"或"阿祖哈"都含有牺牲、献身之意，此节日又俗称献牲节、宰牲节。它同样是回族、维吾尔族、哈萨克族、东乡族、撒拉族、柯尔克孜族、乌孜别克族、塔吉克族、塔塔尔族、保安族等民族的传统节日，基本上与开斋节并重，即开斋节后的 70 天。

节日的早晨，也要打扫清洁、穿上盛装，参加隆重的会礼，然后就是炸油香、宰牛、羊或骆驼，招待客人、相互馈赠。宰牲时有一些讲究，一般不宰不满两周岁的小羊羔和不满三周岁的小牛犊、骆驼羔；不宰眼瞎、腿瘸、割耳、少尾的牲畜。所宰的肉要分成三份：一份自己食用，一份送亲友邻居，一份济贫施舍。

（三）雪顿节

雪顿节，是藏族人历史悠久的重要节日，时间在藏历七月一日。雪顿是藏语的音译，意思是酸奶宴；雪顿节，就是喝酸奶的节日。后来，它逐渐演变成以演藏戏为主，所以又称作藏戏节。

17 世纪以前，藏族的雪顿活动是藏族僧人开禁的日子，僧人纷纷出寺下山，世俗百姓都要把准备好的酸奶子拿出来施舍。僧人们除了吃一顿酸奶子佳宴外，还要尽情欢乐玩耍，这就是雪顿节的起源。后来，雪顿节逐渐有了一定的节日仪式，并在拉萨的罗布林卡演出藏戏。在节日里，拉萨附近的藏族人身穿鲜艳的节日服装，带着帐篷、青稞酒、酥油茶及其他节日食品，来到罗布林卡，欢度节日。人们载歌载舞，观看藏戏，敬青稞酒，喝酥油茶，纵情欢乐，热闹非凡。

（四）火把节

火把节，是彝族、白族、哈尼族、傈僳族、纳西族、普米族、拉祜族等少数民族的传统节日，因以点燃火把为节日活动的中心内容而得名，时间多在农历六月初或二十四日、二十五日，一般延续三天。

有研究者认为，火把节的产生与人们对火的崇拜有关，期望用火驱虫除害，保护庄稼生长。在火把节期间，各村寨用干松木和松明子扎成大火把竖立寨中，各家门前竖立小火把，入夜点燃，使村寨一片通明。人们还手持小型火把，绕行田间、住宅一周，将火把、松明子插在田边地角，青年男女还弹起月琴和大三弦、跳起优美的舞蹈，彻夜不眠。与此同时，人们要杀猪、宰牛，祭祀祖先神灵，有的地区还要抱鸡到田间祭祀田公、地母，然后相互宴饮，吃砣砣肉，喝转转酒，共同祝愿五谷丰登。此外，各地也举行歌舞、赛马、斗牛、射箭、摔跤、拔河、荡秋千等活动，并开设集市贸易。

（五）泼水节

泼水节，是傣族隆重、盛大的传统节日，因人们在节日期间相互泼水祝福而得名。布朗族、德昂族、阿昌族也过此节日。傣语称此节为"比迈"，意即新年。其时间在傣历六月，大致相当于公历 4 月中旬，持续 3~4 天，第一天叫"宛多尚罕"，意为除夕；最后一天叫"宛叭宛玛"，意为"日子之王到来之日"，即傣历元旦；中间的一两天称"宛脑"，意为"空日"。

泼水节主要活动——泼水也反映出人们征服干旱、火灾等自然灾害的愿望。节日的第一天早晨，人们沐浴更衣，然后聚集到佛寺，用沙堆宝塔，听僧人诵经，泼水浴佛，接着便敲着铜锣、打着象脚鼓拥向街头、村寨，相互追逐、泼水，表达美好的祝愿。所泼的水必须是清澈的泉水，象征友爱与幸福。在其余时间，人们还举行放高升、赛龙舟、丢包、跳孔雀舞、放火花和孔明灯等活动。节日期间，美食是少不了的。人们通常要摆筵席，宴请僧人和亲友，除酒、菜要丰盛外，还有许多傣族风味小吃。其中，毫略素、毫火和毫烙粉是这时家家必做、人人爱吃的品种。毫略素是将橘米舂细，加红糖和一种叫"略素"的香花拌匀，用芭蕉叶包裹后蒸制而成。毫火是将蒸熟的糯米舂好，加红糖并制成圆片，晒干后用火焙烤或油炸，香脆可口。毫烙粉，是用一种名叫"烙粉"的黄色香花与糯米一起浸泡后蒸制的饭，色黄、香甜。

（六）丰收节

丰收节，是高山族排湾人一年一度庆祝丰收的传统节日，多在农历十月粮食进仓之后，择吉祥日举行。

节日之前，青壮年男子上山打猎，女子在家中酿米酒，老人则杀猪宰牛，为节日做准备。丰收节开始，各个部落村寨都要在大坪上举行盛会，最突出的特点是大坪中间常常排放着上首坛米酒，每个酒坛边都有几把雕刻着蛇图腾的木制长形拉卡嘞酒具。部落头人首先拿双斗拉卡嘞酒具，用手沾酒，向天、地、左、右弹洒酒滴，表示对天地神灵和祖先的祭祀，祈求保佑丰收，然后走向部落的英雄，举起拉卡嘞，与他同饮美酒，向众人长呼一声，为节日盛会拉开序幕。接着，人们载歌载舞，纷纷拿起拉卡嘞向英雄敬酒，与客人畅饮。在欢乐的歌舞中，部落头人和有威望的老人会逐一审视在场的人，选出他们满意的一男一女并敬酒。这二人便被看成丰收节中最美的人，人们争着向他们敬酒献歌，使节日更加欢乐。与此同时，人们还举行挑担比赛以及拔河、摔跤、射箭等活动，一直持续 3~4 天。

任务三　中国的人生礼俗

一个人从出生到去世，必须经过许多重要的阶段，而其中最重要的阶段通常被认为是人生的里程碑。在跨越人生的每一个里程碑时，人们会用相应的礼仪庆祝或纪念。人生礼俗，即人生仪礼与习俗，就是指人在一生中各个重要阶段上通常举行的不同仪式、礼节以及由此形成的习俗。

视频 4-6　中国的人生礼俗

一、人生礼俗的特点

在独特思想观念和价值取向即幸福观的直接影响下，中国的人生礼俗有着显著的特点，那就是以饮食成礼，祝愿健康长寿。

就思想观念与价值取向而言，中国人对生命的追求以健康长寿为目的，偏重于生活数量，却不太注重甚至有时忽视生活质量。健康是人最基本的追求，因为没有健康的身体，一切便无从谈起。但除此之外，中国人的幸福观还有什么内容呢？长期以来，中国是以农业为主的国家，整个国家、社会是由无数个聚族定居的家族构成的，国家、社会的稳定与繁荣依赖于家族，而家族的稳定与繁荣又与人口数量和个人的长寿密切相关。儒家在政治上提倡修身、齐家、治国、平天下，称"天下如一家，中国如一人"，说明了个人、家庭、家族、国家的密切关系，即家国同构，而这种关系必然存在于经济生活中。只有个人长寿，才可能人丁兴旺、家族繁盛，也才可能有社会的繁荣，由此从个人到家族乃至国家才能得到幸福。于是，中国人常常将福与寿相连，视长寿为幸福。在《尚书·洪范》最早提出的幸福观"五福"（五种幸福）中有三福与寿直接相关："一曰寿，二曰富，三曰康宁，四曰攸好德，五曰考终命。"汉代郑玄注言，"康宁"即"无疾病""考终命""各成其短长之命以自终，不横夭"。高成鸢先生在《中华尊老文化探究》中分析指出，"寿"这一概念有狭义、广义之分：狭义的寿是指个人的长寿；而广义的寿是指血缘群体的寿昌，即家族的繁盛。

因此，中国人，尤其是对老人从古至今最常用的生日祝语是"福如东海，寿比南山"，那么，怎样实现这些思想观念和价值取向，达到其人生目的呢？中国人认为最主要的一个方式是通过饮食来实现。《管子》言"王者以民人为天，民人以食为天"，《尚书·洪范》称"食为八政之首"，将饮食与治国安邦紧密联系，而人的长寿更需要饮食做保证。寿字在古代汉语中用作动词，是祝人长寿之意，并且通常是通过献酒来祝愿的。《诗经·七月》言："为此春酒，以介眉寿。"《史记·高帝纪》也载："高祖奉玉后，起为太上皇寿。"因此，中国人在人生礼俗上更多地表现为以饮食成礼。

二、人生礼俗的重要内容

视频 4-7 人生
礼俗的内容

人生礼俗的内容十分丰富，这里仅介绍其中重要的部分，即诞生礼俗、结婚礼俗、寿庆礼俗、丧葬礼俗，并且以汉族的人生礼俗为主，兼叙一些少数民族的人生礼俗。

（一）诞生礼俗

新生命降临人世，是一件可喜可贺的事，中国人重要的庆贺仪式是办三朝酒、满月酒等宴会，许多地区还有抓周等活动。这些宴会和活动既充满喜庆气氛，也寄托着亲友们对幼小生命健康成长的希望和祝福。

在中国，婴儿诞生的第三天要举行仪式及庆贺宴会，孩子的外婆与亲友常带着鸡、鸡蛋、红糖、醪糟等食品前来参加。首先要为婴儿洗澡，称为洗三。《道咸以来朝野杂记》言："三日洗儿，谓之洗三。"洗儿时，常在浴盆中放喜蛋、银钱等物，并用蛋在婴儿头上摩擦，以求不长疮疖。然后举行宴会，共享欢乐。在"三朝"时举行的宴会，称为"三朝宴"或"三朝酒"，古代也称为汤饼宴。清朝冯家吉《锦城竹枝词》描写道："谁家汤饼大排筵，总是开宗第一篇，亲友人来齐道喜，盆中争掷洗儿钱。"汤饼即面条。它在唐朝时通常作为新生婴儿家设宴招待客人的第一道食品。

清朝以后，"三朝"的重要食品不再是面条，而是鸡蛋。在汉族地区，孩子的父母面对前来祝贺的亲友，总是会请他们品尝醪糟蛋或红蛋。而在少数民族地区则有所不同，如侗族讲究"三朝喜庆送酸宴"，即孩子出生后的三天，也可以是五天或七天，外婆或祖母邀请亲友一起聚会吃酸宴。宴会上所有的食品都是腌制的，有酸猪肉、酸鱼、酸鸡、酸鸭等荤酸菜，也有酸青菜、酸豆角、酸辣椒、酸黄瓜等素酸菜。

婴儿满月时也要举行宴会，称为"满月酒"。清代顾张思《风土录》载："儿生一月，染红蛋祀先，曰做满月。案《唐高宗纪》：龙朔二年（公元662年）七月，以子旭轮生满月，赐三日。盖始于此。"满月设宴的习俗从唐代开始，延续至今。宴会的宾客是孩子的外婆及其他亲友，其规格和档次视经济条件而定。在汉族地区，有的富贵人家还于此日设"堂会"表演歌舞，花费极大，俗语"做一次满月，等于娶半个媳妇"。而在一些少数民族地区，也有做"满月酒"的习俗。如白族人在婴儿满月时，孩子的外婆及其他亲友总要带上一篮子鸡蛋作为礼物去探望，而孩子的父母或祖母则会用红糖鸡蛋和八大碗招待宾客。无论如何，做"满月酒"的一个重要目的都是希望孩子能带着许许多多的祝福健康成长。有的人家到了婴儿满100天时还要举行宴会，称为"白日酒"，象征和祝愿孩子能长命百岁。

当孩子满一周岁时，许多地方则要举行"抓周"礼，以孩子抓取之物来预测其性情、志向、职业、前途等。北齐颜之推《颜氏家训·风操》言："江南风俗，儿生期（一年），为制新衣，盟浴装饰，男则用弓矢纸笔，女则刀尺针缕，并加饮食之物及珍宝服玩，置之儿前，观其发意所取，以验贪廉愚智。"这种习俗至今仍然存在，但其性质大多已由预测转为游戏了，并且与孩子周岁庆宴同时进行，更看重欢乐与热闹。

（二）结婚礼俗

孩子长大成年后，婚姻受到高度重视。在古代很长的历史时期内，人们是通过举行婚礼来宣布和确认婚姻关系的，现在虽然只需通过法律登记即可确认婚姻关系，但许多人仍然要举行婚礼。中国人在举行订婚和结婚典礼时都要举办宴会及相应仪式、以饮食成礼，并祝愿新人早生儿女、白头偕老。

据傅崇矩《成都通览》载，清末民初的成都人在接亲时要举行下马宴，送亲时要举行上马宴，举行婚礼时设喜筵，婚礼过后还要设正酒、回门酒和亲家过门酒，"一俟男家礼成，始折束请女家，谓之正酒。次日女家又转请男家，谓之回门酒"，然后"两亲家于喜筵正酒毕后复择吉期又宴，宴时会亲，谓之亲家过门"。在这些宴会中最隆重的是婚礼时举办的婚宴，人们以各种方式极力烘托热闹、喜庆的气氛，表达对新人新生活的美好祝愿。旧时的婚宴礼仪繁多且极为讲究，从人席安座、开座上菜，到菜点组合、进餐礼节，甚至席桌布置、菜点摆放等都有整套规矩。

新郎新娘在拜堂成亲后不但要向来宾敬酒，而且要饮交杯酒。如今的婚宴多在餐厅、饭店举行，多上象征喜庆的红色类菜肴和色、味、料成双的菜肴，并且常以鸳鸯命名，如鸳鸯鱼片、鸳鸯豆腐等，旨在祝愿新人白头偕老。在基本保持着中国传统社会文化特征的河南开封附近的西村，新娘的嫁妆中有饺子，铺床时枕头中要放枣子，婚宴结束时新娘要单独吃半生半熟的饺子，生熟的"生"与生育的"生"同音同字，由此达到祝愿新人早生贵子的目的。

汉族的结婚礼俗是隆重而热闹的，少数民族的婚俗则是五彩缤纷的。阿昌族人在接亲时，新郎要在岳父家吃早饭，并且必须使用一双长 2 米左右的特制竹筷，夹食特制的花生米、米粉、豆腐等菜，旨在考验新郎的沉着、机智。因为筷子太长，菜或滑或细或柔软，仅靠力气大是不行的。朝鲜族人在结婚时要举行交拜礼、房合礼、宴席礼等。其中，宴席礼是新娘家为新郎准备的，席上摆满糕饼糖果和鸡、鱼、肉、蛋等，由侯相和邻里青年陪伴，在给新郎上饭上汤时米饭碗里常常放三个去皮的鸡蛋，新郎则不能全吃，一般要留下一两个，等退席后给新娘吃，以此表达关心和体贴。东乡族人举行婚礼时，要由女方家设宴款待新郎和其他人。宴会进行过程中，新郎要到厨房向厨师致谢，并且"偷"走一件厨房用具，以示"偷"取了新娘家做饭的技术，可以使新娘心灵手巧，使新的家庭无饥馑之虞。少数民族的婚俗中最多的是唱歌迎亲、接亲。壮族人在女子出嫁时，常常要在家门口和闺房门口分别摆十二碗酒，接亲者要通过不断唱歌而且要唱得好，才能一碗一碗地把酒洒下，直到洒了所有的碗，才能接走新娘。畲族人在结婚时要由娘家操办婚宴，但席桌上最初是空的，必须通过新郎唱歌才能要所需之物。要筷子，则唱"筷歌"；要酒，则唱"酒歌"；要各种菜肴，则唱相应的歌。当宴会结束后，新郎还必须唱一首一首的歌，把席上的东西一件件地唱回去，这样才能与新娘行交拜礼。鄂温克族人在婚礼宴会上，最重要的内容之一是欣赏"宴席歌"。歌唱者边舞边唱道："举起银白的奶酒，敬给碧玉的蓝天吧，出嫁的姑娘呀，让我们祝福你吧。世上的草儿和花朵，离不开天上的雨水，自己挑选的情人，要相亲相爱活到老。"无论少数民族的婚俗是怎样的千姿百态，也与汉族婚俗一样，有着共同的目的，那就是祝愿新人家庭兴旺、白头偕老。

（三）寿庆礼俗

中国人非常重视生日，每一个生日都有或大或小的庆祝活动和仪礼，而祝愿长寿是这一系列活动和仪礼的重要主题。从寿面、寿桃到寿宴，气氛庄重而热烈，无不寄托着对生命长久的美好愿望。

所谓寿面，其实是指生日时吃的面条，古时又称"生日汤饼""长命面"。因为面条形状细长，便用来象征长寿、长命，成为生日时的必备食品。在古代，不论达官显宦还是平民百姓，也不论男女老幼，生日时都要吃寿面。《新唐书·后妃传》载，王皇后因不受玄宗宠爱，曾哭着说："陛下独不念阿忠脱紫半臂易斗面，为生日汤饼邪？"阿忠是王皇后的父亲，她用父亲脱衣换面为玄宗做寿面的事感动玄宗，可见在唐代连皇帝过生日也要吃寿面。清代慈禧过 60 岁生日时孔府 76 代孙孔令贻的母亲和妻子还专门进献寿面。至今仍然有许多家庭在生日时吃寿面。因为寿面象征长寿，所以其吃法就比较讲究，必须一口气吸食一箸，中途不能把面条咬断，一碗面条要照此方法吃完，否则便不吉利。所谓寿桃，是用米面粉为原料制作、象征长寿的桃形食物，通常为客人送的贺礼。寿宴，又称"寿筵"，是生日时举办的庆祝宴会。孔子《论语》言："三十而立，四十而不惑，五十而知天命。"中国人常常在中年以后开始做寿，举办寿宴，尤其重视逢十的生日及宴会，有贺天命、贺花甲、贺古稀、贺期颐等名称。寿宴上有很多讲究，将宴饮与拜寿相结合，祝愿中老年人健康长寿、尽享天伦之乐。菜品常用象征长寿的六合同春、松鹤延年等，也常用食物原料摆成寿字，或直接上寿桃、寿面来烘托祝愿长寿的气氛。参加宴会的宾客除带寿桃、寿面作为贺礼外，还可以带其他贺礼。《成都通览·贺礼及馈礼》载，当时祝寿的礼物还有寿帐、寿酒、鸡、鸭、点心、火腿等。如今的寿礼则有所不同，多为保健品如药酒、药茶等，更加注重以食疗来养生健身、益寿延年。

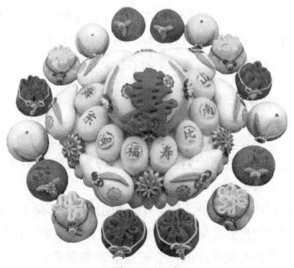

图 4-1　祝寿

（四）丧葬礼俗

不论怎样想办法希求长寿，人总有一死。当走完生命之旅时死亡便是归宿。若生命匆匆结束或中途夭折，则是凶丧，是极悲哀的事，总是简单了结。若逝去的是长寿之人或寿终正寝，则是吉丧，是为一喜，只是相对于结婚"红喜"而言为"白喜"。凡是吉丧则十分看重，大多要举行葬礼和宴会，不仅祭奠死者，也安慰生者，还有祝愿生者长寿之意。中国旧时的丧宴繁简不一。李劼人《旧账》记载了道光十八年（公元1838年）成都官员杨海霞的子孙为其办丧事时举行宴会的情形：在50余天的时间里，杨府共置办了16种筵席400余桌，其席单包括成服席单、莫期席单、送点主官满汉席单、请谢知客席单、请帮忙席单、送葬席单、夜酒菜单、莫期日早饭单、送埋席单、送葬早饭单、祠堂待客席单、复山席单等。后来，丧宴逐渐简化了许多。有的地方在举行丧礼时以"七星席"待客，仅六菜一汤，少荤腥，多豆腐白菜、素面清汤，餐具也是素色，气氛低沉。宴会结束时，宾客常将杯盘碗盏悄悄带走，寓意"偷寿"，即为自己偷得死者生前的长寿。对于死者也有相应礼仪，首先是摆冥席，供清酒、素点、果品与白花等；到斋七、百天、忌辰和清明时，则常常供奉死者生前喜爱吃的食物。由此可见，在中国，人们不仅在一个人的有生之年里以饮食成礼，祝愿其健康长寿，而且在一个人死后仍然以饮食成礼，即在悼念死者的同时慰藉生者，并祝愿包括自己在内的生者健康长寿。

任务四　中国的社交礼俗

每个人都有社会属性，都生活在社会之中，必然要与他人交往。但是，在人与人的交往过程中要想和平相处，就不能随心所欲、胡作非为，必须约定俗成一些相应的行为规范和要求等。社交礼俗就是指人们在社会交往过程中形成并长期遵循的礼仪和风俗习惯。由于文化传统和社会风尚的差异，不同的国家或民族在社会交往过程中有着不同的行为准则和行为模式，也就有不同的社交礼俗。

一、社交礼俗的特点

视频 4-8　社交
礼俗的特点

在独特的文化传统、社会风尚、道德心理等因素的直接影响下，中国社交礼俗最主要的特点是在行为准则上注重长幼有序、尊重长者，即尊老原则。

在中国历史上，长期占据统治地位的是儒家思想与文化。儒家自孔子起就提倡礼治，即以礼治国、以礼治家，使礼成为处理人际关系、维护等级秩序的社会规范和道德规范。《荀子·修身篇》言：

"人无礼不生，事无礼不成，国无礼不宁。"《礼记·乐记》则将礼与乐并列而言：
"乐者，天地之和也；礼者，天地之序也。和，故百物皆化，序，故群物皆别。"儒
家认为社会秩序主要存在于君臣、父子、夫妻、长幼之间，以君、父、夫、长为尊、
为先，以臣、子、妻、幼为卑、为后，尊卑分明，进而形成了贵贱有等、夫妻有别、
长幼有序的思想和行为准则。另外，由于中国长期以来是以农业为主的国家，强调
"家国同构"的关系，注重实践经验的积累，认为年长者是家与国稳定和繁荣的关
键，并且只有年长者才会因为有丰富的经验而成为德才兼备的贤人，于是，很早就形
成了尚齿、尊老的社会风尚，即崇尚年龄，以年龄大者为尊，同时还将老与贤视为一
体，"老即是贤"，尊老也意味着重贤，是尊重人才、获取人才的一个重要表现和途径。
高成鸢《中华尊老文化探究》指出："古代在大多数情况下，德才兼备是老年人才能具
有的品性，所以在中华文化中尊老与敬贤曾是同一回事。"因此，中国人在社会交往过
程中，在贵贱相等的前提下，便极力提倡"长幼有序"，尊重老者、以长者为先。

二、社交礼俗的重要内容

中国人的社交礼俗内容丰富多彩，这里仅介绍人们在餐饮活动中
所涉及的社交礼俗，主要包括宴会礼俗与便餐，即日常饮食礼俗两大
类。需要指出的是，宴会与日常饮食礼俗，并不是社交礼俗的全部，
而仅仅是其重要的组成部分，并且它们之间在实际生活中是互相交
叉、难以分割的，这里为了便于叙述，就以用餐的性质和规模等为依
据，对餐饮活动中所涉及的社交礼俗进行了分类。

视频 4-9　社交
礼俗的内容

（一）日常饮食中的社交礼俗

日常饮食中的社交礼俗众多，这里主要介绍座位的安排、餐具的使用、菜点的
食用、茶酒的饮用这四个方面的礼俗。它们不同程度地体现了中国社交礼俗的
特点。

1. 座位的安排

通常而言，座位的安排涉及桌次的排列与位次的排列两个方面。但是，在日常
饮食中，进餐的人数不会太多，很少有桌次排列问题，而主要是位次的排列。在排
列位次时，主要规则是右高左低、中座为尊和面门为上。所谓右高左低，是指两个
座位并排时，一般以右为上座，以左为下座。这是因为中国人在上菜时多按顺时针
方向上菜，坐在右边的人要比坐在左边的人优先受到照顾。所谓中座为尊，是指三
个座位并排时，中间的座位为上座，比两边的座位要尊贵一些。所谓面门为上，是
指面对正门的座位为上座，而背对正门者为下座。而上座常常是安排给年长者或长
辈坐的，这不仅是汉族的礼俗，也是白族、彝族、哈萨克族、维吾尔族、朝鲜族、

土家族等众多少数民族的礼俗。如白族和彝族人家，在进餐时，年长者或长辈都坐在上座即上方，其余人则依次围坐在两旁和下方，还要随时为年长者或长辈盛饭、夹菜。

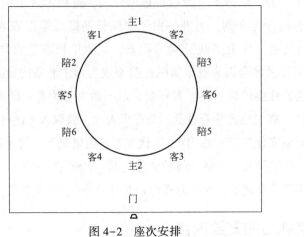

图 4-2　座次安排

2. 餐具的使用

中国人进餐时主要使用的餐具有筷、匙、碗、盘。其中，最具特色的是筷子，中国人在使用它时有比较系统的礼仪与习俗，归纳起来大致有八项：

（1）进餐时，需年长者或长辈先拿起筷子吃，其余人方可动筷。

（2）吃完一箸菜时，要将筷子放下，不可拿在手中玩耍。放筷子时应放在自己的碗、盘边沿，不能放在公用之处。喝酒时，更是这样，切忌一手拿酒杯、一手拿筷子。

（3）举筷夹菜时，应当看准一块夹起就回，忌举筷不定。否则，就表示菜看不好吃，其他人也常常会感到茫然。

（4）切忌用筷子翻菜、挑菜。如在盘中翻挑，其他人会认为再夹此菜是吃剩下的。

（5）忌用筷子叉菜。席中的甜烧白、咸烧白等菜肴，通常是一道菜十片或十二片肉，每人一片，如果用筷子横着去叉，会叉两片以上，这样既显得太贪吃，又造成同桌的十人中有人吃不到这道菜。

（6）忌用筷子从汤中捞食。这种捞食的动作，俗称"洗筷子"，"洗"过筷子的汤被视为洗碗水或甜水，其他人不愿意再喝。

（7）忌用黏着饭粒或菜汁、菜屑的筷子去盘中夹菜。否则，被视为不卫生。

（8）忌用筷子指点他人。要与人交谈时应当放下筷子，不能在他人面前"舞动"。忌将筷子直立地插放在饭碗中间。因为人们认为这是祭祀祖先、神灵的做法。忌用筷子敲打盘碗或桌子，更忌讳用筷子剔牙、挠痒或夹取非食物的东西。

除了筷子之外，匙、碗、盘的使用也有一定的礼仪与习俗。匙，又称为勺子，主要用途是留取食物，尤其是流质的羹、汤。用它取食时，留取食物的量要适当，不可过满，并且可以在原处停留片刻，待汤汁不滴下时再移向自己食用，避免弄脏桌子或其他东西。碗，主要是用来盛放食物的，其使用时礼节和忌讳主要有三项：

（1）不要端起碗来进食，更不能双手捧碗。

（2）食用碗中食物时，要用筷子或勺子，不能直接用手取食或用嘴吸食、舔食。

（3）不能往暂时不用的碗中乱扔东西，也不能倒扣在餐桌上。

盘子，也是用来盛放食物的，它在使用的礼俗方面与碗大致相同。

3. 菜点的食用

中国菜品种繁多，人们在食用菜点时的礼俗也是多姿多彩的。以待客吃鸡为例，不同民族就有不同的礼俗。东乡族把鸡按部位分为 13 个等级，人们进餐时按照辈分和年龄吃相应等级的部位。其中，最贵重的是鸡尾（又称鸡尖），常常给年长者或长辈享用。苗族人最看重的是鸡心，由家长或族中最有威望的人将鸡心奉献给客人吃，比喻以心相托，而客人则应当与在座的老人分享，以表示自己大公无私，是主人的知己，若独食则会受到冷遇。侗族、水族、傣族却常常用鸡头待客。人们认为它代表着主人的最高敬意。若客人是年轻人，在恭敬地接过鸡头后，应主动地将鸡头回敬给主人或年长者。汉族人大多看重的是鸡腿，人们常常用这些肉多的部分表达自己的盛情。待客时吃鸭和吃羊，也有不同的礼俗。布依族待客，常常用鸭头鸭脚。主人先将鸭头夹给客人，再将鸭脚奉上，表示这只鸭子全部供给客人了，是最盛情的款待。塔吉克族待客，主人首先向最尊贵的客人呈上羊头，客人割下一块肉吃后再把羊头双手送还主人，主人又将一块夹着羊尾巴油的羊肝呈给客人吃，以表达尊敬之意。

此外，在菜点的食用过程中还有一些细微的礼仪。比如，与人共同进餐要细嚼慢咽，取菜时要相互礼让、依次而行、取用适量，不能只顾自己吃，不能争抢菜点，不能吃得太饱，喝汤时不能大口猛喝，否则会被认为太贪吃；吃饭菜不能咋舌，不能挥手扇较烫的饭菜，不能把剩的骨头扔给狗，不能梳理头发、化妆等，否则会被认为目中无人、缺乏教养。

4. 茶酒的饮用

茶与酒是中国人的日常饮品，也是中国人待客的常用饮品。在人与人的社会交往过程中，人们以茶待客、以酒待客，不同的民族、地区有着不同的礼仪与习俗，但大多遵循着一个原则，即"酒满敬人，茶满欺人"。

就以茶待客而言，饮茶的礼俗主要涉及茶叶品种与茶具的选择、敬茶的程序和品茶的方法等。在以茶待客的过程中需要做好四步。第一步是主人应当根据客人的爱好选择茶叶。一般情况下，汉族人大多喜欢绿茶、花茶、乌龙茶，而少数民族大多喜欢砖茶、红茶，主人在上茶时可以多备几种茶叶，或询问客人，由客人选择；或了解客人的爱好，然后作出相应的选择。第二步是主人根据茶叶品种选择茶具。茶具主要包括储茶用具、泡茶用具和饮茶用具，即茶罐、茶壶、茶杯或茶碗等，不同的茶叶品种需要使用不同的茶具，最常用的是紫砂茶具，因为它有助于茶水味道的纯正；如果要欣赏茶叶的形状和茶汤的清澈，也可以选择玻璃茶具。在同时使用茶壶、茶杯时必须注意配套，使其和谐美观、相得益彰。第三步是主人精心地沏茶、斟茶与上茶。沏茶时，最好不要当着客人的面从储茶具中取出茶叶，更不能直接用手抓取，而应用勺子去取，或直接倒入茶壶、茶杯中。斟茶时，茶水不可过满，而是以七分为佳，民间有"七茶八酒""茶满欺人"等俗语。上茶时，通常先给年长者或长辈上茶，然后再按顺时针方向依次进行。第四步是客人细心地品茶。客人端茶杯时，若是有杯耳的茶杯，应当用右手持杯耳；若无杯耳，则可以用右手握住茶杯的中部；若是带杯托的茶杯，则可以只用右手端茶杯而不动茶托，也可以用左手将杯托与茶杯一起端到胸前，再用右手端起茶杯。饮茶时，应当一小口一小口地细心品尝、慢慢吞下，不能大口吞咽、一饮而尽，更不能将茶汤与茶叶一并吞入口中。

就以酒待客而言，饮酒的礼俗主要涉及酒水品种的选择、敬酒的程序与方法等。中国的酒水种类繁多，许多民族都有自己喜欢的酒水和常用的待客酒水，如汉族通常喜欢用白酒、黄酒、啤酒等待客，蒙古族崇尚马奶子酒，藏族崇尚青稞酒，羌族喜欢咂酒等，待客时必须根据客人的爱好和自身的具体情况对酒水品种进行恰当选择。在敬酒前，常常需要先斟酒，而且必须斟满，民间有"酒满敬人"之说。在敬酒时，最重要的是干杯。除了这些常见的敬酒程序与方法外，一些少数民族还有独特之处。如壮族敬酒，是"喝交杯"，两人从酒碗中各舀一汤匙，眼睛真诚地看着对方，相互交饮。傈僳族敬酒，有饮双人酒的习俗，主人斟一木碗酒，与客人各出一只手捧着，同时喝下去。彝族敬酒，常常喝的是"转转酒"，大家席地而坐，围成一圈。碗酒依次轮到每个人的面前然后饮用。

（二）宴会中的社交礼俗

相比而言，宴会中的社交礼俗，在内容上与日常饮食中的社交礼俗有不少相同或相似之处，但是它的要求却更加严格、考究，内容也更加丰富。在中国的宴会上，除了同样有座位的安排、餐具的使用、菜点的食用等礼俗外，更重视迎送宾客、座位安排以及酒水饮用等方面的礼俗。

中国历代的各种宴会名目繁多，从上古三代到当代，宴会礼俗经历了由烦琐到简洁的过程。但是，无论如何，其礼俗的特点没有变，尤其是尊敬老者、长幼有序的行为准则贯穿始终，并且通过几乎代代相传的中国特有的养老宴集中体现着。这种养老宴始于虞舜时代，《礼记·王制》载："凡养老，有虞氏以燕礼，夏后氏以飨礼，殷人以食礼。周人修而兼用之。"燕礼、飨礼、食礼都是上古时期人们实现尊老养老之礼的特殊宴会，到周朝演化为乡饮酒礼。它不仅用来宴请老人，也用来宴请乡学毕业、即将荐入朝廷的贤人，其作用从尊老养老扩大到重贤荐贤，将老与贤相结合。在乡饮酒这一特殊的宴会上，处处体现着长幼有序的准则和规范性等特点，《礼记·乡饮酒义》言，在迎送宾客时，作为宴会主人的乡大夫或地方官要多次报拜、礼让，"主人拜迎宾于庠门之外，人三揖而后至阶，三让而后开，所以致尊让也"，即通过多次揖拜、礼让来表示尊敬与谦让。在安排座位时更要注意长幼有序，"主人者尊宾，故坐宾于西北，而坐介于西南，以辅宾"，主人自己"坐于东南"，并且言"六十者坐，五十者立侍，以听政役，所以明尊长也"。参加宴会的宾客至少分为三等，即宾、介、众宾，而宾通常只有一名，多由德高望重的贤能老人担当，居于最尊贵的位置；介通常也为一名，年轻的贤才最多为介（副宾），居于其次。在上菜点时，则通过数量的多少来表示尊老养老，"六十者三豆，七十者四豆，八十者五豆，九十者六豆，所以明养老也"。在进餐过程中，主人与宾客之间仍然要多次揖拜，并通过劝酒形式体现出长幼有序的准则，"宾酬主人，主人酬介，介酬众宾。少长以齿，终于沃洗者焉。知其能弟长而无遗矣"。酬即劝酒，按常理是主人劝宾客饮酒，但在乡饮酒中却是最尊贵的宾劝主人，主人劝介，介劝众宾之一，接着是年龄大的向年龄小的劝酒。这种特别的劝酒程式和饮酒形式是为了更加突出长幼有序的准则。到唐宋时期，由于宴会的桌椅发生变化，宴饮的进餐方式从分餐过渡到合餐，使得乡饮酒无法以菜点数量明长幼，但仍然通过迎送和席位、座次以及劝酒程式等表现长幼有序。到清朝时还增加了"读律令"的礼仪，以便让人们铭记此宴的目的：凡乡饮酒，序长幼，论贤良，别奸顽。年高德劭者上列，纯谨者肩随，差以齿。

除了乡饮酒外，许多普通的宴会也自始至终地体现着长幼有序准则及其他礼俗特点。《礼记·曲礼》最早、最详细地作了记载和规定。在宴会上，安排座位时如"群居五人，则长者必异席"。周朝的席是坐具，通常坐4人，如果有5人，则必须为年长者另设一席。唐朝孔颖达在书中还指出，群指朋友，如果只有4人，则应推长者一人居席端。若父子兄弟共同参加宴会，则"兄弟弗与同席而坐，弗与同器而食，父子不同席"，儿孙小辈是不能与长辈坐在一起的，若为夫妇，则一样不能同席。

在年少者与年长者共同进餐过程中尤其是饮酒上更有一套严格的礼仪规定："侍食于长者，主人亲馈，则拜而食"，即当年少之人作为侍者接受主人亲自赐的菜肴时必须拜谢后才能食用；"侍饮于长者，酒进则起，拜受于尊所，长者辞，少者反席而饮"，"长者赐，少者贱者不敢辞"，即少者看见长者要赐酒给自己时必须立即起身，凑到盛酒的樽旁跪拜接受，等到长者制止自己时才能回到席上饮酒，但还要在长者干杯后才能饮，只要是长者赐的，少者无论自己喜好与否，都不能推辞。随着时代的发展和筵席坐具的变化，过分繁缛的礼仪逐渐减少。如今，人们在宴会上无须作揖、跪拜，但其礼仪和习俗仍然遵循着长幼有序的准则。

项目小结

在悠久的历史长河中，中国饮食民俗与礼仪表现出了独特的民族性、地域性和时代性。在诸多汉族以及少数民族丰富多样的节日食俗中，我们可以感受到不同民族之间的传统特色与文化差异。此外，社交食俗也成为中华饮食文化的重要组成部分，体现了人际交往中的敬酒礼仪、餐桌摆放规矩以及各地的饮食习惯等。这些丰富的饮食民俗与礼仪不仅展示了中华饮食文化的博大精深，也为研究历史、文化、民俗等领域提供了有力的依据。

中国饮食民俗与礼仪不仅局限于汉族与少数民族，更有众多地域性节日食俗的丰富体现。在全国各地，从北方的春节吃饺子到南方的中秋吃月饼，从清明节吃青团到端午节吃粽子，各种传统节日都有各自独特的食品风俗。这些节日食物蕴含着深厚的文化内涵，反映出中国人对生活的美好祈愿以及对祖先的敬仰之情。

此外，社交食俗的丰富多样也展示了中华饮食文化的博大精深。从酒桌礼仪、敬酒文化到餐桌摆盘的规矩，都体现了中华饮食文化的独特魅力。各地风俗习惯的差异，反映了中国各地的独特风情，而各地独特的烹饪技艺更是为中华饮食文化增色不少。

总之，中国饮食民俗与礼仪在各个方面都体现出了中国传统文化的独特魅力，为研究历史、文化、民俗等领域提供了有力的依据。在全球化进程日益加快的今天，我们应该继续传承和发扬这些传统文化，让世界更好地了解和认识中华民族的饮食文化精髓。

思考与练习

一、名词解释

1. （　　）是有着固定或不完全固定的活动时间，有特定的主题和活动方式，约定俗成并世代传承的社会活动日。

A. 年节　　　　B. 纪念日　　　　C. 假日　　　　D. 约定日

2. （　　）是指人的一生中，在不同的年龄阶段所举行的不同的礼节仪式。

A. 商务礼仪　　B. 饮食礼仪　　　C. 人生礼仪　　D. 年龄礼仪

3. 民族特色食品"萨其马"是（　　）的。

A. 满族　　　　B. 蒙古族　　　　C. 傣族　　　　D. 畲族

4. 沙木萨是（　　）族的特色小吃。

A. 羌族　　　　B. 蒙古族　　　　C. 维吾尔族　　D. 纳西

5. 属于维吾尔族的特色食品是（　　）。

A. 雷公菜　　　B. 乳扇　　　　　C. 吹肝　　　　D. 馕

6. 爱食狗肉的民族是（　　）。

A. 满族　　　　B. 回族　　　　　C. 朝鲜族　　　D. 羌族

7. 大量居住在华东地区的少数民族是（　　）。

A. 苗族　　　　B. 畲族　　　　　C. 瑶族　　　　D. 白族

二、多项选择题

1. 民俗具有（　　　），它不仅在人类社会的发展中起着承前启后的作用，而且在现代物质文明和精神文明建设中亦有不可低估的重要作用。

A. 历史功能　　　　B. 教育功能　　　　C. 群体聚合功能

D. 传导功能　　　　E. 娱乐功能

2. 节日产生的原因各种各样，但归纳起来大致包括（　　　）。

A. 天文历法　　　　B. 民族规定　　　　C. 生产与生活习俗

D. 重大历史事件　　　　　　　　E. 特殊人士倡导

3. 重阳节食俗现在各地常见有（　　　）。

A. 登高　　　　　　B. 吃重阳糕　　　　C. 饮菊花酒

D. 食蟹　　　　　　E. 插茱萸

三、填空题

1. 寿庆食俗做寿要用（　　　）、（　　　）、（　　　）、（　　　）。

2. 送灶节全国多数地区祭灶通用（　　　）。

3. 腊八粥不仅是（　　　）、（　　　），更是腊八节相互馈赠的礼品。

四、名词解释

1. 民俗。

2. 饮食民俗。

五、简答题

1. 列举中国传统节日饮食习俗。

2. 介绍你家乡或旅途中见过的节日特别食俗。

项目五
中国肴馔文化

▶ 项目导读

中国肴馔之多、之美，是其他任何国家都无法比拟的。本章要展示的是中国肴馔出神入化的刀工技艺、千变万化的调味技艺和多姿多彩的美化手段。民族的智慧和历史的积淀成就了闻名世界的中国肴馔，美妙绝伦、特色各具的地方风味流派更是让世人流连忘返、叹为观止。中国的饮食文化，源远流长，博大精深。在烹饪技艺中，刀工、调味和美化手段，既是独特的风味表现，也是文化传承的重要载体。

✈ 学习目标

了解中国肴馔制作技艺的特点和历史构成的主要内容及中国肴馔主要风味流派的特色。深入探讨中国肴馔制作技艺的特点和历史，中国饮食文化是一种全面而复杂的艺术形式，它汇集了独特的风土人情、传统习俗和历史传承。

通过本项目学习，能使我们更深入地理解中国的饮食文化。这是一份丰富的文化遗产，值得我们每个人去学习和传承。同时，也希望更多的人能够了解和欣赏中国饮食文化的魅力，共同推动中国饮食文化的繁荣和发展。

🌐 思维导图

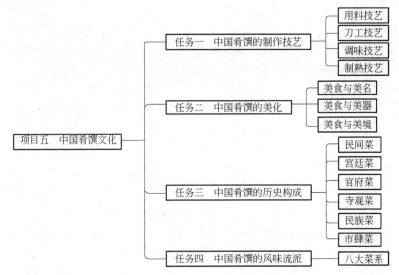

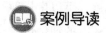

案例导读

中国烹饪是变化之学

　　N 市旅游职业学院烹饪 2 班，秦老师在烹饪工艺课上介绍中国烹饪的博大精深与技法变化时，用了许多精辟的理论来阐述：中国烹饪技艺出神入化，享誉世界，其奥妙就是善变，即变化之学。善变，是中国烹饪的优良传统。《易·杂封》曰："革，去故也；晶，取新也。"《周易集解》引韩康伯曰："鼎所以和齐生物，成新之器也。"水在鼎中，水与火相灭相生；晶，解决了烹饪中水与火的矛盾，才使中国烹饪艺术不断向前发展。西安吴国栋大师说过："中国菜特点之一是'变'。"苏州吴涌根大师也说过"烹饪之道，贵在变化"。北京大学王利器教授亦说过烹饪变化的名言："变与新是中国烹饪学的核心。"秦老师讲得头头是道，这时学习委员举手提问："老师，变得太多，是不是就没有章法、随意而为了？"

　　秦老师很耐心地引导学生说：你提得很好！变，是有要求的，必须掌握一定的烹饪基本功，在不违背烹饪规律的情况下才能变化。俗话说，善变则通。通，指通晓、通顺。只要掌握了事物的关键，才能以此类推，一通百通，故中国的菜点变出的花色品种是无穷无尽的。善变则新。新，是事物性质改变得更好、更进步、更发展的"新"，含有推陈出新之意。秦老师接着说：同学们今天在学校是打基础，当你们学到一定程度时，就可以灵活运用各种烹饪技法，只要大家钻研烹饪技术，到时变化创新就水到渠成了！听了秦老师的一席话，同学们报以热烈的掌声！

案例分析

1. 如何理解中国菜点烹制文化的丰富多彩？
2. 分析传统烹调技术的精华对了解中国饮食文化的意义。

任务一　中国肴馔的制作技艺

　　作为烹饪大国，中国肴馔的制作技艺让世人叹为观止。孙中山在《建国方略》中说过："我中国近代文明进化，事事皆落人之后，惟饮食一道之进步，至今尚为文明各国所不及。"中国烹饪经过几千年的发展，在肴馔制作技艺上形成了鲜明的特点，进入了艺术的境界和审美范畴。中国肴馔精湛、卓绝的制作技艺，主要表现在用料、刀工、调味和制熟等方面。

一、用料技艺及特点

　　食物原料是烹饪的物质基础。中国幅员辽阔，物产丰富。对此，意大利传教士利玛窦说过："世界上没有别的地方在单独一个

视频 5-1　用料
技艺及特点

国家的范围内可以发现这么多品种的动植物。中国气候条件的广大幅度，可以生长种类繁多的蔬菜，有些最宜于生长在热带国度，有些则生长在北极区，还有的却生长在温带……凡是人们为了维持生存和幸福所需的东西，无论是衣食或是奇巧与奢侈，在这个国家的境内都有丰富的生产。"事实正是如此，中国食物原料品种之多，涉及面之广，在世界上没有一个国家能与其相比。这也为中国成为烹饪大国提供了有力的物质保障。

（一）原料的类别及品种

在此，结合人们日常的生活习惯，按照原料商品种类的划分办法，对中国烹饪的主要常用原料类别及品种进行介绍。

1. 粮食

中国是世界主要产粮国之一，品种繁多，以水稻、玉米、小麦和甘薯为主，其次为小米、高粱、大豆，还有大麦、荞麦、青稞、赤豆、绿豆、扁豆、豌豆、菜豆等。粮食是中国人的主食，同时又是制作菜肴的主辅料，还可酿制调味品。

图5-1　五谷

2. 蔬菜

蔬菜可分为五大类：一是根茎类，有萝卜、莴笋、芋艿、茭白、竹笋、芦笋、土豆、藕等；二是叶菜类，有大白菜、甘蓝、大葱、韭菜、菠菜、芹菜、苋菜、蕹菜等；三是花菜类，有金针菜、花椰菜等；四是瓜果类，有番茄、茄子、辣椒、黄瓜、南瓜、西葫芦、丝瓜、苦瓜、冬瓜等；五是食用菌类，有蘑菇、猴头菇、草菇等。

3. 畜肉

畜肉在中国食物原料中占有重要地位，以猪、牛、羊等家畜及其乳制品为主体，还包括一些可食昆虫以及畜肉再制品。在中国的畜肉中有许多优良品种，如荣昌猪、金华猪、太湖猪、秦川牛、南阳牛、鲁西黄牛、乌珠穆沁蒙古羊、哈萨克羊、滩羊、成都麻羊等，均为优质食物原料。

4. 禽及禽蛋

禽类有家禽、野禽之分。家禽主要包括鸡、鸭、鹅，著名品种有狼山鸡、九斤黄、寿光鸡、蒲河白鸭、麻鸭、中国鹅、狮头鹅等。蛋品有鸡蛋、鸭蛋、鹅蛋、鸽蛋、鹌鹑蛋等。此外，还有很多再制品，如板鸭、风鸡、腊鸡、腊鸭、咸蛋、松花蛋、糟蛋等。

5. 水产品

水产品可分为海鲜类与淡水类。海鲜类有小黄鱼、大黄鱼、带鱼、鲳鱼、海鳗、鲅鱼、墨鱼、鲐鱼、鳓鱼、海虾、鲜贝等；淡水类有被称为"四大淡水鱼"的草鱼、鲤鱼、鲢鱼、鳙鱼，还有鲫鱼、鳜鱼、鲈鱼、鳊鱼、鲥鱼、龟、鳖、虾等。

6. 干货

干货原料可分为五类：一是动物性海味干料，有鱼翅、干贝、海参、鱿鱼、鲍鱼等；二是植物性海味干料，有紫菜、海带、石花菜、冻粉等；三是陆生动物性干料，有蹄筋、熊掌、驼峰等；四是陆生植物性干料，有黄花、玉兰片、莲子、百合等；五是陆生藻菌类干料，有黑木耳、香菇、口蘑、竹荪、冬虫夏草、发菜等。

7. 调味品

中国烹饪十分重视调味，因此调味品极为丰富，但可以简要地分为液体与固体两大类。液体类调味品有酱油、醋、蚝油等；固体类调味品则有味精、食盐、糖、花椒、辣椒等。

（二）用料技艺的重要内容

1. 原料的选择

（1）选料的作用。在制作肴馔时，首要的任务就是选择原料。原料不仅是味的载体，构成美食的基本内容，而且本身就是美味的重要来源，原料选择是否得当直接关系到肴馔制作的成败。清代袁枚在《随园食单》中说："大抵一席佳肴，司厨之功居其六，买办之功居其四。"具体而言，原料选择具有两方面的意义：一是依照菜品的需要确定主料、辅料和调料，定类定种；二是在确定品种后挑选合适的原料，定质定性。

（2）选料的原则与方法。从烹饪实践看，选料至少应遵循四个原则：一是根据原料的固有品质来选择原料，主要看原料的品种、产地、营养素含量以及口味、质感的好坏等；二是根据原料的纯净度和成熟度来选择，主要看原料的培育时间和上市季节，纯净度和成熟度越高，利用率和使用价值越大；三是根据原料的新鲜度来选择，主要看原料存放时间的长短，常常从形态、光泽、水分、重量、质地、气味等方面进行判断；四是根据原料的卫生状况来选择，严格按照国家《食品卫生法》的要求进行原料的选择，凡是受到污染、腐败变质或含有致病菌虫的原料都不能使用。

2. 原料的初加工

原料经过筛选后便进入初加工阶段，取出净料，为精细加工做好准备。所谓初加工，是指解冻、去杂、洗涤、涨发、分档、出骨等工艺流程，通常可分为动物原料初加工、植物原料初加工、分档取料、干货涨发四个方面。

（三）用料技艺的特点

中国烹饪的用料技艺特点可以概括为八个字：用料广博，物尽其用。正如前面所述，中国食物原料之丰富，是世界上其他国家无法比拟的，中国人开发食物原料之多，也是世界上其他民族所罕见的。林语堂先生曾经说过：我们中国人凭着特异的嘴巴和牙齿，便从树上吃到陆地，从植物吃到动物，从蚂蚁吃到大象，吃遍了整个生物界。

面对丰富的食物原料，中国厨师在具体使用过程中还有许多独到的方法。一物多用，废物利用，综合利用，无不体现出中国厨师在用料方面的高超技艺。猪、牛、羊的全身几乎都能制成菜肴，有全猪席、全牛席、全羊席。

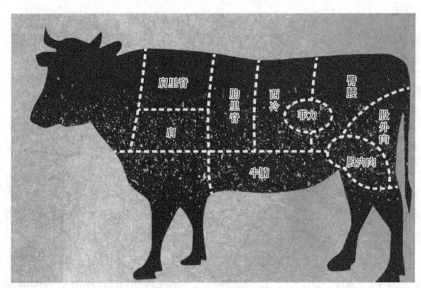

图 5-2　牛肉分布图

视频 5-2　刀工
技艺及特点

二、刀工技艺及特点

所谓刀工，是指根据原料属性、构造特点以及菜肴制作的要求，运用不同刀具，使用各种刀法，将原料加工成一定规格形状的操作技艺。孔子在《论语》中说"割不正，不食"，这实际上是对刀工的要求。刀工技艺发展到今天，仅刀工刀法就达 200 余种，许多名厨的刀工技艺更是炉火纯青、出神入化。

（一）刀工技艺的重要内容

1. 用刀的基本原则

（1）依料用刀，干净利落。不同的原料有不同的性质、纹路，即使同一种原料也有老嫩之别，因此常常根据不同的原料选择不同的刀工技艺。

（2）主次分明，配合得当。一般菜肴大都有主料和辅料的搭配，辅料具有增加美味、美化菜肴的作用，但它在菜肴中只充当辅助的角色，必须服从主料、衬托主料。

（3）规格一致，适合烹调。用刀工切割的原料，不论是丁、丝、片、条、块，还是其他形状，都需粗细、厚薄、长短一致，才能使烹制出的肴馔色、香、味、形俱佳。

（4）合理用料，物尽其用。刀工处理原料，要精打细算，做到大材大用、小材小用，避免浪费，尤其在大料改制小料时，常常只选用原材料的某些部位，对其他暂时用不着的剩余部分应巧妙安排，合理利用。

2. 常用刀法

所谓刀法，是指把原料加工成为烹制菜肴所需要的一定形状的运刀方法。除了按需要使用的灵活刀法如排、拍、旋等，用于食品雕刻的美术刀法如雕、挖外，经常使用的刀法主要有四种：

（1）直刀法是指刀面与砧板成直角的方法，包括切、剁、砍等。

（2）平刀法是指刀面与砧板平行的一种刀法，包括平刀片、推刀片、拉刀片。

（3）斜刀法是指刀身与砧板上的原料成一定角度的一种刀法，包括斜刀片与反刀片两种。

（4）剞刀法，又称花刀法、混合刀法，是直刀与斜刀配合使用的方法。

（二）刀工技艺的特点

切割精工、刀法多样。中国厨师历来都把刀工技艺作为一种富有艺术趣味的追求，其技艺之精者已近乎道。《庖丁解牛》的寓言故事在中国家喻户晓，庖丁神奇的切割技术为世人所称赞。当代的厨师进一步继承并发展了历代的运刀技艺。

三、调味技艺及特点

美食以美味为基础，而美味通过调味来创造。中国肴馔历来把味作为核心，调味既是烹饪的技术手段，也是烹饪成败的关键，所以有人说中国的烹饪艺术实际是味觉的艺术。

（一）味觉与味的分类

美食是一种综合性的艺术品，因为人们在欣赏它时获得了包括味觉、嗅觉、触觉等在内的综合性的美感。而调味所涉及的主要是味觉，因此，了解味觉的含义和分类是正确认识中国烹饪调味技艺的前提。

1. 味觉

味觉有广义和狭义之分。广义的味觉，是指人们对食物的综合性感觉，既包括味觉器官的感觉，也包括视觉、嗅觉、触觉等的感觉，同时还受到人们饮食习惯、生理状况、心理状况和环境等因素的影响。狭义的味觉，简单地讲就是辨别食物味道的感觉，是食物刺激人的舌头表面的味蕾后传入大脑皮层的一种生理现象。

2. 味的分类

中国烹饪把味分为两大类，即本味和复合味。

本味，又称基本味、独味，通常包括咸、甜、苦、辣、酸。咸味，是烹调的基本味，是诸味中的主味，俗话言"咸为百味之首"。咸味主要来源于食盐，在烹调中起着定味、除异和消毒杀菌的作用。甜味，是基本味之一，也可独立成味，主要来源于糖、蜂蜜，在烹调中的作用仅次于咸味，能够增鲜、上色、提香、增浓、解腻。酸味，是基本味之一，在烹调中的主要作用是去腥、增香和解腻。苦味和辣味，都是特殊的基本味，在烹调中有消除异味、增加鲜味的作用。

复合味，也就是调和味、混合味，常由两种或两种以上的本味组合而成。复合味的种类远远多于基本味，不同的调味品进行组合，或相同的调味品在组合时的不同比例，都会形成特有的复合味。中国菜肴的味道绝大多数是以复合味形式出现的。如椒盐味，是用花椒与精盐同炒而成的混合味，其菜肴有干炸里脊、软炸虾仁等。怪味，是由酸、辣、甜、麻、咸、香各味组合调制而成的，其菜肴有怪味豆、怪味鸡等。而同样用食盐的咸味、醋的酸味和糖的甜味进行混合，但由于各自用量与比例的不同，就出现了糖醋味和荔枝味这两种复合味，其代表菜品分别为糖醋排骨和宫保鸡丁。

（二）调味技艺的重要内容

1. 调味的程序

调味是决定菜肴口味质量的关键。为了取得调味的最佳效果，在菜肴制作过程中，一般分三个阶段进行调味。

（1）加热前调味，可以说是基本的调味。为了使原料有一个基本的味道，常常在加热之前先用调味品把原料浸渍一下，包括对

视频 5-3 调味技艺及特点

原料进行各种不同方式的挂糊上浆。对于一些在加热过程中无法进行调味的菜肴，加热之前的调味就特别重要，因为它直接决定菜肴的口味质量。例如，一些油炸的菜肴是无法在加热过程中进行调味的，通常的做法是预先进行浸渍、挂糊、上浆，以使原料获得所需要的味型，确定成品的滋味。

（2）加热中的调味，是最重要的调味。大部分菜肴都是在烹调过程中进行调味，因此获得所要求的味道。在加热中的调味要注意两个方面，一是运用调味品的种类和多少，二是投料的时机和先后顺序。大部分的菜肴都是复合味型，为了获得所要求的美味和最佳效果，在调味时，首先要确定味的类型，做好调味上的定性工作；其次是确定投量的多少，必须恰到好处，做好调味上的定量工作；最后是按照适当的时间和顺序投入调味料，如鱼香肉丝、麻婆豆腐的调味，主要是在加热过程中完成的。

（3）加热后的调味，也可称为辅助调味，是为了弥补前两个阶段调味的不足，是增加和改善滋味的补充手段，也是适应不同口味需求做出的味的局部改变。一些炸制的菜肴可以带佐料上席，一些冷菜需要酱、醋来蘸食，至于吃火锅要备不同的佐料等，这些都属于加热后的调味。加热后的调味方法有很多，但关键是做到锦上添花、美上加美。

2. 调味的原则

1）遵循调味的基本规律

调味的基本规律主要有三个方面。一是突出本味。在处理调味品与主配料关系时，应以原料鲜美本味为中心，使无味者变得有味，使有味者更美；使味淡者变得浓厚，使味浓者变得清淡；使味美者得以突出美味，使味异者得以消除异味。二是注意时序。调和滋味时，要根据原料的不同时令特征和最佳食用时期，采用不同调味品和调味手段，赋予菜肴不同的口味。三是注重适口。古人言"食无定味，适口者珍"，人的口味常常受地理环境、饮食习惯、嗜好偏爱、性别年龄等影响，菜肴调味也要因人施调，以满足不同的口味要求。

2）熟练运用调味方法

按烹调加工中原料上味的不同方式，调味方法可分为腌渍调味、分散调味、热渗调味、裹浇调味、黏撒调味、跟碟调味等。在调味时，可以单独使用一种方法，也可以综合使用多种方法，但必须根据调味品的呈味成分与变化以及菜肴成品要求做出相应选择，才能调制出美味可口的菜肴。

3）掌握调味的基本要领

调味的基本要领主要有三个方面。一是使用的调味品面要广，质要优。调味品种类越多，口味类型的调制就会越丰富多彩；调味品质量越好，调制的菜肴口味就越纯正。二是调制应适时适量。配制不同味型，不仅需要准确把握不同调味品的用量和比例，还要准确控制调味品的投放时间和顺序。三是调制时工艺要细致得法。不同菜肴的调味，需用不同的调味品和调味方法，有些还有特殊的工艺要求，因此必须因菜施调，操作得当。

（三）调味技艺的主要特点

总的说来，中国调味技艺的特点是调味精巧，味型多变。

从欣赏的角度看，中国肴馔制作是一门味觉艺术，从创造的角度看，也可以说是一门调味艺术。肴馔制作的所有环节，最终都是服务和服从于调味的，无论是加热前调味、加热中调味，还是加热后调味，大多是将各种主料、佐料和调料有序有别地汇于一炉，通过有机的组合变化，做到"有味使之出，无味使之入"，最后达到"五味调和"的至高境界，创造出美味的菜肴，由此可见中国调味技艺的精巧。而在调味过程中，运用少数具有基本味的调料的化学性质巧妙地进行组合，又变化出了品种多样的复合味型。而这种味的组合就如同绘画一样，画家运用红、黄、蓝三原色便调出绚丽多彩的各种颜色。中国肴馔的味也是如此，仅以辣味为例，主要来源之一是辣椒，而通过对辣椒的不同用法，就可调出干香辣、酥香辣、油香辣、酸香辣、清香辣、冲香辣、辛香辣、芳香辣、甜香辣、酱香辣等 10 余种不同的辣味，制作出不同风格的辣味菜肴。

四、制熟技艺及特点

在中国人食用的食物中，绝大多数是经过加热制熟的，而中国肴馔制作技艺中，制熟是食物由生变熟的关键环节。

（一）制熟技艺的重要内容

1. 火候的掌握

《吕氏春秋·本味》中说，"火为之纪，时疾时徐。灭腥去臊除膻，必以其胜，无失其理"，其意思是指烹饪过程中要注意调节和掌握好火候，当用什么火候就用什么火候，不得违背用火的道理。而这个道理的要义便集中体现在一个"纪"字上。"纪，犹节也"，指的是节度、适度，也就是说用火要适度。

1）火候的要素

火候通常由四个要素构成。一是火力，即燃料释放的热能。在中国历史上，火力有文火、武火、大火、小火、微火之分，不同的菜肴在制作中火力的大小也不同。二是火度，即火力达到的温度。在同样条件下，火度不同，热能供应量也不同，所以必须充分了解炉灶的效能。三是火势，即火焰燃烧范围的广狭和向背投射。火势大，炊具受热面大；火势小，炊具受热面也小。四是火时，即火接触炊具时间的长短。不同的菜肴，烹制时间的长短要求不一样。火候同原料特性、菜品要求有机结合，是厨师高超技艺的表现。

2）掌握火候的方法

"鼎中之变，精妙微纤"，肴馔烹制的成败得失常常是在刹那之间。准确掌握火候，成为中国厨师必须练就的功夫。陈光新先生把火候的掌握总结为三步。第一步，充分保证热能的供应。这也就是厨师们常说的"烧火、看火与用火"。烧火的关键有三条：一是供氧充分，通风良好；二是燃料充分燃烧，热能有效利用；三是炉膛隔热保温，不浪费热能。看火，则主要凭借视觉和触觉，依靠的是厨师的经验累积。用火，掌握火力，关键有四条：一是按法定火，因火成菜；二是大小转换，一气呵成；三是不用"疲火"或"枯火"，而用"刚火"及"劲火"；四是不偏不倚，恰到好处。第二步，善于控制火力。火力大小常有征候，可以通过鉴别油温、调节炉温、巧用传热介质等来把握。做什么菜需要用什么火，可以通过油温的鉴别来得知。而油温的高低，又可以通过加热时间长短来加以控制。第三步，了解热能在原料内部的传递情况，以及原料受热质变的种种表现。

2. 制熟的主要方法

制熟方法主要指烹饪方法。中国肴馔的烹饪方法经过历代厨师们的实践总结，已发展至数百种。传统的烹饪方法概括起来，主要有三大类。一是直接用火熟食的方法。这是最古老的方法，从史前时期沿用至今，包括燔、炙、烧、烤、烘、熏、火煨等法。二是利用介质传热使食物成熟的方法。它又包括三种类型，即水熟法，如蒸、煮、炖、余、焖、扒、煲；油熟法，如爆、炒、炸、煎等；物熟法，如盐煸、沙炒、泥裹等。三是通过化学反应制作熟食的方法，包括泡、溃、醉、酱、槽、腌等法。其中每一种具体的烹饪法又可派生出若干其他方法，使得烹饪方法达数百种之多。

如今，随着科技的飞速发展，尤其是烹饪能源的多样化，带来了烹饪工具的多样化。一批技术含量高的智能化烹饪工具不断出现，在制作时间和规模等方面都远远超过了传统的烹饪方法。比如，烹饪的工业化生产，同样的菜品可以在很短的时间内制造出成千上万份，而且在质量、数量、色泽等方面都能保持完全一致。此外，一些以电能、太阳能、核能等为能源的烹饪工具，在烹饪方法上也有别于传统的烹饪方法。

（二）制熟技艺的主要特点

用火精妙，烹法丰富，是对中国烹饪制熟技艺的概括。

从中国肴馔制作的实践来看，中国肴馔品种繁多，制法复杂，在用火上不是一成不变而是变化万千，烹饪方法更是多种多样，以至于让人感到难以把握。然而，正因如此，才更加体现出中国厨师的烹饪技巧。比如，对于油温的测试，中国厨师凭借经验，通过观察、手烤等方法，就可迅速判断出油温的大致度数。又如爆三样中的猪肝、腰花、鸡胗，虽然都是动物内脏，但其成熟程度却有相当大的区别，必须用不同的火候分别烹调至半熟或断生状态，然后再放入同一锅内烹制，统一调味后方能成菜。在烹饪方法上，利用水、蒸气传热的蒸、煮、炖、焖、卤、烩等方法制作菜肴，其掌握火候的难度相对较小；最难掌握的是用油传热、旺火速成的烹饪方法，因为火候稍有偏差就会严重影响菜品质量。如炒虾仁、爆肚仁，只有准确掌握火候、动作敏捷、手法利落，才能使菜品呈现出鲜、嫩、脆、软的风格特色。

任务二　中国肴馔的美化

烹饪是艺术，是人类对食物选择、烹调、供应和享受的艺术。肴馔之美是中国烹饪艺术的重要内容。中国肴馔的烹调过程就是烹饪艺术的创作过程，它主要塑造的是味的形象，也塑造辅助的色、香、滋、形和味外之味的形象，表达着制作者的思想感情。例如糖醋鲤鱼，鱼盛盘中，头尾高翘，犹如年画中的"胖娃娃抱大鲤鱼"。品尝时，鱼肉的美味带给人味觉快感，其造型美带给人视觉快感，整个菜肴还能令人产生"鲤鱼跳龙门""年年有鱼"的美好联想，获得意外的美感情调。因此、人们常常称誉技艺精湛的烹调师为烹饪艺术大师。

中国肴馔经过历代厨师的不断实践、不断追求，形成了方法多样、精彩纷呈的美化手段，一道佳肴就是一个美妙绝伦的艺术品。概括起来，中国肴馔的美化手段主要有三个方面。

一、美食与美名配合

美食是一种特殊的艺术品，品味和欣赏美食，除了给人视觉上的美、味觉上的美之外，还能给人的身心带来愉悦的美感。面对美食，人们往往是"阅读"与品尝并重：在进食以前，谈论它、想象它、观赏它，产生强烈的餐饮审美感受；进食过程中，浅尝辄止，细细品味；进食之后，一边回味，一边探讨烹调特色，交流心得。中国美食历来注重"味外之美"，菜肴的命名就是重视文学美的表现。菜名之于菜肴，有时就如文艺作品的标题一样，能起到画龙点睛的作用，使菜肴平添魅力。姚伟均先生在《饮食民俗》一书中，将菜肴命名的方法总结为祝贺型、

视频 5-4
美食与美名

典故型、趣味型、数字型、质朴型五种。

（一）祝贺型

在宫廷御膳中，常用一些吉祥的祝福字句来命名菜肴，以讨皇帝的喜欢，而清宫御膳表现得尤为突出。比较常见的菜名有，燕窝"万"字金银鸭子、燕窝"年"字三鲜肥鸡、燕窝"如"字锅烧鸭子、燕窝"意"字什锦鸡丝四品菜，合起来就是"万年如意"。以此类推，还有洪福万年、江山万代、万寿无疆等四品菜。在四品菜周围还摆放五福捧寿桃、寿意白糖糕、寿意苜蓿糕等。在民间，也喜用一些暗喻祝贺或象征吉兆的菜名，如竹笋炒猪天梯（排骨），名为"步步高升"；发菜炖猪蹄，名

为"发财到手"等。

（二）典故型

许多菜肴常常以菜肴历史事件和趣闻逸事等命名。例如，四川名菜宫保鸡丁，相传由清代末期的四川总督丁宝桢首创。丁宝桢是咸丰年间进士，后任四川总督，很喜欢食用辣子与猪肉、鸡肉合烹的菜肴，他设宴请客，常命厨师用花生和嫩鸡肉制作"炒鸡丁"，肉嫩味美，很受客人欢迎。后来，丁宝桢因功被封为"太子少保"，人称丁宫保，人们也就把丁府烹制的炒鸡丁称为宫保鸡丁。此外，诸如霸王别姬、五侯鲭、无心炙、佛跳墙、麻婆豆腐等都有其典故来历。

（三）趣味型

这类菜名较多，它可以给进食者增添愉悦，营造喜悦轻松的进食氛围。如以鸡鸭为"凤"料，竹笋炒鸡片名为"凤入竹林"，菜花炒鸡块叫"凤穿牡丹"，鸡脚炖白蘑菇丁则名为"雪泥凤爪"等，若配合上以猪肉、蛇、鱼等为"龙"料，则有龙凤赏月、龙凤呈祥、龙凤火腿、龙抱凤蛋等。此外，以"神""仙"命名的菜肴有神仙粥、神仙汤、神仙富贵饼、仙人脔、以"鸳鸯""麒麟"命名的菜名有鸳鸯鱼片、鸳鸯豆腐、鸳鸯鳜鱼、麒麟鲈鱼等，用料或许很简单，却都有一定的情趣。

（四）数字型

它是以数字为首命名的，如一品豆腐、二度梅开、三元白汁鸡、四喜圆子、五味果羹、六福糕点、七星脆豆、八宝烤鸭、九转肥肠、十味鱼翅、百鸟朝凤、千层糕等。每一位数字都有一定的寓意，如三元白汁鸡，就是借古代科举会元、解元、状元这"三元"之意，以祝食者不断进步，节节高升。四喜圆子就是寄寓食者可得福、禄、寿、禧四喜，或久旱逢甘霖、他乡遇故知、洞房花烛夜、金榜题名时这四喜。

（五）质朴型

以料、形、味、色、质、器、烹饪方法等方面的特点给菜肴命名，是质朴型命名的主要表现，如黄泥鸡、糖醋鲤鱼、汽锅鸡、烤乳猪、咖喱鸡、酥麻雀、扒羊肉、炸肉丸、爆猪肝之类便是。

二、美食与美器配合

"美食不如美器"，美食佳肴要有精致的餐具烘托，才能达到完美的效果。俗话说，好马须有好鞍配，红花须有绿叶配。一道美食，不仅要有一个美的名字，也需要一个与之相配的器具。只有美食与美器完美地结合，才能各显其美，相得益彰。袁枚在《随园食单》一

视频 5-5
美食与美器

书中提出，在食与器的搭配时，"宜碗者碗，宜盘者盘，宜大者大，宜小者小，参错其间，方觉生色""大抵物贵者器宜大，物贱者器宜小；煎炒宜盘，汤羹宜碗；煎炒宜铁铜，煨煮宜砂罐"。也就是说，美器之美不仅表现在器物本身的质、形、饰等方面，而且表现在它的组合之美，它与菜肴的匹配之美。总的说来，在美食与美器的配合上，应以表达菜点或筵宴主题为核心，以美观为标准。

图 5-3　美食与美器

（一）根据菜肴的造型选择搭配器具

中国菜肴的造型变化万千，美不胜收。为了突出菜肴的造型美，就必须选择适当的器具与之搭配。一般情况下，大象征了气势与容量，小则体现了精致与灵巧。在选择盛器的大小，尤其是在展示台和大型的高级宴会上使用时，应与想要表达的内涵相结合。

（二）根据菜肴的用料选择搭配器具

中国菜肴的原料丰富异常，不同形状、不同类别和贵贱不一的原料有不同的装盘方法，必须选择不同的盛装器具。如鱼类菜肴，尤其是整鱼，应当选择与鱼之大小吻合的鱼盘。盘小鱼大，鱼身露于盘外，不雅观；鱼小盘大，鱼之特色又得不到充分体现。一般而言，名贵的菜肴应配以名贵的器具，像用燕窝、鲍鱼之类原料制作成的菜肴，就不能搭配档次低、质量差的器具，否则，原料的特色就不能得到充分体现；而普通原料，如盛装于高档器具中，也会显得不伦不类。

（三）根据菜肴的色彩选择搭配器具

色彩能给人以视觉上的刺激，进而影响人的食欲和心境。菜肴的色彩美可以通过多种手段加以展示。为菜肴搭配色彩和谐的器具，自然会给菜肴增色不少。一道绿色蔬菜盛放在白色盛器中，给人碧绿鲜嫩的感觉，如盛放在绿色的盛器中，就会逊色。

（四）根据菜肴的风味选择搭配器具

不同材质的器具有不同的象征意义，金器银器象征荣华与富贵，象牙瓷器象征高雅与华丽，紫砂漆器象征古典与传统，玻璃水晶象征浪漫与温馨，铁器粗陶象征粗犷与豪放，竹木石器象征乡情与古朴，纸质与塑料象征廉价与方便，搪瓷不锈钢象征清洁与卫生等。因此，必须根据菜肴的风味选择配搭不同材质的器具。

（五）根据筵宴的主题选择搭配器具

盛器造型的一个主要功能就是要点明筵宴与菜点的主题，引起食用者的联想，进而增进食用者的食欲，达到烘托、渲染气氛的目的。因此，在选择盛器造型时，应根据菜点与筵宴主题的要求来决定。在喜庆宴会上，将菜肴"年年有余"（松仁鱼米）盛装在用椰壳制成的粮仓形盛器中，则表达了筵宴主人盼望来年有个好收入的愿望。在寿宴中，用桃形小碟盛装冷菜，桃形盅盛放汤羹或甜品等，桃形盛器能点出"寿"宴的主题，渲染出贺寿气氛。

三、美食与美境配合

视频 5-6　美食与美境配合

心理学家认为，人的心理状况是在环境与人相互影响中形成的，由于人的脑细胞适应能力强，人对自己所在的环境很快就会形成一种心理状态。环境对人的影响分为直接影响和间接影响。环境对人心理的最直接影响是通过感觉实现的。比如气味对应着嗅觉，色彩对应着视觉。因此，人们只有在美境中品尝美食，才能得到更好的美感享受。而饮食环境之美，不仅包括就餐环境之美，也包括就餐者心境、就餐情景之美，在美食与美境配合上，必须根据美食的不同，在这三个方面精心选择和营造出相应的美境，从而实现美食与美境的和谐搭配。

（一）就餐环境与美食的配合

就餐环境主要包括餐饮店坐落的位置、餐厅的装潢、房间的设施等因素。从近几年餐饮市场的情况看，大多数餐饮企业都非常重视餐厅位置的选择、内部环境的装修，小桥流水、翠竹绿树等生态式、仿真式的装潢风格随处可见，其目的就是为了让食客有一个好的就餐心理，能够在品尝美食中真正获得美感。

（二）就餐者心境与美食的配合

简单地讲，就餐者心境就是就餐者在进餐之时的心情。对于就餐者而言，带着轻松、愉快的心情就餐，就会食之若甘，其香入脾；而带着烦闷、抑郁的心情就餐，再好的美食也会食之无味。所谓"借酒消愁愁更愁"，便是如此。

（三）就餐情境与美食的配合

就餐情景指就餐者与就餐者之间、就餐者与服务员之间所共同构成的暂时的人际环境和人情关系气氛。影响人的心理的因素是多方面的，人际关系所构成的情感氛围会对人的心理产生重要影响。俗话说"酒逢知己千杯少，话不投机半句多"，其实道出了这样一个道理：融洽的人际关系会让人胃口大开，开怀畅饮；尴尬的人际关系会使人食不知味，举杯难饮。

任务三　中国肴馔的历史构成

在中国饮食历史的发展过程中，历朝历代的厨师们创造了数以万计的各色菜点。虽然有些菜点因多种原因已经销声匿迹，但更多的菜点却被流传下来。这些菜点来自各种渠道，是在不同社会背景中孕育出来的。如果从肴馔的产生历史和饮食对象等角度进行梳理、划分，那么，民间菜、宫廷菜、官府菜、寺观菜、民族菜、市肆菜等不同类别的菜，就是中国肴馔历史构成的主要内容。

一、民间菜

视频5-7　民间菜

民间菜是广大城乡居民祖祖辈辈日常制作和食用的肴馔。民间菜来自民间，遍布东西南北，有着不同的地方风情、民族风情和家庭风情。它是中国菜的根源与基础，养育了中华民族。

（一）民间菜的历史发展

民间菜的传播主要靠家庭间的相互影响和家庭内上下代的传教，缺乏正规的传承渠道。因此，民间菜的历史很难考证，现今的资料主要来自对文学作品、杂记民俗等史料和仍流行于民间的众多食品的采集和整理。如《宋氏养生部》便是由明代学者宋诩及母亲合著的。宋诩的母亲虽只是家庭主妇，却能烹制多种菜肴，她怕自己的烹饪经验失传，就自己口授，由宋诩记录整理，共同完成了此书。

民间菜产生于民间，发展于民间，品种丰富，它的影响渗透于中国每一个地方风味之中，是各地方风味形成的基础和源头。因此，从一定意义上说，民间菜是中国烹饪的根。

（二）民间菜的主要特点

1. 取材方便，操作易行

家家户户每天都要煮饭炒菜，这是生存的需要。从一日三餐的食物原料来看，普通老百姓大多是就地取材，而非四方珍品。民间有"靠山吃山，靠水吃水"的说法，是指老百姓主要依靠居住地附近的物产获取食物原料。而从烹饪技术要求看，普通老百姓为了生存的需要，常常是因料施烹，操作简单，不受条条框框制约，也正是因为如此，民间菜往往可以出新出彩。

2. 调味适口，朴实无华

民间菜的调味主要以适应家庭、大众的口味需要为目的。在菜点的食用上，民间菜的食用者最初常常是小范围的，后来才逐渐扩大范围，故而调味技艺较为随意。各地方风味菜的口味特点，都是以民间的口味嗜好为基础形成的。民间菜不刻意追求菜肴的造型、装盘，也不会追求华彩，看重的是实用和可口。

（三）民间菜的代表菜品

民间菜数量繁多，其代表品种有四川的泡菜、回锅肉，广东的炒田螺、煎堆，山东的炒小豆腐，江苏的醉虾、醉蟹，吉林的白肉血肠、猪肉炖粉条、黏豆包，江西的红焖狗肉，河北的氽鱼汤等。

二、宫廷菜

宫廷菜是指奴隶社会王室和封建社会皇室成员所食用的肴馔。宫廷菜由于饮食者的特殊身份，役使天下各地名厨，聚敛天下美食美饮，形成豪奢精致的风味特色。可以说，每个时代的宫廷菜，都能代表同时代的中国烹饪技艺的最高水平，因此，宫廷菜是中国古代烹饪艺术的高峰。

视频 5-8　宫廷菜

（一）宫廷菜的历史发展

宫廷菜初步形成规模大约在周朝。当时的宫廷饮食具代表性的有两种风味，一是周王室的饮食风味，其"八珍"是中国最早的宫廷宴席，体现了周王室烹饪技术的最高水平，也代表着黄河流域饮食文化。二是楚国宫廷风味，楚宫筵席兼收并蓄，博采众长，代表着长江流域饮食文化。秦汉时期，宫廷菜在总结前代烹饪实践的基础上，菜品更加丰富，烹饪技法也不断创新。如汉朝宫廷的面食品比以前明显增多，而豆腐的发明，更使宫廷饮食发生了重大变化。魏晋南北朝时期，各族人民的饮食习俗在中原交汇，大大丰富了宫廷饮食。如新疆的烤肉、涮肉，闽、粤的烤鹅、鱼生，西北游牧民族的乳制品等都被吸收到宫廷菜中，为宫廷风味增添了新的内容。进入唐朝，宫廷菜的烹调技术和烹饪技艺已经达到很高水平，这主要通过宫廷宴会得到体现。当时，宫廷宴会不仅种类繁多，而且场面盛大，宴会的名目和奢侈程度都是空前的。据韦巨源的记载，在烧尾宴的菜品中各类山珍海味就达 58 款之多。北宋时期，宫廷菜相对简约。从原料选择看，这个时期以羊肉为原料烹制的菜肴在宫廷饮食中占有重要地位。南宋时期，宫廷菜开始越来越奢华，遍尝人间珍味的君王们对菜肴非常挑剔，宫廷筵宴席也是奢靡异常。元朝的宫廷菜，以蒙古风味为主，所制菜肴多用羊肉，全羊席是代表，同时还吸收多个少数民族乃至外国的饮馔品种和技法，充满少数民族风味和异国情调。明朝宫廷菜十分强调饮馔的时序性和节日食俗，重视南味。清朝的宫廷菜无论在质量上还是数量上都是空前的，奢侈靡费、强调礼数达到了古代中国宫廷饮食的极致，是中国宫廷菜发展的顶峰。

（二）宫廷菜的主要特点

1. 选料严格

由于食用者的特殊地位，宫廷菜的原料选择和使用极为严格，不能有半点马虎，否则就有杀身之祸。

2. 烹饪精湛

宫廷御厨都经过层层筛选，各怀绝技，而且分工精细。同时，宫廷的御膳房拥有良好的操作条件和烹饪环境，加之庞大而健全的管理机构，对菜肴的形式与内容、选料与加工、造型与拼配、口感与营养、器皿与菜名等，均加以严格规定和管理。

3. 馔品新奇

享受美食是历代宫廷生活的重要内容，帝王们对菜肴的要求苛刻而挑剔。因此，让帝王及其眷属吃好喝好，既是御厨们的职责，也是朝臣讨好帝王的机会。

（三）宫廷菜的代表品种

经过几千年的创造、积累，宫廷菜的菜品数量繁多，而一直传承至今、最有代表性的是清朝宫廷菜。著名品种有四大抓、四大酱、罗汉大虾、怀胎鳜鱼、鱼藏剑等菜肴以及豌豆黄、小窝头、芸豆卷等。

三、官府菜

视频 5-9　官府菜

官府菜，亦称公馆菜，是封建社会官宦人家制作并食用的肴馔。官府菜注重摄生，讲求清洁，工艺上常有独到之处，不少家传美馔闻名遐迩。官府菜是封建社会达官显贵穷奢极侈、饮食生活争奇斗富的历史见证。

（一）官府菜的历史发展

官府菜始于春秋时期，从汉至唐已初具规模。到了宋朝以后，官府菜有了更大的发展，除了绵延千载的孔府菜外，各朝均有著名品种。

封建社会官府菜之所以兴盛不衰，主要原因有三个方面：一是封建官吏为了享乐和应酬；二是通过饮食活动为官职升迁铺路；三是养生延年的需要。虽然，官府菜主要是因封建官吏的需要而产生，但它对中国烹饪的发展、演变也有其积极的一面，它保留了很多饮食烹饪的精华，在烹饪理论与实践方面也有建树。

（二）官府菜的主要特点

1. 烹饪用料广博

官府菜由于出自官宦之家，能够有条件获得各种档次或等级的原料，对原料的选择和使用都非常广泛而且讲究。以孔府菜为例，其用料多选山东的品种繁多、档次齐全的特产原料，如胶东的海参、鲍鱼、扇贝、对虾、海蟹等，鲁西北的瓜、果、蔬菜，鲁中南的大葱、大蒜、生姜，鲁南的莲、菱、藕、芡，以及遍及全省的梨、桃、葡萄、枣、柿、山楂、板栗、核桃等，都是孔府菜取之不尽的资源，由此可见官府菜的用料广博。

2. 制作技术奇巧

官府的家厨虽然不像宫廷御厨那样经过层层筛选、各怀绝技，但是在制作技术上也各有独特之处，更能够出奇、出巧。

3. 菜名典雅有趣

官府菜非常注重菜肴的命名，常常选择雅致、有情趣意味的文字为菜肴命名。孔府菜的许多菜肴名称既保持和体现着"雅秀而文"的齐鲁古风，又表现出孔府肴馔与孔府历史的内在联系。如"玉带虾仁"表明衍圣公之地位的尊贵，"诗礼银杏"与孔家诗书继世有关，"文房四宝"表示笔耕砚田的家风，而"烧秦皇鱼骨"则寄托着对秦始皇"焚书坑儒"之暴政的痛恨。

（三）官府菜的代表品种

在数千年的奴隶社会与封建社会中，官府菜发展出众多的品种，流传至今、最有代表性的是孔府菜和谭家菜。

1. 孔府菜

孔府菜是最典型、级别最高、历史最悠久的官府菜。它是在鲁菜的基础上发展而来的，由家常菜和筵席菜两部分组成。家常菜是府内家人日常饮食的菜肴，由内厨负责烹制，注重营养、讲究时鲜，技法多而巧，具有浓厚的乡土气息。筵席菜是为来孔府之帝王、名族、官宦祭孔和拜访举办的各种宴请活动的菜肴，由外厨负责烹制，有严格的等级差别，名目繁多、豪华奢侈，讲究排场、注重礼仪，掌事者要根据参宴者官职大小与眷属亲疏来决定饮馔的档次及餐具的规格。其著名菜品有当朝一品锅、带子上朝、一卵孵双凤、诗礼银杏等。

2. 谭家菜

谭家菜是中国最著名的官府菜之一，由清末官僚谭宗浚的家人所创。谭氏为广东人，一生酷爱珍馐美味，他与儿子刻意饮食并以重金礼聘京师名厨，得其烹饪技艺，将广东菜与北京菜相结合而自成一派。谭家菜以海味烹饪最为著名，在调料上讲究原汁原味，以甜提鲜，以咸提香；在烹制上讲究火候足、下料狠，采用烧、烩、焖、蒸等方法，成菜质地软嫩，味道鲜美适口，南北均宜。其著名菜品有黄焖鱼翅、清汤燕菜等。

视频 5-10　寺观菜

四、寺观菜

寺观菜，又名斋菜或香食，泛指道家、佛家宫观寺院制作的以素食为主的肴馔。它已有近两千年的历史，是中国菜的特异分支，属于素菜的一个类别，其产生与发展同中国传统的膳食结构和佛教、道教的饮食思想与戒律密切相关。

（一）寺观菜的历史发展

远古时期，人类主要靠采集渔猎维持生存，没有荤食与素食之分。在中国，随着生产的发展，到先秦时期才有了素食的雏形。战国后期，食物原料日益丰富，人们对荤食、素食与人体的关系有了深入认识，提出了少吃荤食、多吃素食的主张。如《吕氏春秋》言："肥肉厚酒，务以自强，命之曰烂肠之食。"秦汉时期，豆腐的发明大大丰富了素食的内容。

到南北朝时期，素食有了迅猛发展，最终使得寺观菜真正产生。北魏的贾思勰在《齐民要术》中就专门对素食进行了论述，许多士大夫文人更崇尚清淡，以"肉食者鄙"，以吃素为荣。到唐宋时期，寺观菜有了长足的发展，其原料的花色品种之多，烹调技艺之高，已非前代所能比拟。

进入清朝，中国的素食已发展为宫廷素食、寺观素食和市肆素食等多种类型。而寺观素食发展到了最高水平，出现了许多著名的品种，如北京的法源寺、西安的卧龙寺、广州的庆云寺、镇江的金山寺、上海的玉佛寺、杭州的灵隐寺、新都的宝光寺等都是可烹制出上佳素食的著名寺院。

（二）寺观菜的主要特点

1. 就地取材

宫观寺院大多依山而建，而僧尼、道徒平日除做一些佛事、道事之外，其余时间多用于田间劳作，能够从中获得大量的食物原料，可谓"靠山吃山"。

2. 擅烹蔬蔌

寺观菜由于受其饮食思想和戒律的影响，使用的食物原料主要为瓜果、笋菌、豆制品等植物性原料，经过长期的烹饪实践和经验积累，必然形成擅烹蔬蔌的特点。

3. 以素托荤

寺观菜为了提高烹饪技艺、丰富菜肴品种，便在造型上下大功夫，形成了以素托荤的特点。

（三）寺观菜的代表品种

寺观菜品种繁多，最有代表性的是罗汉斋。罗汉斋，又名罗汉菜，是以金针、蘑菇、木耳、竹笋、豆制品等十多种干鲜蔬果烹制而成，取释迦牟尼的弟子"十八罗汉"之意而命名。此外，还有一些菜肴为了达到以假乱真的目的，取荤菜之名来命名，颇具代表性的有素油鸡、白烧干贝、冰糖甲鱼、菊花素海参、奶汤煮干丝等。

五、民族菜

民族菜，是指除汉族以外的 55 个少数民族创造的风味食品。我国是一个幅员辽阔、人口众多的国家，少数民族占有很大比例，少数民族菜以它独特的烹调方法和著名的菜肴享誉中华大地。

视频 5-11　民族菜

（一）民族菜的发展概况

民族菜，是指具有与地方风俗民情特色的、边陲疆域、塞外边疆、内陆民族特色的，具神奇色彩的菜肴。其特点是蛮苍古朴，用料奇序，山珍野味，技法独特，并蕴含浓郁的民族文化和民族风情。中国有 56 个民族，56 种不同风格的菜肴。祖祖辈辈生活在不同地域各民族的饮食文化，也是各地得天独厚的美食佳肴。

（二）民族菜的主要特点

（1）选料严谨。民族菜风味浓郁，选料、调制自成一格，菜品丰盛，宴客质朴真诚。

（2）工艺精细，菜式多样。用料主要是牛、羊两大类，而羊肉尤多，早在清朝，就有了"全羊席"。

六、市肆菜

市肆菜，又称餐馆菜，是饮食市肆制作并出售的肴馔。系中菜的正宗和主体，植根于广阔的饮馔市场，由创造精神最强的肆

视频 5-12　市肆菜

厨制作。它是中国菜的主力军，为了在激烈的市场竞争中生存发展，强调广取其他类别菜肴之精华，努力迎合时代的饮食潮流，腾挪变化，锐意创新，故而流派众多，特色鲜明，有着勃勃生气。

（一）市肆菜的历史发展

据现有的历史资料证明，在商朝时期就已经出现了饮食行业的雏形。到了汉朝，饮食业的发展已不再局限于京都，临淄、邯郸、开封、成都等地也形成了商贾云集的饮食市场。魏晋南北朝时期，因战乱不停，饮食行业的发展受到了影响。至隋朝，天下统一饮食业得到复苏并开始繁荣。以洛阳、长安为中心的全国各大都邑，饮食商铺到处都有，甚至连波斯人的胡饼在市场上也随处可见。进入唐朝，农业生产以及商业、交通空前发达，星罗棋布、鳞次栉比的酒楼、餐馆、茶肆、小吃摊成为都市繁荣的主要特征。宋朝时，社会经济的兴盛，商品流通条件的改善，使得市肆饮食有了进一步的发展。著名的酒楼饭馆就有 72 家，遍布街头巷尾的"脚店"更是不计其数。元朝时，市肆菜具有浓厚的蒙古风味，出现了主食以面为主、副食以羊肉为主的格局。明清时期，市肆菜的地方特色更加明显，许多地方风味流派最终形成。

（二）市肆菜的主要特点

1. 技法多样，品种繁多

市肆菜与其他菜相比，更多地吸取了各种风味流派、各民族饮馔品种的制作方法，形成了品种丰富、技法多样的优势。清末的傅崇榘在《成都通览》第七卷列出川菜品种就达 1328 种。

2. 应变力强，适应面广

市肆菜所面对的是不同层次、不同地域的饮食消费者。因此，在激烈的竞争中，适应市场变化、满足不同需要是市肆菜发展的前提。西餐的流行、地方风味菜之间的融合、营养保健食品的走俏等现象都说明了市肆菜具有因时而变、适应面广的特点。

3. 流派众多，风味鲜明

餐饮企业要在竞争激烈的餐饮市场中站稳脚跟，鲜明的风味特色是重要保证。为了凸显特色，每家餐馆都会尽自己最大的努力，不断开发新的菜品，以满足市场需要。

（三）市肆菜的代表菜品

市肆菜品种之多，当为中国各种类别菜之最，其代表菜品也数不胜数。但是，由于市肆菜的许多名品在市场流行一段时间后，常常最终融入地方风味菜之中，甚至成为其代表，因此，这里不再罗列市肆菜的代表菜品。

任务四 中国肴馔的风味流派

视频 5-13 中国肴馔的风味流派

中国幅员辽阔，由于自然条件、物产、人们的生活习惯、经济文化发展状况不同，各地形成了众多的地方风味流派。其中，最著名和最具代表性的有八个，即四川风味菜、山东风味菜、江苏风味菜、广东风味菜、北京风味菜、福建风味菜、上海风味菜和浙江风味菜。

一、四川风味菜

四川风味菜，即川菜，是中国最具特色的地方风味流派之一，以成都、重庆两地菜肴为代表。川菜发源于古代的巴国和蜀国，到清朝末年逐渐形成一套成熟而独特的烹饪艺术，成为一个特色浓郁的地方风味菜，与鲁菜、苏菜、粤菜并称为中国四大菜系，影响遍及海内外，有"味在四川"之誉。

（一）四川风味菜的主要特点

1. 用料广泛，博采众长

四川盆地群山环绕，江河纵横，沃野千里，物产丰富，古称"天府之国"。盆地、平原、浅丘地带气候温和，四季常青，不仅六畜兴旺、瓜蔬繁多，而且山珍野味、江鲜河鲜种类繁多，品质优异。

2. 注重调味，味型多样

川菜可谓是"一菜一格、百菜百味"，其常用味型就有 20 余种，而且是清鲜醇浓并重，善用麻辣。川菜众多的味型基本上是依靠味的组合变化而产生的。由于川菜注重并善于进行味的组合变化，出现了丰富的味型，便有了"食在中国，味在四川"之誉。

3. 烹法多样，独具一格

四川菜使用的基本烹饪方法有近 30 种，尤以干煸、干烧和小炒等最具特色，最能反映出四川菜在制作过程中用火技艺的精妙。

（二）四川风味菜的代表品种

四川菜的菜点有 5000 种以上，许多菜品早已成为人所共知的名品。最具代表性的有宫保鸡丁、回锅肉、麻婆豆腐、水煮牛肉、毛肚火锅、开水白菜等，它们都有独特之处。此外，川菜的代表品种还有樟茶鸭子、清蒸江团、蒜泥白肉、糖醋脆皮鱼、金钱海参、素烧寒汗菜、龙抄手、钟水饺、赖汤圆、川北凉粉等。

二、山东风味菜

山东风味菜，也称鲁菜，产生于齐鲁大地，由济南菜和胶东菜构成，素有"北食代表"的美誉。齐鲁大地依山傍海，物产丰富，经济发达，为烹饪文化的发展、鲁菜的形成，提供了良好的条件。

（一）山东风味菜的主要特点

1. 取材广泛，选料精细

山东是粮食和水产品的生产大省，其产量均位居全国前列，名贵优质的海产品驰名中外；蔬菜和水果种类繁多、品质优良，是"世界三大菜园"之一。

2. 调味纯正醇浓，精于制汤

山东菜受儒家"温柔敦厚"与中庸的影响，在调味上极重纯正醇浓，咸、鲜、酸、甜、辣各味皆有，却很少使用复合味。对于鲜味的调制，多用鲜汤。精于制汤、用汤已成为山东菜的重要特征，其清汤、奶汤名闻天下，有"汤在山东"之誉。

3. 烹法讲究，善制海鲜和面食

山东菜的烹饪方法以炒、炸、烹、爆、烤为多，尤其以爆、塌两种方法称绝。海鲜和面食制作也十分擅长。

（二）山东风味菜的代表品种

在山东风味菜中，最具代表性的品种有糖醋黄河鲤鱼、清蒸加吉鱼、扒原壳鲍鱼、油爆双脆、九转大肠、奶汤蒲菜、奶汤鱼翅、蝴蝶海参等。此外，还有德州扒鸡、奶汤银肺、黄焖甲鱼、三美豆腐、绣球干贝、菊花鸡、酿寿星鸭子、鱼茸蹄筋、酿荷包鲫鱼、芫爆鱿鱼卷、鸡茸海参、拔丝苹果、奶汤鸡脯、油爆海螺、清汆蛎子等。

三、江苏风味菜

江苏风味菜，也称淮扬菜、苏菜，主要由淮扬、金陵、苏锡、徐海四个地方菜构成，其影响遍及长江中下游广大地区。江苏东临大海，西拥洪泽，南临太湖，长江横贯于中部，运河纵流于南北，素有"鱼米之乡"之称，土壤肥沃，一年四季物产丰富，为江苏菜的形成提供了优越的物质条件。

（一）江苏风味菜的主要特点

1. 用料广泛，选料精良

江苏地理位置优越，物产丰富，烹饪原料应有尽有。水产品种类多、质量好，鱼鳖虾蟹四季可取，太湖银鱼、南通刀鱼、两淮鳝鱼、镇江鲥鱼、连云港的河蟹等更是其中的名品。

2. 调味清鲜适口，醇和宜人

江苏菜在调味时注重原汁原味，力求使一物呈一味、一菜呈一格，显示出清鲜醇和、咸甜适宜的特征。

3. 烹法多样，制作精细

江苏菜的烹饪方法多种多样，特别擅长炖、焖、煨、婚、蒸、炒、烧等，同时又精于泥煨、叉烤。江苏菜的制作精细，更突出地表现在最为精细的刀工上，有"刀在扬州"之誉。

4. 善烹江鲜家禽和制作花色菜点

江苏风味善用江鲜家禽，不仅制作精细，而且款式多样，以鸭为原料，可制成板鸭、八宝鸭、香酥鸭、黄焖鸭及著名的三套鸭；以鸡为原料，可制成西瓜鸡、叫花鸡。此外，花色菜点制作也十分讲究，宋明的史料已记载扬州使用鲫鱼肉、鲤鱼子或菊苗制"缕子脍"这样的工艺菜，精致小巧的船点更是造型美观，花色繁多，闻名天下。

（二）江苏风味菜的代表菜品

江苏菜的名品数不胜数，最具代表性的品种有大煮干丝、水晶肴蹄、三套鸭、霸王别姬、沛公狗肉、清蒸鲥鱼、盐水鸭、松鼠鳜鱼、夫子庙小吃等。此外，还有将军过桥、清炖蟹粉狮子头、叫花鸡、软兜长鱼、雪花蟹斗、拆烩大鱼头、双皮刀鱼、母油全鸭、白汁狗肉、荷花铁雀、坛子狗肉、拔丝搅糕等。

四、广东风味菜

广东风味菜，又称粤菜，主要由广州菜、潮州菜和东江菜组成。广东地处中国南端沿海，境内高山平原鳞次栉比，江河湖泊纵横交错，气候温和，雨量充沛，动植物种类的食品源极为丰富。同时，广州又是历史悠久的通商口岸城市，而旅居海外的华侨把欧美、东南亚的烹调技术传回家乡，使广东菜吸取了外来尤其是西方烹饪之长而最终成熟完善。

（一）广东风味菜的主要特点

1. 用料广而精

广东地处南部沿海，四季常青，江河纵横，物产丰富，为广东菜提供了丰富、奇异的原料，除鸡鸭鱼虾外，还善用蛇、猫、狸鼠、鸟、龟、猴、蜗牛、蚂蚁子、蚕蛹等制作佳肴，尤以蛇菜有名。

2. 调味注重清而醇

广东菜常常以生猛海鲜为原料活杀后烹食，在调味上讲究清而不淡、鲜而不俗、嫩而不生、油而不腻。既重鲜嫩、滑爽，又兼顾浓醇。

3. 博采中外技法

由于长期的人口南迁，水陆交通方便，商业发达，广东菜广泛地吸取了川、鲁、苏、浙等地方菜和西餐的烹饪技术精华，熔中外烹饪技法于一炉，并结合广东烹饪习惯加以变化，形成了自己独具一格的烹饪特色。

4. 点心多而且新

广东点心种类之多，是其他地方少见的。如有长期点心、星期点心、四季点心、席上点心、节日点心、旅行点心、早上点心、午夜中西点心、原桌点心餐、精美点心、筵席点心等，名目繁多，精小雅致，款式常新，保鲜味美，应时适宜。

（二）广东风味菜的代表品种

在广东风味菜中，最具代表性的有龙虎斗、红烧大群翅、虾子扒海参、东江盐焗鸡、烤乳猪、烧鹅、玫瑰酒惆双鸽等。此外，其代表菜还有油泡虾仁、红炖鱼翅、烧雁鹅、甜皱纱肉、马蹄泥、蚝油牛肉、沙河粉、艇仔粥、东江窝全鸡、扁米酥鸡、东江鱼丸、梅菜扣肉、爽口牛肉丸和广式月饼等。

五、北京风味菜

北京菜，又称京菜，是由北京本地菜和发展了的具有北京风味的山东菜、仿膳菜和宫廷菜等组合而成的。北京是中国政治、经济、文化的中心，各地菜肴进京朝贡形成了集各地菜肴之大成的优势，不仅沉积了汉族饮食文化的精华，也融合了少数民族菜肴的风味特色，其形成的历史并不久远，但在全国乃至世界各地均影响广泛，并享有盛誉。

（一）北京风味菜的主要特点

1. 用料广泛，尤以羊肉为多

乾隆年间的"全羊席"可以用羊体的各个部位做出100多种美味菜肴，有"汤也，羹也，膏也，鲜也，辣也，椒盐也""或烤或涮、或煮或烹、或煎或炸，纯是关外游牧风俗"。其他如猪、牛、鸡、鱼等肉类及瓜果蔬菜在北京菜中也经常使用。

2. 烹法众多，调味注重咸鲜

北京菜的基本烹饪方法可以概括为"爆烤涮炒煮燎炸，焖蒸烧烩熘煎扒"，北京菜尤为擅长的烹饪方法是炸、熘、爆、炒等。在调味上，北京菜注重以淡咸为主，兼有清、香、鲜、嫩、脆的特色。

（二）北京风味菜的代表菜品

北京是历史悠久的首善之区，八方优秀人士荟萃，各地饮食汇聚于此，养成了海纳百川的胸怀，具有代表性的菜肴有北京烤鸭、钳子肉炒芹菜、涮羊肉、油爆肚仁以及炸烹虾段、珍珠鲍鱼、全家福、三鲜豆腐盒、如意卷、荷包里脊、干烧冬笋等。

六、福建风味菜

福建菜又称闽菜，是中国八大菜系之一，在中国烹饪文化宝库中占有重要一席。起源于福建省闽侯县，它以福州、泉州、厦门等地的菜肴为代表发展起来的。丰富的山珍、野味、水产资源，为福建菜系提供了良好的物质条件。福建自唐宋以来，随着北方移民和泉州、福州、厦门对外通商，外地烹饪技术相继传入，使闽菜得到了进一步的发展，其特点是以烹制山珍海味著称，以清鲜、和醇、荤香、不腻为其风味特色，制汤有"一汤十变"之誉，色调美观、滋味清鲜。烹调方法擅长于炒、熘、煎、煨，尤以"糟"最具特色。由于福建地处东南沿海，盛产多种海鲜，如海鳗、蛏子、鱿鱼、黄鱼、海参等，因此多以海鲜为原料烹制各式菜肴，别具风味。福州、闽南、闽西三路显示出福建菜的不同风味。福州菜清鲜、淡爽，偏于甜酸；闽南菜讲究调料，善用甜辣；闽西菜稍偏咸、辣，具有山区风味的特点。风格特色是淡雅、鲜嫩、和醇、隽永。

（一）福建风味菜的特点

1. 烹饪原料以海鲜和山珍为主

由于福建的地理形势依山傍海，北部多山，南部面海。苍茫的山区，盛产菇、笋、银耳、莲子和石鳞、河鳗、甲鱼等山珍野味；漫长的浅海滩涂，鱼、虾、蚌、鲟等海鲜佳品，常年不绝；平原丘陵地带则稻米、蔗糖、蔬菜、水果誉满中外。山海赐给的神品，给闽菜提供了丰富的原料资源，也造就了几代名厨和广大从事烹饪的劳动者，他们以擅长制作海鲜原料，并在蒸、余、炒、煨、爆、炸等方面独具特色。

2. 刀工巧妙，一切服从于味

闽菜注重刀工，有"片薄如纸，切丝如发，剖花如荔"之美称。而且一切刀工均围绕着"味"下功夫，使原料通过刀工的技法，更体现出原料的本味和质地。它反对华而不实，矫揉造作，提倡原料的自然美并且达到滋味沁深融透，成型自然大方，火候表里如一的效果。

3. 汤菜考究，变化无穷

闽菜重视汤菜，与多烹制海鲜和传统食俗有关。长期以来把烹饪和确保原料质鲜、味纯、滋补联系起来，从长期积累的经验认为，最能保持原料本质和原味的当属汤菜，故汤菜多而考究。有的白如奶汁，甜润爽口；有的汤清如水，色鲜味美；有的金黄澄透，馥郁芳香；有的汤稠色醉，味厚香浓。

4. 烹调细腻，特别注意调味

闽菜的烹调细腻表现在选料精细、泡发恰当、调味精确、制汤考究、火候适当等方面。特别注意调味则表现在力求保持原汁原味上。善用糖，甜去腥膻；巧用醋，酸能爽口，味清淡则可保持原味。

（二）福建菜的代表菜品

福建菜著名菜肴品种有佛跳墙、醉糟鸡、酸辣烂鱿鱼、烧片糟鸡、太极明虾、清蒸加吉鱼、荔枝肉、太极芋泥、东壁龙珠等。

七、上海风味菜

上海菜又称海派菜，它包括本帮与京、川、广、扬、苏、锡、豫、杭、徽、闽、湘、宁、鲁、素菜 15 个帮别，这些原有各地风味根据上海习俗，统统演化成了海派菜。

（一）上海菜的主要特点

1. 用料广泛，选料严谨

上海地处长江入海口，又位于中国大陆海岸线的中心点，气候温和，交通方便，有四季常青的菜蔬、河产海鲜以及全国各地及海外原料。丰富的烹饪资源为上海菜提供了纵横驰骋的广阔天地，形成了选料严谨、四季有别的特征，注重活生时鲜、季节时令。

2. 烹法多样，调味注重浓而不腻、清鲜而不淡薄

上海菜常用的烹饪方法有红烧、清蒸、生煸、油焖、川糟、煨、炖、炒、糖醋等，在调味上注重浓而不腻、清鲜而不淡。

3. 制作精细，适应性强

上海菜的精细，首先体现在刀工上。其次，体现在菜肴的制作、款式、盛器、环境等各方面的精致细巧上。

（二）上海菜的代表品种

上海菜的代表品种有虾子大乌参、松江鲈鱼、生熏白丝鱼、三黄鸡、扇形甩水和

生煸草头、松仁鱼米、糟钵头、南翔馒头、鸡骨酱、清炒鳝糊、竹笋腌鲜、烟鲳鱼等。

八、浙江风味菜

浙菜是中国八大菜系之一，是以杭州、宁波、绍兴、温州等地的菜肴为代表发展而成的。其历史可上溯到吴越春秋。越王勾践为复国，加紧军备，并在今绍兴市的稽山（过去称"鸡山"）办起大型的养鸡场，为前线准备作战粮草用鸡。故浙菜中最古的菜肴首推绍兴名菜"清汤越鸡"。其次是杭州的"宋嫂鱼羹"，出自"宋五嫂鱼羹"，至今也有880年的历史。从杭州近郊的良渚和浙东的余姚河姆渡两处人类活动的古遗址中发现，从猪、牛、羊、鸡、鸭等骨骸中证明，浙菜的烹饪原料在距今四五千年前已相当丰富。浙江菜以杭州、宁波、绍兴、温州风味为主，其中以杭州菜为代表。杭州菜历史悠久，自南宋迁都临安后，商市繁荣，各地食店相继进入临安，菜馆、食店众多，而且效仿京师。其特点是清、香、脆、嫩、爽、鲜。浙江盛产鱼虾，又是著名的风景旅游胜地，湖山清秀，水光山色，淡雅宜人，故其菜如景，许多名菜，来自民间，制作精细，变化较多。烹调技法擅长于炒、炸、烩、熘、蒸、烧。

（一）浙江风味菜的特点

1. 选料要求"细、特、鲜、嫩"

"细"，取用物料的精华部分，使菜品达到高雅上乘；"特"，选用特产，使菜品具有明显的地方特色；"鲜"，料求鲜活，使菜品保持味道纯真；"嫩"，时鲜为尚，使菜品食之清鲜爽脆。

2. 烹调擅长炒、炸、烩、熘、蒸、烧

海鲜河鲜烹制独到，与北方烹法有显著不同，浙江烹鱼，大都过水，约有2/3是用水作传热体烹制的，突出鱼的鲜嫩，保持本味。

3. 注重清鲜脆嫩，保持主料的本色和真味

多以鲜笋、火腿、冬菇和绿叶菜辅佐，同时十分讲究以绍酒、葱、姜、醋、糖调味，借以去腥、戒腻、吊鲜、起香。

4. 形态精巧细腻，清秀雅丽

此风格可溯至南宋，《梦粱录》曰："杭城风俗，凡百货卖饮食之人，多是装饰车盖担儿，盘食器皿，清洁精巧，以炫耀人耳目……"许多菜肴，以风景名胜命名，造型优美。

（二）浙江菜的代表菜品

久负盛名的菜肴有西湖醋鱼、生爆蜡片、东坡肉、龙井虾仁、叫化童鸡、清汤鱼

圆、干菜焖肉、大汤黄鱼、爆墨鱼卷、锦绣鱼丝、宋嫂鱼羹等。

我国幅员辽阔，各个地区的自然条件、地理环境和物产资源有很大的差别。这是各地人民的饮食品种和口味习惯不同的物质基础和先决条件。俗话说："靠山吃山，靠水吃水。"这个道理是毋庸多说的。但是社会的发展，政治、经济、文化中心的形成和转移，也是地方菜系的促成和催化因素。从上古到东周，华夏族的主要繁衍、活动地区在以黄河流域为中心的北方。因此，以陆产作为主要原料的北方菜，源远流长，对中华民族的饮食习惯的形成有很大的影响。战国时期，长江以南的楚、吴、越等国逐渐强盛，出现另一种色调的楚文化。从《楚辞·招魂》中可以看到南方菜以水产和禽类居多，显然与北方菜是两种不同的风格。在当时，无论北方菜或南方菜，都还处在发展的不自觉阶段，远没有发挥自己的优势，成为独立的流派。秦始皇统一中国，扩大了我国的版图，并且组织多次大规模的移民，开发边疆地区；于是西汉时，西南部巴蜀的经济文化获得发展，风土人情也进一步汉族化。南北朝时期是民族大迁徙的年代。北方少数民族统治中原后，与汉族逐渐融合；而汉族中的贵族阶级移居南方，带来了长江中下游经济文化的繁荣。这对日后出现苏菜、浙菜极有影响。隋炀帝开凿大运河，为南北打开一条通道；其扬州之行，更使扬州在全国的地位日益显要。到唐代，扬州成了中外、南北的交通枢纽，因而有"扬一益二"之说。扬州菜系，于此已见端倪。南宋都城临安是当时世界上最繁华、人口最密集的大城市之一。《武林旧事》中开始有"南食店""北食店"之称，可见那时还有南北菜系的分界，其实浙菜也已经崭露头角了。自辽、金、元开始，北京几乎一直是我国的首都。经过数百年的酝酿、积累，北京菜广泛吸收北方菜的众长，终于成为独树一帜的菜系。我国有川菜、粤菜、苏菜、浙菜、闽菜等名目，并自成体系，则是从清代才开始的。康熙和乾隆的多次"南巡"，各处地方官百般殷勤，佳肴纷呈，这对发展地方风味菜都起到很大作用。

各地菜系的最后完成，取决于必须涌现一大批名店、名厨和名菜，还必须有一大批名人、名著和名句的揄扬。例如京菜在明末清初还并不是很有名。到了乾隆年间，"北京烤鸭"开始小有名气。《燕京杂记》云："京师美馔，莫妙于鸭，而炙者尤佳，其贵至有千余钱一头。"《竹叶亭杂记》亦云："都城风俗，亲戚寿日，必以烧鸭烧豚相馈遗。"同治三年（1864年），河北蓟县人杨全仁在前门外开设"全聚德鸭店"，用填喂方法育鸭，肌肉丰满，皮薄脯大，挂炉烘烤后、皮脆、肉嫩、味香，名曰"北京填鸭"，并制成几十种鸭菜，称为"全鸭席"，从此名声大噪，带动了其他京菜的身价日高。《都门杂咏》中有一首诗云："闲来肉市醉琼酥，新到莼鲈胜碧厨。买得鸭雏须现炙，酒家还让碎葫芦。"又如浙菜的享誉也只有100多年历史。道光二十八年（1848年），西湖孤山风景区开设一家楼外楼菜馆。据说当时店主请清代著名学者俞曲园题名。俞说："既然你的菜馆开在我俞楼外侧，那就借用南宋林升'山外青山楼外楼'的名句，叫做'楼外楼'吧！"由于该菜馆精心烧制杭州传统名菜西湖醋鱼，滋味鲜美，引来各方游客都想登楼览湖，品尝美味，从而使浙江的其他佳肴也相得益彰，逐渐发展为一支很有特色的菜系。有人在该菜馆楹联上题曰："推窗望湖平，水清柳翠，楼外风光好；举箸尝鲑肥，笋嫩莼鲜，席间笑语盈。"总之，地方风味菜，一要菜肴确实精美，富有特色，形成系列；二要有人善于总结经验，写成食谱，代代相传，并有所创新，发扬光大；三要办好一批著名菜馆，做出声誉；四要依靠名人文士制造舆论，扩大影响。没有这四条互相配合，是很难形成气候的。

中国菜虽然已经流派林立，各成系统，但这种局面也不一定是铁板一块，永不改变的。随着时间的推移，饮食业此消彼长的情况是经常要发生的。应该看到，由于交通的发达，缩短了各地区之间的距离，人们的口味将发生变化，各地名菜也在互相吸收对方的长处，这都可以使这个动态结构重新组合，乃至"合久必分，分久必合"。经过一番融合，然后在新的基础上分成新的菜系，这就有可能使中国菜"更上一层楼"。

项目小结

中国肴馔制作技艺的历史构成主要包含了中国烹饪的起源、发展和演变过程，以及各个历史时期的不同烹饪风格和技术特色。这些技艺不仅反映了中国人的饮食习惯和文化传统，更展现了中华民族的智慧和口味的创造力。

在历史构成方面，早期的烹饪技艺主要以陶器烹煮和烘烤为主，辅以简单的调味品和炊具。随着时间的推移，烹饪技艺不断丰富和发展，逐渐形成了各种独特的烹饪方法，如炒、炸、烹、炖、蒸等，以及复杂的烹饪器具。

风味流派则是指在长期的历史发展中，由于地域、文化、民族等因素的影响，中国烹饪形成了众多不同的地方菜系和风味特色。其中最为著名的有八大菜系：川菜、鲁菜、粤菜、苏菜、浙菜、闽菜、湘菜和徽菜。这些菜系不仅代表了不同地区和民族的口味偏好和文化传统，也为中国烹饪的多样性和丰富性做出了重要贡献。

总的来说，中国肴馔制作技艺的历史构成和风味流派是相辅相成的。历史构成是风味流派的基础和背景，而风味流派则是历史构成的具体体现和传承。这些技艺和流派不仅是中国烹饪文化的宝贵遗产，也是中华美食的重要组成部分。

思考与练习

一、单项选择题

1. 利用（　　）栽培蔬菜，是秦汉时期蔬菜种植技术发展的一项突出成就。

A. 水塘　　　　B. 泥土　　　　C. 温室　　　　D. 无土技术

2. 当今闻名世界、被称为"四大菜系"的川菜、鲁菜、粤菜、淮扬菜，是在（　　）形成的地方风味流派基础上进一步发展起来的。

A. 唐朝　　　　B. 宋朝　　　　C. 民国时期　　　D. 清朝

二、多项选择题

1. 夏代的主要作物有（   ）、菽、粟、麻等，包括后世常说的"五谷"。

A. 稻   B. 麦   C. 黍   D. 稷   E. 玉米

2. 淮扬菜，是长江中下游流域饮食风味体系的代表，包括（   ），以及江西、河南部分地区，有"东南第一佳味""天下之至美"的美誉。

A. 江苏   B. 浙江   C. 安徽   D. 无锡   E. 上海

三、填空题

1. 用火熟食，扩大了食物来源，使食物更有利于人体吸收，既是一场人类生存的大革命，也是人类（   ）的开端，是人类发展史上一座重要的里程碑。

2. 《庄子》中著名的寓言"（   ）"，描述庖丁宰牛的分解技术出神入化、游刃有余，生动地反映出当时厨师对刀工技术的理想化要求。

3. 中国面点大致可分为北味和南味。北味面点以面粉和杂粮制品为主，以（   ）为代表；南味面点以米及米粉制品为主，以江苏、（   ）一带的面点为代表。

四、名词解释

1. 饮食典籍。

2. 饮食文献。

五、简答题

1. 中国饮食体系在各个发展时期有哪些重大成就？

2. 中国菜肴的不同风味流派各有哪些特点？

3. 中国面点的不同风味流派各有哪些特色？

项目六
中国筵宴文化

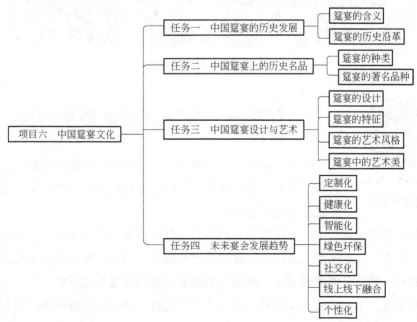

项目导读

　　中国筵宴文化历史悠久，从原始社会的祭祀活动发展到今天的各类宴会，筵宴逐渐发展成为一种礼仪、习惯，最终成为一种文化现象。本项目通过学习中国筵宴发展的历史、历史上的筵宴名品以及筵宴的艺术与技术，让学生了解中国筵宴文化，从而明白中国的筵宴文化是一种集饮食、礼仪、节庆、民俗等多种元素于一体的综合性文化现象，它不仅反映了中国人的饮食习惯和生活方式，更蕴含着深厚的文化底蕴和历史积淀，帮助学生树立对中华文化的认同。

学习目标

　　了解中国筵宴文化的历史发展，熟悉历史上筵宴名品种类和筵宴的艺术与技术，重点学习并思考未来中国筵宴的发展趋势，学会设计主题宴会并给出设计思路。

思维导图

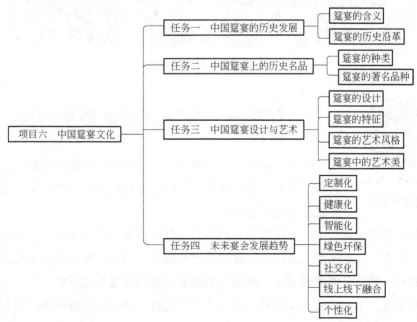

📖 案例导读

在《红楼梦》中，有许多对宴席的详细描述，包括菜品、布置、礼仪等。例如，在描述贾母的生日宴时，写道："原来贾母凤姐等皆按品大妆，另有荣府女史、彩女、执事人员等，不像平常侍宴的规模。"——《红楼梦》第六十二回。

《红楼梦》虽描述的是一段虚构的历史，但从书中大量关于宴席和饮食的描述，无不体现出贾府在封建王朝时期的奢靡生活和森严的等级制度，直至今日，红楼宴也是红学爱好者研究的重要一部分，它是满汉文化、南北文化相互碰撞、吸收融合的典范。《红楼梦》这部被誉为中国封建社会"百科全书"的鸿篇巨制中，曹雪芹用了将近三分之一的篇幅，描述了众多人物丰富多彩的饮食文化活动，可见饮食在人们生活中所占据的地位，正应了那句"民以食为天"。我们要学习和了解中国筵宴的发展，同时也要了解饮食文化对于筵宴发展的影响。

图 6-1　红楼梦插图

视频 6-1　筵宴
的起源与发展

任务一　中国筵宴的历史发展

中国的筵宴文化历史悠久，最早可以追溯到原始社会的祭祀活动。随着时间的推移，筵宴逐渐发展成为一种礼仪、习惯，最终成为一种文化现象。

中国的筵宴文化与节庆、民俗密切相关。在各种传统节日和庆典中，人们都会举行盛大的筵宴，以此来表达对传统文化的尊重和庆祝。例如，春节时的年夜饭、元宵节的灯笼会、中秋节的团圆宴等，都是中国筵宴文化的重要组成部分。

总的来说，中国的筵宴文化是一种集饮食、礼仪、节庆、民俗等多种元素于一体的综合性文化现象。它不仅反映了中国人的饮食习惯和生活方式，更蕴含着深厚的文化底蕴和历史积淀。

一、筵宴的含义

筵，意指筵席，原意是铺设于地上的坐具，后来有宴饮酒席之意，如《诗经》有"肆筵设席"之说。

宴，意指宴会，意为以酒饭招待客人，指聚会在一起吃酒饭。宴会是以集体进餐为形式的社会活动。

后来将"筵"和"宴"合称以示宴会之意，在《云仙杂记·洞天瓶》《水浒传》《醒世恒言》《三国演义》《红楼梦》等著作中均有记载。宴会的核心内容是筵席，筵席是宴会上供人们饮食用的成套肴馔及酒，二者虽有一定的区别，却又密不可分，古人合称为"宴飨""宴享"，今人称"筵宴"。

在古代，筵宴是一种重要的社交活动，同时也是一种文化表现。在筵宴中，人们遵循着一定的礼仪和规矩，例如座次的安排、餐具的使用、菜品的搭配等。这些细节都体现出了中国传统文化中对礼仪、尊重和和谐的重视，中国筵宴文化历史悠久，内容丰富多彩。

二、筵宴的历史沿革

我国的筵宴是随着社会生产力和商品经济的发展而逐步形成的，它与政治、经济、文化、技术甚至时尚等都有着密切的关系。筵宴演变的过程，规模由小到大，美食由简到繁又由繁趋简，呈曲线形，并随着商品生产和商品交换的发展而日臻完善。

（一）萌芽时期

中国筵宴是在新石器时代生产初步发展的基础上，因习俗、礼仪、祭祀等活动的产生而由原始聚餐演变出现的。

中国先民最初过着群居生活，共同采集渔猎，在季节变化的时候举行各种祭祀、典礼仪式，这些仪式往往有聚餐活动。后来原始农业出现后，人们开始了定居生活，按照氏族部落生活并进行农耕畜牧，聚餐活动逐渐减少，但在播种和丰收时仍然要聚在一起庆贺，共同享受丰收的果实。另一方面，当时的人们不了解自然现象和灾害产生的原因，以为是有神灵掌控，便产生了原始的祭祀活动。那时的人们认为，食物是神灵所赐，祭祀神灵就必须用食物，一是表达感恩之情，二是祈求神灵消灾降福，获得好的收成。祭祀仪式后会举行聚餐活动，人们共同享用作为祭品的丰盛食物。人工酿酒出现之后，这种原始的聚餐便发生质的转化，在聚会中增加了饮酒环节，从而产生了筵宴。

中国有文字记载得最早的筵宴是虞舜时代的养老宴。《礼记·王制》："凡养老，有虞氏以燕礼"。燕礼则折俎而无饭也，其牲用狗，谓为燕者。燕，安也，其礼最轻，行一献礼毕而脱卤升堂，坐以至醉也。燕即宴，这种养老宴是先祭祖，后围坐在一起，吃狗肉，饮米酒，较为简朴、随意。

（二）形成时期

夏商周三代，筵宴的规模有所扩大，名目逐渐增多，并且在礼仪、内容上有了详细的规定。

夏朝，启继位后曾在钧台（今河南禹州市南）举行盛大的宴会，宴请各部落酋长；敬老之风尚存，还增添了"飨"礼。而夏桀当政，更追逐四方珍奇之品，开了筵宴奢靡之风的先河。

《礼记·王制》中记录"夏后氏以飨礼"。"食礼者，休存而不食，爵盈而不饮，立而不坐。以尊卑为献，数毕而坐。然亦有四焉：诸侯来朝，一也；王亲戚及诸侯之臣来聘，二也；戎狄之君使来，三也；享宿卫及耆老孤子，四也。惟宿卫及耆老孤子，则以酒醉为度。"由此可见，夏朝便开启了筵宴严密的等级制度。

殷商时期，筵宴在祭神活动中得到发展。纣王当政，荒淫无道，搞起酒池肉林大宴，开了冶游夜宴的先河。筵宴随着祭祀活动的兴盛而进一步发展。这一时期的酒品和菜点都比以前丰富。值得注意的是，当时一些餐具的高度与席地而坐者的位置相适应，有利于进餐者使用。

到周朝，由于生产力的发展，食物原料逐渐丰富，周王室和诸侯国除了继承殷商以来的祭祀宴会外，还把筵宴发展到国家政事及生活的各个方面，如朝会、朝聘、游猎、出兵、班师等要举行宴会，民间互相往来也要举行宴会，筵宴的名目也非常多。但是，由于周人对鬼神之事敬而远之，其筵宴的祭祀色彩逐渐淡化，在礼仪和内容上作出了详细而严格的规定。因为各种宴会大多需要按照相应的制度举行，所以又将它们通称为"礼"。周朝以后筵宴的规格、档次也较为齐全，饮食品种及其在筵席上的陈列方式也因礼的不同而不同。虽然这些对于筵宴的各种规定没有被当时的人们完全实行，但也说明筵宴在当时备受人们重视，并且已有了极大的发展。

《礼记·王制》中记录"周人修而兼用之""春夏则用虞之燕、夏之飨，秋冬则用殷之食，周尚文，故兼用五代之礼也。"由此可见，周公制礼作乐，严格按等级制确定筵宴的规格，较以前正规多了。

进入春秋，礼崩乐坏，士大夫也敢"味列九鼎"，席面的限制不那么严格了。这时候诸侯有筑台宴乐的风气，宴会常是通宵达旦。及至战国，筵宴更甚。它们组合适宜，衔接自然，在席面设计上跃上了新的台阶。

（三）发展时期

从秦汉到唐宋时期，我国经济飞速发展，国力强盛，筵宴之风日益盛行，这一时期的筵宴也发生的许多变化，得到了新的发展。

秦汉至南北朝，筵宴之风日益盛行，饮食市场繁荣，无论宫廷还是民间都有大摆筵席的习俗，筵宴的规模和品种等继续增加，民间的婚寿喜庆酒宴比较隆重。

汉朝，丝绸之路的开辟促进了中国和中亚各国以及西北疆域的交流，引进了茄子、黄瓜、扁豆、大蒜等新菜。植物油得到应用，豆瓣酱和各地奇珍异味都成了人民的口福。再加上漆器、青瓷、金器、玉器的使用，并常以优美的音乐、歌舞助兴，整个席面型佳色丽，赏心悦目。

魏晋南北朝时，由于社会环境的复杂，人们多过着朝不保夕的生活，于是纷纷在饮食及生活享乐上来安度自己的人生。而且此时期的人们也好酒嗜酒，他们除了自己独自饮酒外，多是对饮或聚饮，虽也有人经常独酌但是合饮反而更能增添饮酒的气氛，达到一种合欢的目的。所以人们常常聚在一起饮酒，这就促成了此时期酒宴的频繁和名目的繁多。不仅有豪宴，也出现了典雅的宴会。这时的宴会也出现了"文酒之风"日益兴盛的新气象。

到隋唐时期，我国封建社会到达了鼎盛时期，文化交流也达到了空前的高度，筵宴的形式更是丰富多彩。唐代在宴会中出现了吟诗讴歌环节，对中国古代诗歌艺术起到了助推作用，更是一笔宝贵的文化遗产。并且在此时出现了高足桌和靠背椅、铺桌帏、垫椅单，开始使用细瓷餐具，改变了人们的饮食方式，让宴席变成了一种享受。筵宴的形式也讲究借景为用，妙趣天成，用料更为广泛，菜肴花式繁多，烹调工艺日趋精细，此时的酒令发展也极快，在宴席中把酒言欢、吟诗作对，筵宴的气氛更加热烈、欢乐，对这一时期的诗歌发展也极其重要。

两宋时期，人们对饮食相当讲究，酒楼食店随处可见，筵宴有了很大发展，名目繁多，形式多样，规模庞大，菜点精美。同时出现了专管民间吉庆宴会的"四司六局"，有利于筵宴的商品化。在宴会中也开始大量使用银器或细瓷餐具，以彰显宴会的档次。

就名称而言，唐朝有烧尾宴、闻喜宴、鹿鸣宴、大相识、小相识等，宋朝有春秋大宴、饮福大宴、皇寿宴、琼林宴等，不胜枚举。就形式而言，最具特色的是出现了将饮食与游乐有机结合的游宴、船宴。以筵宴的规模来说，最盛大且有代表性的是宋朝的皇寿宴。

皇寿酒宴始于北宋王朝，宋皇帝均为自己的生日制定"圣节"，也称"天节"，比如宋太祖的"长春宴"，宋太宗的"寿宁宴"，宋真宗的"承天节"等。每逢皇帝寿日，普天同庆，文武百官依次向皇帝祝寿，进献寿酒。

酒宴规模较大，有时候外国使节也应邀参加。这种宴会将饮酒和娱乐结合起来，实行"九好酒制"。据孟元老的《东京梦华录》载：第一盏酒，歌板色，乐舞人；第二盏酒如上；第三盏酒，百戏表演；第四盏酒，杂剧和勾舍大舞曲；第六、第七盏酒，男女少儿队舞表演；第八盏酒，歌板色；第九盏酒，左右军相扑。

由此可见，一场皇寿宴实际上是一台大戏，有歌舞、杂剧、杂技和体育表演等项目，同时还做寿词交于歌伎演唱。无名氏《满朝欢令》云："未央宫阙丹霞住，十二玉楼挥锦绣。云开雉扇卷珠帘，烟粉龙香添瑞兽。瑶觞一举箫韶奏，环佩千官齐拜首。南山翠应北华高，共献君王万千岁。"

图 6-2　韩熙载夜宴图

（四）兴盛时期

元明清时期，随着社会经济的繁荣以及各民族的大融合，中国筵宴日趋成熟，并且逐渐走向鼎盛。

这一时期的筵宴突出之处是饮食品更多地拥有少数民族风情。在当时的宴会上，几乎少不了羊肉菜肴和奶制品，而且所占比重较大，烹制技法也是以烧烤为主，崇尚鲜、咸。南方的酒筵尽管重视鱼鲜，但是羊、奶菜品仍占有较大的比例；烈酒的用量也颇为惊人，多用特制的"酒海"盛装，其容量可达数石。在宋时"看盘"的启迪下，筵上增设小果盒、大香炉、花瓶等饰物，供酒客玩赏，使摆台艺术又进了一步。

明朝统一天下后，歌舞升平，筵宴规模再度膨胀。宫廷饮食风尚日趋奢华，受宫廷影响，士族及民间饮食风俗也逐渐由俭入奢，菜肴果品不再局限于本地，而是极力收罗远地珍异，各地厨师为了追求华美多彩，不断创新样式，尽显骄奢，明朝时期酿酒也消耗了大量的粮食，为社会粮食造成了一定的隐患。

清朝的筵宴和酒席是集历代之大成者。其御膳房"光禄寺"在各代的基础上，加入了满、蒙古、回、藏等族的各种食品。烹饪技艺极其精湛，中国现存的1000多种历史名菜，大都诞生于此时。

明清时期筵宴有以下特点。一是筵宴设计注重套路、气势，酒水冷碟、热炒大菜、饭点茶果三个层次依序上席。由"头菜"决定宴会的档次和规格。二是餐室布置富丽堂皇，进餐环境雅致舒适，筵宴用具和环境舒适、考究，设宴地点则常根据不同季节进行选择。最佳设宴地点有春天的柳台花谢、夏天的水边林间、秋天的晴窗高阁、冬天的温暖之室，目的是追求"开琼筵以坐花，飞羽觞而醉月"的情趣。三是筵宴品类、礼仪更加繁多。清宫廷改元建号有定鼎宴，过新年元日宴，庆胜利有凯旋宴，皇帝大婚有大婚宴，过生日有万寿宴，太后生日有圣寿宴，另有冬至宴、宗室宴、乡试宴、恩荣宴、千叟宴等，最有影响的是满汉全席，清中叶有 110 种菜，清末有 200 多种。

古代中国素来讲究"民以食为天"，甚至有这样一句话，三代仕宦，着衣食饭。将科举致仕与饮食相勾连，可见古代中国人对饮食的重视。一个人的日常饮食反映了其经济状况和社会地位，也体现出了其所处时代文明的发展进程。

（五）创新时期

20 世纪特别是改革开放后，中国人的生活条件和消费观念发生了很大的变化，在饮食上追求新、奇、特、营养、卫生，促进了筵宴向更高境界发展，进入了筵宴的繁荣创新时期。

1. 传统筵宴不断改良

由于时代的变革和人们消费观念的变化，传统筵宴越来越显示出它的不足，如菜点过多、进间过长、过分讲究排场、营养比例失调、忽视卫生等问题，造成人、财、物和时间的严重浪费，有损身体健康。20 世纪 80 年代开始尝试改革，力求在保持其独有饮食文化特色的同时更加营养、卫生、科学、合理。

2. 创新筵宴大量涌现

如孔府宴、红楼宴、梅兰宴、泰山豆腐宴、三头宴、洛阳水席、长鱼宴、九碗三行宴、全鱼宴等，以原料开发、食疗养生见长，或以人文典故、地方风情见长。

3. 引进西方宴会形式

随着西方饮食文化的大量进入，中国出现了冷餐酒会、鸡尾酒会。冷餐酒会因其自在随意、不受拘束、适宜广泛交际等特点，受到许多中国人的喜欢，被用于中国宴会上，只是菜点选择上使用中式菜点。

党的十八大以来，以习近平同志为核心的党中央坚定推进全面从严治党，制定和落实中央八项规定，开展党的群众路线教育实践活动，坚决反对形式主义、官僚主义、享乐主义和奢靡之风。中央八项规定的出台，对于约束党员领导干部的生活作风有巨大的影响，奢靡的宴请风气得到了有效遏制，对于百姓的生活也有一定的影响和引导，社会上逐渐形成了凡事从简，不虚不取、节约粮食等良好的风气。

📖 案例导读

《红楼梦》第六十二回"憨湘云醉眠芍药茵呆香菱情解石榴裙"片段：说着，只见柳家的果遣了人送了一个盒子来。小燕接着揭开，里面是一碗虾丸鸡皮汤，又是一碗酒酿清蒸鸭子，一碟腌的胭脂鹅脯，还有一碟四个奶油松瓤卷酥，并一大碗热腾腾碧荧荧蒸的绿畦香稻粳米饭……

点评：《红楼梦》不仅仅是四大名著之一，在其中描写的各种美食极尽了作者的想象，呈现了众多人物丰富多彩的饮食文化活动，展示了18世纪中叶的饮食风貌。满足了广大红楼美食爱好者那颗探索的心。《红楼梦》饮食更重要的特点还在于其贵族气息重，文化内涵深，真正成了一种饮食文化，反映出那一时期人的情感、思想、观念、风俗或制度特征。

图 6-3　红楼梦剧照

任务二　中国筵宴上的历史名品

自筵宴产生至今，中国出现了种类和名品繁多的筵席与宴会，并且不断处于变化之中，几乎没有统一、固定的划分方式与标准。这里，仅从比较科学合理的角度并结合饮食业的习惯，对筵席与宴会的主要种类做粗略的划分。

一、筵宴的种类

中国筵宴可以按照所使用的原料、风味特色、宴会性质、举办地、风俗习惯进行不同的分类。

（一）按照原料划分

就筵宴所使用的原料而言，有以整个筵宴所用主料为标准划分的筵宴，也有以筵宴中"头菜"所用主料为标准划分的筵席。前者又可以分为两类：一是以一种原料为主制成的筵宴，如全羊宴、全猪宴、全牛宴、全鸭宴、全鸡宴、豆腐宴、刀鱼宴等；二是以一大类原料为主制成的筵宴，如海鲜宴、花果宴、素宴等。

（二）按风味特色划分

以筵宴呈现的风味特色而言，有展示地方风味特色的筵宴，也有展示民族风味特色的筵宴。前者有川菜宴、鲁菜宴、粤菜宴、苏菜宴等，它们具有浓郁的地方特色和鲜明的个性。后者有汉席、满席、满汉席、维吾尔族风味筵宴、朝鲜族风味筵宴，以及蒙古族、回族、壮族、藏族、苗族、白族等民族风味筵宴，都具有各自独特的民族风情。

（三）按宴会性质划分

以宴会的性质及举办者为依据进行分类，主要有国宴、家宴、公宴等。国宴是指国家元首、政府首脑以国家和政府的名义为国家庆典或款待国宾及其他贵宾而举行的正式宴会，它是所有宴会中规格和档次最高、礼仪最隆重的。家宴是指人们在家中以个人的名义款待亲友及其他宾客而举行的宴会，它追求轻松愉快、自在随意的气氛，不太拘于严格的礼仪，菜点的烹制主要根据进餐者的意愿、口味爱好进行，品种和数量没有统一的模式，丰俭由人。而公宴则介于这二者之间。它是地方政府及社会各机构、团体等以相应的名义为各种各样的公事款待相关宾客而举行的宴会，其规格、礼仪基本上都低于国宴，但仍然注重规格、仪式，讲究菜点的丰盛。

（四）按举办地划分

以宴会的形式及举办地为依据进行分类，主要有游宴、船宴和猎宴等。游宴是指人们游览玩赏时在风景名胜地举行的宴会。船宴是指人们在游船上举办的宴会。它们都是游乐与饮食结合的宴饮形式，没有繁缛的礼仪，饮与食都比较随意，追求的是食与游的和谐交融之乐。猎宴是指打猎时在野外举行的宴会，是劳动收获与宴饮结合的一种形式。

（五）按风俗习惯分

按照宴会的目的，依据风俗习惯为依据进行分类。大致有三种：一是为人生礼仪需要而举行的宴会，有百日宴、婚宴、寿宴、丧宴等；二是为节日习俗需要而举行的宴会，有元日宴、中秋宴、冬至宴、除夕宴等；三是为社交习俗需要而举行的宴会，有接风宴、饯别宴、庆贺宴、酬谢宴等。它们的共同特点是各种民俗贯穿其中，充满浓厚的情谊。

此外，还有以地方饮食习俗为标准划分的筵宴，如四川田席、河南洛阳的水席等；有以菜品数量为标准划分的筵席，如四六席、八八席、六六大顺席、九九上寿席等；有以季节为标准划分的筵宴，如春季筵宴、夏季筵宴、秋季筵宴、冬季筵宴等。

图 6-4　G20 国峰会国宴餐具

图 6-5　G20 国峰会国宴菜品

在中国几千年的发展历史上，各种筵宴层出不穷，种类繁多，并始终处于变化之中。以下介绍一些历史上知名的筵宴种类。

二、筵宴的著名品种

视频 6-2 筵宴的
种类与名品

（一）乡饮酒与鹿鸣宴

"乡饮酒"是古代行乡饮酒礼所设宴席的称谓，为我国历史上最为盛行，延续时间最长的一种礼仪性饮宴活动。最早见于《礼记·乡饮酒礼》。

周朝的乡饮酒礼有四种："一则三年宾贤能、二则乡大夫饮国中贤者、三则州长习射、四则党正腊祭。"唐朝的乡饮酒礼一是宴送"乡贡"，二是借宴宣传礼教。

上京应试者，凡由地方官员推荐的，称"乡贡"。乡贡赴宴时，地方官员必设宴欢送。因宴中必须奏《鹿鸣》之曲，诵《鹿鸣》之歌，故又称"鹿鸣宴"。

（二）文会宴

文会宴亦称"文酒"，为文士聚会之宴。历朝历代皆盛。其特点是与会者皆为文人墨客，择地考究，每宴均设于风景优美之处，重诗文、重情趣、轻菜肴、轻礼仪。

（三）船宴

船宴是旅游宴席的一种。我国古代帝王贵族，于春秋佳日或令节，乘舟泛于水上，于观赏风景的同时，往往在船上举行宴会，历史颇为悠久。史料记载，春秋时吴王阖闾、隋炀帝、五代后蜀孟昶，皆曾在船开宴，竟为豪者。唐白居易在其洛阳履道里宅中，凿有池水，也曾在船上宴请宾客。至宋朝南渡后，西湖上有专门供客宴游的船，最大者可容百余人，次者可容五十余人。船上有餐桌、厨米，厨师能烹制各种菜肴，游客朝登舟中，开怀畅饮，往往至尊而归。南明进，小朝廷的权贵每在夜间泛舟秦淮河，船上高悬彩灯，纵酒作乐。清朝时期，扬州瘦西湖中有沙氏改制的轻快的游湖餐船，艄舱有社及茶酒肴馔，苏州也有类似酒船，皆号称"沙飞"。为我国富有民族特色的宴席形式，是饮宴与旅游活动的结合。

（四）曲江宴

唐朝时，考中的进士在放榜后大宴于曲江亭，曲江宴由此得名，又名曲江会。这一宴会始于唐玄宗李隆基时期。宴会往往是在关试后才举行，因此又叫"关宴"；因举行宴会的地点一般都设在杏园曲江岸边的亭子中，所以也叫"杏园宴"。以后逐渐演变为诗人们吟诵诗作的"诗会"，按照古人"曲水流觞"的习俗，置酒杯于流水中，流至谁前则罚谁饮酒作诗，由众人对诗进行评比，称为"曲江流饮"。

（五）烧尾宴

烧尾宴专指士子登科或官位升迁而举行的宴会，盛行于唐代，是中国欢庆宴的典型代表，足堪与"满汉全席"相媲美。据《封氏闻见录》云，士人初登第或升了官级，同僚、朋友及亲友前来祝贺，主人要准备丰盛的酒馔和乐舞款待来宾，名为烧尾，并把这类筵宴称为"烧尾宴"。

"烧尾宴"是唐代著名的宴会之一，"烧尾宴"的风习，是从唐中宗景龙（707—709）时期开始的，玄宗开元中停止，仅仅流行二十年光景。据史料记载，唐中宗（公元705—710年）时，韦巨源于景龙年间官拜尚书令，便在自己的家中设"烧尾宴"请唐中宗。

（六）诈马宴

诈马宴始于元朝，是蒙古族特有的庆典宴飨整牛席或整羊席，由圣主诺颜秉政发展为奢华的宫廷宴。诈马宴是诈马，蒙语是指退掉毛的整畜，意思是把牛、羊家畜宰杀后，用热水退毛，去掉内脏，烤制或煮制上席。在这种大宴上，皇帝还常给大臣赏赐，得到者莫大光荣。有时在筵宴上也商议军国大事。此活动带有浓厚的政治色彩。因此，它是古典筵席的一个特例。

（七）千叟宴

清朝康熙皇帝第一次举行千人大宴，席间赋《千叟宴》诗一首，故得宴名，它是清朝宫中规模最大、与宴者最多的盛大皇家御宴，在清朝共举办过4次。千叟宴旨在践行孝德，为亲情搭建沟通平台，营造节日气氛，加强友善的邻里、家庭等关系。千叟宴菜品并不固定，与举办者的意愿安排有关，往往会随组织者的考量与兴趣而定夺，其主要目的为彰显组织者的关爱。

千叟宴

清·玄烨

百里山川积素妍，古稀白发会琼筵。

还须尚齿勿尊爵，且向长眉拜瑞年。

莫讶君臣同健壮，愿偕亿兆共昌延。

万几惟我无休暇，七十衰龄未歇肩。

（八）满汉全席

满汉全席是清朝时期的宫廷盛宴，既有宫廷菜肴之特色，又有地方风味之精华，突出满族与汉族菜点特殊风味，为中华菜系文化的瑰宝和最高境界。满汉全席上菜一般至少一百零八种（南菜54道和北菜54道），分三天吃完。满汉全席菜式有咸有甜，有荤有素，取材广泛，用料精细，山珍海味无所不包。宴席上使用全套粉彩万寿餐具，配以银器，富贵华丽，用餐环境庄重典雅。席间请名师奏古乐伴宴，沿典雅遗风，礼仪严谨庄重，承传统美德，侍膳奉敬校宫廷之周，令客人流连忘返。

（九）孔府宴

孔府宴是中国饮食文化的重要组成部分，用于接待贵宾、上任、生辰吉日、婚丧喜寿时特备。宴席遵照君臣父子的等级，有不同的规格。为孔府接待贵宾、袭爵上任、祭日、生辰、婚丧时特备的高级宴席，是经过数百年发展充实逐渐形成的一套独具风味的家宴。孔府宴礼节周全，程式严谨，是中国古代宴席的典范。2018 年 9 月 10 日，"中国菜"正式发布，"孔府宴"被评为山东主题名宴。

📖 案例导读

2023 年全国职业院校技能大赛高职组"餐厅服务"赛项赛卷例题：

宴会预订函

尊敬的××酒店宴会预订部：

我们计划于 2023 年 6 月 3 日 18：00 在贵店举办"白山滑雪运动协会年会"，拟预订中餐晚宴 8 桌，每桌 10 人，宴会活动预计持续 2.5 小时，预算大约每桌 1800 元。本次宴会需设主席台，并配备音、视频设备，赴宴客人包括轮椅客人 5 位、儿童客人 3 位、全素食客人 1 位。我们在活动中计划播放"滑雪运动 10 年珍贵镜头"。

烦请在收到此函后 3 日内与我确认预订详情，并请附上贵店为我们提供本次服务的具体设计方案。涉及此次宴会的有关事项请直接与我联系。谢谢！

联系人：李××

联系电话：136××××8901

答题要求：

针对以上预订函提供的信息，请选手完成以下任务：

1. 给客人写 1 份要素完整的预订回复函。

2. 撰写服务接待方案 1 份（不少于 1000 字）。

3. 制作宴会活动工单（BEO）1 份。

点评：近几年，全国职业院校技能大赛在赛项设置上去除了前些年的理论考试，取而代之的是综合接待服务水平能力的考核，既考验选手有良好的心理素质、过硬的技能水平，还要有系统的思维能力和统筹宴会现场的宏观思考能力，针对不同种类的宴会设计相应的服务接待方案，对理论知识应用的要求达到了新的高度。

任务三　中国筵宴设计与艺术

筵宴技术含量高、艺术性强，是烹饪艺术的最高表现形式。技术是艺术的基础、实现方法与手段，而艺术是技术的升华，两者紧密联系，不可分割。

筵宴是一个时代、地区、企业、厨师烹饪技术水平和烹饪艺术水平的综合反映。

一、筵宴的设计

筵宴是一种特殊的饮食活动，与日常饮膳有着明显的不同，常常集中地反映一个时代、一个地区、一个餐厅或家庭的烹饪技术水平与烹饪艺术水平。它不是静止的，更不允许单调和无序，因此筵宴存在着设计、制作与服务等环节。

筵宴设计是筵宴成败的基础和前提，涉及面很广，主要有菜单设计、环境设计、台面设计、进餐程序与礼仪设计等。

菜品制作和筵宴服务这两个环节都直接关系筵宴的成败。菜品制作主要包括原料的选用、烹调加工、餐具配搭等，必须按菜单设计要求，保质、保量、按时将所需的菜点制作并送出。筵宴设计是一个涉及多方面的过程，需要考虑许多因素，筵宴服务涉及的内容很多，贯穿整个筵宴的始终，包括预算、主题、菜肴、饮品、布局和娱乐。

（一）筵宴的设计内容

一场成功的筵宴不仅需要美味的食物，还需要精心的设计和准备。以下是在主题设定、菜单制定、场地选择、座位安排、餐饮器具、色彩与布置以及音乐与娱乐等方面需要考虑的内容。

1. 主题设定

首先，要确定筵宴的主题和目的。考虑客人的群体、年龄、兴趣爱好以及预算等因素，找到一个合适的主题，如节日主题、海洋主题、小清新主题等。同时，还需要明确筵宴的目的，是庆祝生日、纪念日还是商务会议等。

2. 菜单制定

根据主题和客人的口味，制定一份美味的菜单。除了考虑主菜、配菜和饮品外，还需要注重菜品的营养均衡和色香味俱佳。如果可能的话，可以尝试融入一些创新元素，如将传统菜品与现代烹饪技巧相结合。

3. 场地选择

选择一个合适的场地非常重要，可以考虑餐厅、酒吧、大厅等。在选择场地时，需要综合考虑场地的环境、设施和氛围等因素，确保场地能够符合主题和客人的需求。此外，还需要考虑场地的容量、通风、采光和美观等因素。

4. 座位安排

安排舒适的座位需要考虑客人的身高、性别、年龄等因素，并确保座位之间有足够的空间，让客人感到舒适。此外，还需要根据场地的大小和形状，合理地安排座位的布局，如圆形、方形、U形等。

5. 餐饮器具

准备合适的餐具和器皿是筵宴准备中不可或缺的一环。根据菜品种类和场地氛围，选择合适的餐具和器皿，如瓷器、玻璃、银器等。同时，还需要注重餐具和器皿的卫生和保养，确保客人在使用过程中安全卫生。

6. 色彩与布置

利用色彩和布置可以营造出不同的氛围，为筵宴增色。在色彩选择上，可以依据主题和场地情况，选择适当的颜色搭配。例如，如果主题是浪漫的花园晚宴，那么可以选择温婉的粉色和优雅的紫色。在布置上，可以利用灯光、家具、植物等元素进行装饰，如悬挂式植物、摆放在桌子上的花瓶等。

7. 音乐与娱乐

音乐和娱乐活动可以让客人在筵宴中更加愉悦。根据主题和客人的喜好，可以选择不同类型的音乐，如古典音乐、流行音乐、爵士乐等。此外，还可以安排一些娱乐活动，如魔术表演、互动游戏、舞蹈等。这不仅可以缓解客人的疲劳，还可以增加筵宴的趣味性。

（二）筵宴的设计原则

1. 满足目标顾客需求原则

宴会需求和等级规格的高低是由举办者的宴请目的、宴请事由、主要宴请对象的重要程度、准备达到的宴会影响、出席宴会的主要人物身份地位、举办者的宴会标准等多重因素决定的。因此，主题宴会服务设计时必须遵循满足目标顾客的需求原则，确保每个主题宴会服务都能根据目标顾客需求层次和等级规格，提供质价相符、针对性强的优质服务。

2. 考虑生产经营因素原则

在主题宴会设计和服务时，必须考虑本宴会厅服务员的综合素质，选择一些能发挥他们特长的服务活动，才能提高主题宴会的服务质量。同时，还要考虑服务场地的安排、布置、设施设备的局限性等。例如民族特色餐厅可以增加歌舞表演等环节进行助兴。

3. 创新性原则

在市场竞争中，只有不断地创新才能给客人以新感受，才能在行业竞争中独树一帜，成为被模仿和追逐的对象。创新源于对客人需求的满足，服务的创新可以从服务的方式、语言、内容、环境、过程等方面体现出来。针对主题宴会而言，服务的创新要立于主题所在，围绕主题进行细节的设计，但是创新要充分考虑宾客的品位和审美，以得到对方的认可，可新、可奇、可雅，但不能过俗，要体现创新中的文化内涵和特色，如婚宴中的喜庆、家庭聚会的温馨，只有把握了不同的主题，借助于一定的服务方式才能出奇制胜。

4. 规范化与标准化原则

不管是何种类型的主题宴会，专业化的服务是不可或缺的，在求新求变的同时不能脱离服务的专业化、标准化，如同散文写作中"形散神不可散"。服务人员操作手法的卫生，操作程序的准确到位，服务的高效快捷，服务态度的热情真诚等要自始至终贯穿于整个服务过程中，再以此为基础，突出主题特征，才能使两者的结合相得益彰，锦上添花。

5. 主题鲜明原则

宴会并不是盲目举办的。它每次都有一个鲜明的主题，然后围绕这个主题来选择菜肴风味、举办场地、灯光音乐、服务方式的表现形式和就餐环境的装饰布置等等。如北京长城饭店为美国商务客人举办的著名的"丝绸之路"宴会。饭店根据客人的要求，设计创造出了以天山图案为背景，以三条象征丝绸之路的黄色装饰的宽敞通道，伴有新疆舞蹈演员载歌载舞的表演及设计美观、大方、舒适、典雅的16张宴会台面，完美地体现了宴会主题，烘托了意境，从而创造出了客人十分满意的宴会主题场景的优质服务，收到了使客人"永久难忘"的效果。

总之，一场成功的筵宴需要精心的设计和准备。从主题设定到音乐与娱乐，每个环节都需要考虑客人的需求和场地的实际情况。只有做好每一个细节，才能让客人在轻松愉快的氛围中享受美食和欢乐。

二、筵宴的特征

（一）聚餐式

聚餐式是中国筵宴在形式上的重要特征。筵宴是隆重的餐饮聚会，当然是重在聚而餐。中国传统的筵宴讲究多人围坐在一起、边吃边谈，在高桌大椅尤其是八仙桌、大圆桌出现以后，最普遍、最习惯采用的进餐方式是合餐，因为这种进餐方式对聚餐有很好的促进和强化作用。此外，筵宴的就餐者有主有宾，主人是办宴的东道主，负责对筵宴的安排、调度，而宾客则包括主宾和一般宾客，其中，主宾是筵宴的中心人物，常常处于最显要的位置，筵宴的一切活动大多是围绕他进行的，换句话说，筵宴是围绕主宾进行的一种隆重的聚餐活动，因此它的一个重要特征必然是聚餐式。

（二）规格化

规格化是中国筵宴的重要特征，是指筵宴上的饮食品、服务与礼仪等都有一定的规范、标准和程式。根据档次的高低、标准的差异，菜品组合有序、仪式程序井然，服务周到全面。

筵宴的饮食品包括菜肴点心及茶酒饮料等，它们在组合上体现品种丰富、营养合理、制作精细、形态多样、味道多变等特点，常常有一定的格局，同时按照一定原则配套成宴。

筵宴的各种服务与礼仪包括环境装饰、台面布置、座位安排与迎宾、安坐、祝酒、奏乐、上菜、送客等方面，都有相应的规范和程序。如在台面布置上，餐具和布件的选择与摆放大多讲究一物多用，追求意趣美。此外，在筵宴进行过程中，先上什么菜肴、后上什么菜肴，有比较固定的规范和顺序；什么时候饮酒、什么时候吃饭、什么时候吃水果，也有一定的程序和节奏。

（三）社交娱乐性

社交娱乐性是中国筵宴在功能作用上的重要特征，常常通过筵宴上的语言、行为以及各种娱乐活动表现出来。

筵宴上的语言、行为较多地体现出它的社交性。我国的筵宴从开始到结束，基本上是欢声笑语贯穿其中，人们不仅通过相互交谈而且通过夹菜敬酒等言行，结交朋友、疏通关系、增进了解、表达情意以及获取帮助、解决问题等，具有很强的亲和力与社交性。

筵宴上的各种娱乐活动更多地体现了它的娱乐性。其中，历史最悠久的娱乐活动是"以乐侑食"。人们通过观赏音乐和歌舞表演，或自歌自舞、自娱自乐，来营造欢乐的气氛，激发进餐者的情绪，从而增加进餐者的食欲。此外，中国人还在筵宴上加入了其他游戏娱乐活动，如武士的射箭、舞刀、舞剑，文人的曲水流觞、吟诗作赋，大众化的投壶、划拳、猜谜语、讲笑话、行酒令等。

三、筵宴的艺术风格

中国人崇尚饮食，更热情好客，若逢喜庆之日，必邀亲友，备办筵席共享欢乐；若有朋自远方来，欢乐之中亦备筵席，共叙情谊。因此，中国筵宴绝非简单的菜点组合，也不是只以吃喝为目的，而是具有祥和、佳美、新颖等艺术风格。

（一）祥和

它主要指气氛热闹、喜庆。从汉魏六朝时期，中国的大部分筵宴就出现于吉日良辰或特别值得纪念的日子，在拥有美味佳肴的同时，以祥和的气氛表达人们各种美好的情感或愿望。如一年之中，几乎每个节日都有筵宴。正月里的迎春宴，喜庆、热烈，表达人们对春天万物复苏的欣喜之情；八月十五的中秋赏月宴，除了能够使人们欣赏自然美景外，更饱含着人们庆祝丰收的喜悦之情和希望亲人团聚的善良心愿；九月九日的重阳宴，因重阳节的九九之数含有长久之意而表达人们祈求长寿的愿望；除夕的团圆宴，辞旧迎新，喜庆、热烈的气氛达到顶点，更表达了人们对新年吉祥如意的渴望之情。

（二）佳美

它主要指菜点之美。中国筵宴虽然有档次之分、豪华气派与经济实惠之分，但在菜点设计、制作上都精益求精，因而许多筵宴具有菜点佳美的艺术风格。其中，最具典型意义的是各种全席。

全席主要指由一种或一类原料为主制作的各种菜点所组成的筵席。四川的全席大多采用常见的普通原料，如猪、牛、鸭和鱼、豆腐等，再加上一物多用、废物利用等，自然显得经济实惠；但用这些原料为主料制作出的全席却十分巧妙，其菜点丰富、味美。长江中下游尤其是江南，自古以来有"鱼米之乡"的美誉，故常常用特产的河鲜制作全席，如武汉的武昌鱼席、岳阳的巴陵全鱼席、九江的浔阳鱼席，以及江苏南通的刀鱼席等，虽然都以一种或一类原料为主料，但各自的辅料、形状、质地、烹调方法及味道等又有很大差异，给人以变化万千、无比美妙之感。

（三）新颖

它主要指筵宴品种的新颖和组成筵宴的菜点品种的新颖。筵宴品种的创新在改革开放以后最为突出。这一时期，随着新的筵宴格局和进餐方式一同产生的新的筵宴品种和形式就有小吃席、火锅席、冷餐酒会、鸡尾酒会等；挖掘古代饮食文化遗产精心仿制的筵宴有红楼宴、三国宴、太白宴、东坡宴等；根据各地民风民俗、特产原料创制的筵宴有东海渔家宴、川西风情宴、深圳荔枝宴、姑苏茶肴宴等。

四、筵宴中的艺术美

（一）整体美

在设计整桌筵宴时，不仅需要考虑菜肴本身的美味，还要兼顾菜肴与菜肴之间可能产生的叠加功能和结构功能，统一于一定的风格和旨趣，给人以完整的味觉审美享受。

菜肴要围绕筵宴的形式、内容来安排，同时做到与整席其他内容合拍。以菜点的美味主体，形成包括环境、灯光、音乐、席面摆设、餐具、服务规范等在内的综合性美感。

筵宴的整体美要能够完成和体现筵宴的目的和宗旨，如寿宴、婚宴、毕业宴。

（二）节奏美

一桌丰盛的筵宴，其构成形式是丰富多彩的。主要表现在原料的使用、调味的变化、加工形态的多样、色彩的搭配、烹调的区别、质感的差异、器皿的交错、品类的衔接等方面，只有这样，宴会才会有节奏美和动态美，既灵活多样、充满生气，又增加美感、促进食欲。

（三）变化美

应在用料、刀法、烹调技法、口味、质感、色泽等方面有所变化。在风格统一的基础上，避免菜式的单调和工艺的雷同，努力体现变化美。

在器皿的选择上也要做好杯、盘、碗、筷、盅的合理搭配。

（四）和谐美

设计一桌宴会菜，也要分清主次，突出重点，决不可宾主不分，甚至喧宾夺主。筵宴是吃的艺术、吃的礼仪，需要处理好美食、美境与档次、参加人员的关系。不同的地区、不同的场景、不同的人群，筵宴的设计要求是不同的。

（五）意境美

中国筵宴中的菜点，不仅可以使人一饱口福，而且可以使人在情感上得到一种艺术享受。筵宴的意境美，主要体现在菜点的高雅不俗，此外还包括餐具、环境、服务等因素与筵宴档次的协调上。

任务四　未来宴会发展趋势

随着时代的进步和社会的发展，宴会的形式和需求也在发生着深刻的变化。未来，宴会的发展趋势将主要受到以下几个方面的影响：定制化饮食、健康饮食导向、餐饮智能化、绿色环保餐饮、社交属性增强、线上线下融合以及个性服务提升。

一、定制化饮食

宴会的定制化饮食趋势将越来越明显。客人对于个性化的需求越来越高，对于菜品的选择也更加注重个性化的体验。因此，宴会服务提供商需要更多地了解客人的口味和需求，提供定制化的饮食服务，以满足客人的个性化需求。

二、健康饮食导向

健康饮食的概念已经深入人心，特别是在疫情之后，人们更加注重健康和安全。因此，宴会服务提供商需要更加注重健康和营养的饮食理念，提供更加健康、安全、有机的食品，以满足客人的健康需求。

三、餐饮智能化

随着科技的发展，餐饮业也将越来越智能化。未来，宴会服务提供商需要借助人工智能、大数据等技术手段，实现智能化的餐饮服务，提高服务质量和效率，提升客人的体验感。

四、绿色环保餐饮

环保意识已经越来越被人们所重视，因此，宴会服务提供商需要更加注重环保和可持续发展的理念，采用更加环保、节能的技术和设备，提供更加环保、健康的餐饮服务，以实现可持续发展。

五、社交属性增强

宴会作为一种社交活动，其社交属性将会越来越被强化。未来，宴会服务提供商需要更加注重宴会社交属性的提升，通过各种方式增强宴会的互动性和社交性，使得宴会更加具有趣味性和意义。

六、线上线下融合

随着互联网技术的发展，线上线下的融合也将成为宴会发展的趋势。未来，宴会服务提供商需要借助互联网技术，实现线上线下的融合，提供更加便捷、高效的餐饮服务，满足客人的多元化需求。

七、个性服务提升

最后，宴会服务的提升还体现在个性服务的提升上。未来，宴会服务提供商需要更加注重个性服务的研究和实践，根据不同的客人需求，提供更加贴心、个性化的服务，以提升客人的满意度和忠诚度。

综上所述，未来宴会的发展趋势将是多元化、个性化、智能化的。宴会服务提供商需要紧跟时代发展的步伐，不断更新服务理念和技术手段，提供更加优质、高效、个性化的餐饮服务，以满足客人的多元化需求，推动宴会行业的持续发展。

项目小结

中国筵宴文化是中国传统文化的重要组成部分，它以其博大精深、丰富多彩的特点，成为世界文化宝库中的瑰宝。筵宴，既是一种饮食文化，又是一种社交礼仪，代表着中国人的文化传统和礼仪习俗。中国筵宴文化历史悠久，早在周代就已经形成了完整的筵宴制度。在古代，筵宴不仅是祭祀的重要仪式，也是礼仪的体现。如在《礼记》中，就有许多关于筵宴的礼仪规定，包括座次的安排、餐具的使用、食品的种类和上菜顺序等，这些传统一直延续到明清时期。在今天的中国，筵宴文化已经渗透到日常生活的方方面面，如结婚筵席、生日筵席、商务筵席等。每种筵席都有其特定的礼仪和食品，如结婚筵席的菜肴讲究成双成对，生日筵席的菜肴则以长寿为寓意，商务筵席则注重交流和沟通。

中国筵宴文化不仅仅是中国饮食文化的缩影，更是中国传统文化的载体。在品尝美食的同时，我们也能领略到中国传统文化的精髓。同时，随着时代的变迁和中国经济的发展，中国筵宴文化也在不断地发展和创新，成为世界文化交流中的重要组成部分。

思考与练习

一、单项选择题

筵宴形成于什么朝代？（　　）

A. 夏　　　　　　　B. 商　　　　　　　C. 周　　　　　　　D. 唐

二、多项选择题

筵宴的艺术美包含（　　）

A. 整体美　　　　　B. 节奏美　　　　　C. 变化美

D. 和谐美　　　　　E. 意境美

三、填空题

在古代，上京应试者，凡由地方官员推荐的，称"乡贡"。乡贡赴宴时，地方官员必设宴欢送。因宴中必须奏《鹿鸣》之曲，诵《鹿鸣》之歌，故又称（　　　）。

四、名词解释

筵宴。

五、简答题

1. 筵宴的特征是什么？

2. 未来宴会的发展趋势是什么？

项目七
中国茶文化

项目导读

茶与大多数中国人日日相伴，不能割舍。茶到底起源于什么时候、经历了哪些发展阶段、中国有哪些名茶等问题都将在本章中得到答案。千百年的饮茶历史，形成了中国人的一些特殊而有趣的饮茶方法，甚至上升到了艺术的层次；对茶具的讲究，又使得各种类别和质地的茶具成为好茶者欣赏的艺术品；而风格各异的茶馆，则成为体现中国文化的独特风景。

学习目标

了解中国茶的历史发展和名茶品种，了解中国茶的饮用方法和独具特色的茶文化。中国茶的历史发展源远流长，早在五千年前，茶就已经被中国人所利用。中国茶文化是中国传统文化中的重要组成部分，具有独特的魅力。它不仅涉及茶叶的产地、采制、泡饮方式、器具等方面，还涉及茶道、茶德、茶禅等内容。

中国茶文化是中国传统文化中的一朵奇葩，它不仅源远流长、博大精深，而且独具特色、韵味无穷。通过了解中国茶的历史发展、名茶品种以及独具特色的茶文化，可以更好地领略中华文化的瑰宝。

思维导图

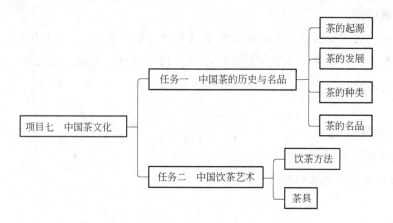

神农发现茶的故事

我国历史上有很长的饮茶记录，取茶叶作为饮料，古人传说始于黄帝时代。《神农本草经》中说："神农尝百草，日遇七十二毒，得茶而解之。"

有一次，神农吃到一种树叶，这种叶子吃进肚子里后，在里面走来走去，像是士兵在进行搜查，不一会儿，整个肠胃便像洗过一样干净清爽，感觉非常舒服。神农记住了这种叶子，给他起了个名字，叫"茶"。以后每当吃进有毒的东西，便立即吃点茶，让它搜查搜查，把毒物消灭掉。后来，终于有一次神农吃了断肠草，来不及吃茶就死了。这则关于茶的传说，可信性有多大，尚未可知。但有一点是明确的，即茶最早是一种药用植物，它的药用功能是解毒。

点评：茶与咖啡、可可被誉为世界三大饮料。世界上有50余个国家种植茶叶，饮茶嗜好遍及全球。寻根溯源，世界各国最初所饮的茶叶、引种的茶树，以及饮茶方法、栽培技术、加工工艺、茶事礼俗等，都是直接或间接地来自中国。中国是茶的发祥地，是世界上最早发现茶树和利用茶树的国家，被誉为"茶的祖国"。大量文字记载表明，中国大约在3000多年前就已经开始栽培和利用茶树。然而，同任何物种的起源一样，茶的起源和存在，必然是在人类发现、利用茶树之前的很长一段时间。人类的用茶经验，也是经过代代相传、逐渐扩大，才见诸文字记载的。

任务一　中国茶的历史与名品

视频 7-1　茶的
起源与发展

一、茶的起源

茶树的起源，据植物学家考证，至今已有 6000 万年至 7000 万年历史。茶树的原产地在中国，也被世界所公认。中国发现的野生大茶树时间之早、树体之大、数量之多、分布之广、性状之异，堪称世界之最。早在公元 200 年左右，《尔雅》中就提到野生大茶树。如今，全国有 10 个省区共发现 198 处野生大茶树。其中，云南有一株茶树的树龄已达 1700 年左右，云南省境内树干直径在一米以上的茶树就有 10 多株，一些地区的野生茶树群落甚至大到数千公顷。虽然印度也曾发现野生茶树，但经考证，它们与从中国引入印度的茶树同属中国茶树之变种。只有中国才是茶树的原产地。

饮茶方式的起源，始终是茶学研究的一个"基本问题"，对这一问题的回答始终没有一个统一的确定答案，主要有祭品说、药物说、食物说、同步说等。

"祭品说"认为，茶与一些其他的植物一样，最早是作为祭品用的，后来有人尝食，后发现食而无害，便"由祭品，而菜食，而药用"，最终成为饮料。

"药物说"认为，茶最初是作为药用而进入人类社会的。这与《神农本草经》中"神农尝百草，日遇七十二毒，得茶而解之"的记载是相吻合的。茶叶的确具有清热解毒、提神、醒脑等功能，至今仍被某些地区的群众当作药用。

"食物说"认为，"古者民茹草饮水""民以食为天""食在先"符合人类社会的进化规律。

"同步说"认为，人类最初利用茶的方式方法，可能是作为口嚼的食料，也可能作为烤煮的食物，同时也逐渐为药料饮用。这几种方式的比较和积累最终发展成为"饮茶"。

二、茶的发展

在漫漫的历史长河中，中国茶的发展经历了以下重要的历史时期。

（一）上古至汉魏南北朝时期

茶的利用始于药用。成书于西汉年间的《神农本草经》载："神农尝百草，日遇七十二毒，得茶而解之"。茶指的就是茶。这段文字的大意是说，远在上古时代，传说中的神农氏亲口尝百草，以便发现有利于人类生存的植物，竟然在一天之内多次中毒，却都因为服用了茶叶而得救。这传说虽带有明显的夸张成分，却可以从中得知，人类对茶叶的利用可能是从药用开始的，时间是公元前两千年左右。将茶叶作为饮料使用，应该是在春秋战国时期的巴蜀地区。到秦汉以后，茶叶在巴蜀颇为兴盛，并且逐渐向东扩展，走向全国。

（二）唐宋时期

唐朝时期，中国茶业有了迅猛的发展，主要表现在三个方面。一是茶叶产地遍布全国。陆羽在《茶经》中就列举了许多产茶的州县，所谓"八道四十三州"，划分了我国八大茶叶产区。从地域分布看，产茶区覆盖了今四川、陕西、湖北、云南、广西、贵州、湖南、广东、福建、江西、浙江、江苏、安徽、河南等14个省区；而其北边一直伸展到了河南道的海州（今江苏连云港），也就是说，唐代的茶叶产地达到了与中国近代茶区几乎相当的局面。二是茶叶生产和贸易蓬勃发展。中原和西北少数民族地区都已嗜茶成俗，于是南方茶的生产和全国茶叶贸易便随之蓬勃发展起来。中国一些少数民族习惯饮茶后，先通过使者，后来直接通过商人，开创了中国历史上长期存在的以茶易马的茶马交易。三是茶政、茶学和茶文化逐渐产生与发展。唐朝中期以后，由于茶叶生产、贸易发展成为大宗生产和大宗贸易，加上安史之乱以后国库拮据，征收茶叶赋税逐渐成为一种定制。同时，茶学和茶文化逐渐产生，出现了一大批有关茶的专著，如陆羽的《茶经》、皎然的《茶诀》、温庭筠的《采茶录》等；许多人开始享用茶叶，茶宴、茶集和茶会从一般的待客礼仪，演化为以茶会集同人朋友、迎来送往、商讨议事等有目的、有主题的外事联谊活动。

到宋朝，中国的茶业出现了较大的变革与发展，主要集中在两个方面。第一，随着气候的由暖变寒，中国茶区北限南移，南国茶业获得了明显发展。宋朝的常年气温一度较唐代暖期要低2~3℃，北部特别是临界地区茶园的茶树大批冻死或推迟萌芽、结果，直接导致了宋朝贡焙南移建瓯。而贡焙承担着专门生产御茶的任务，无论是选用的原料还是制作工艺都要求最好和最讲究。因此，有力地推动和促进了闽南以至中国整个南方茶叶生产的发展。第二，为适应大众饮茶的需要，茶叶生产开始由团饼向散茶逐渐转变。这一时期，大众加入饮茶者的行列，且需要价格低廉、煮饮方便的茶叶，于是，在过去团、饼工艺的基础上，蒸而不碎，碎而不拍，蒸青和蒸青末茶便逐步发展起来，从传统的生产团饼为主改变为生产散茶为主。当然，这种转变，主要还在汉族地区，西北少数民族地区仍然保留了生产、消费团饼的习惯。此外，由于各地饮茶习俗的普及，城镇茶馆林立，茶馆文化得到了较大的发展。

（三）明清时期

在这一时期，中国茶叶全面发展，首先表现在各地名茶品种的繁多上。黄一正在

《事物绀珠》（1591 年）中辑录的"今茶名"就有（雅州）雷鸣茶、仙人掌茶、虎丘茶、天池茶、罗茶、阳羡茶、六安茶、日铸茶、含膏茶（邕湖）等 97 种之多。其次，还表现在制茶技术的革新上。在制茶上，普遍改蒸青为炒青，这对芽茶和叶茶的普遍推广提供了一个极为有利的条件，同时，也使炒青等一类制茶工艺达到了炉火纯青的程度。最后，表现在促进和推动各种茶类的发展上。除绿茶外，明清两朝在黑茶、花茶、青茶和红茶等方面也有了很大发展。

（四）近现代时期

20 世纪初，中国处于半殖民地半封建的社会，政府的腐败无能导致中国茶叶科学技术和经验得不到总结、发扬和利用，茶叶生产在帝国主义排挤和操纵下日趋衰败。直到新中国成立后，中国茶叶生产进入了恢复和繁荣时期。从 1950 年至 1970 年，茶园面积平均年增加 7.3%，茶叶产量平均年增加 5.9%，还因地制宜、综合治理了大批低产茶园，实行科学种茶，培训茶叶科技人员，推动了茶叶生产的发展。同时，中国茶文化也得到迅猛发展，对世界的影响也越来越大。1982 年，杭州成立了第一个以弘扬茶文化为宗旨的社会团体——"茶人之家"；1993 年，"中国国际茶文化研究会"在湖州成立。随着茶文化的兴起，各地茶艺馆越办越多，各省各市及主产茶的县纷纷举办"茶叶节""茶文化节"等。

三、茶的种类与名品

视频 7-2　茶的种类

茶，又名"茗"，是茶树、茶叶的总称。中国是茶叶大国，茶的种类繁多，具有不同的划分方法。例如，按其发酵的程度分为：不发酵茶（学名为绿茶类），如龙井、碧螺春；半发酵茶（学名为青茶类，即部分发酵茶），如铁观音、乌龙茶；全发酵茶（学名为红茶类），如祁门红茶；后发酵茶（学名为黑茶类），如普洱茶等。日常生活中，人们喜欢按茶叶的颜色来划分，如绿茶、红茶、白茶、黄茶、黑茶、青茶等。

（一）绿茶

绿茶又称不发酵茶，是中国产量最多、饮用最为广泛的一种茶。以适宜的茶树新梢为原料，经杀青、揉捻、干燥等典型工艺过程而制成，主要分布在浙江、安徽、江西、江苏、四川、湖南、湖北、广西、福建、贵州等各个茶区。

1. 特色

绿茶，因其叶片及茶汤均呈绿色而得名。它较多地保留了鲜叶内的天然物质，其中茶多酚、咖啡碱保留鲜叶的 85% 以上，叶绿素保留 50% 左右，维生素损失也较少，从而形成了绿茶"清汤绿叶，色泽光润，清香芬芳，味爽鲜醇，滋味收敛性强"的特点。

绿茶贵细嫩，谷雨、清明前一旗一枪（一芽一叶）时采摘为佳。最新科学研究结果表明，绿茶中保留的天然物质成分，对防衰老、防癌、抗癌、杀菌、消炎等均有特殊效果，为其他茶类所不及。

2. 代表名品

中国绿茶中，名品最多，不但香高味长，品质优异，且造型独特，具有较高的艺术欣赏价值。其代表名茶有西湖龙井、黄山毛峰、洞庭碧螺春、信阳毛尖、双龙银针、安徽太平猴魁、江西庐山云雾、四川蒙顶等。

1）西湖龙井

西湖龙井，是中国极品名茶，居中国名茶之冠，被称为绿茶中的绝品。产于浙江省杭州西湖周围的狮子峰、龙井、五云山、虎跑、梅家坞等群山之中，因此分"狮""龙""云""虎""梅"五个品类，后归"狮""龙""梅"三个品类，1965年后统称为西湖龙井，其中狮峰最为珍贵。采于谷雨前的龙井最佳，成品以"色绿，香郁，味甘，形美"四绝而著称于世，有"国茶之称"。其特点为：干茶扁平挺直，大小长短匀齐，色泽绿中透黄；茶汤清香鲜爽，宛如茉莉清香，香气清高持久，味甘而隽永，泡在玻璃杯中，清汤碧绿，可见茶芽直立。品饮龙井，沁人心脾，回味无穷。龙井茶的营养特别丰富，人赞"其贵如金"。

2）黄山毛峰

黄山毛峰，产于安徽黄山风景区和周围地区，分特级毛峰和普通毛峰，是历史名茶。特级黄山毛峰又称黄山云雾茶，其特点是芽叶肥壮均匀、绿中透黄，滋味醇厚甘甜，香气馥郁持久，耐冲耐泡。

3）洞庭碧螺春

洞庭碧螺春，产于我国著名风景名胜区江苏省苏州市太湖边上的洞庭山区，所以又叫太湖碧螺春。洞庭碧螺春，原名"吓煞人香"，即其香煞人，意指其芳香扑鼻，令人惊奇。康熙皇帝于1675年饮后称好，但觉名称不雅，便根据茶叶的外形和颜色赐名为"碧螺春"。其特点是条索纤细，卷曲成螺，幼嫩匀齐，茸毛遍布。茶汤具花果香味，鲜清甘甜，幽香芬芳，饮后味醇回甘，使人心旷神怡。

（二）红茶

红茶出现于清朝年间，是在绿茶的基础之上经发酵创制而成的。

1. 特色

红茶是以适宜的茶树新芽叶为原料，经过萎凋、揉捻、发酵、干燥等典型工艺过程精制而成的。因叶片及汤均呈红色，故名红茶。其特点是红叶红汤，香甜味醇，耐泡，具有水果香气和醇厚的滋味。

2. 代表名品

中国著名的红茶有安徽祁红、云南滇红、湖北宣红、四川川红等。

湖北宣红，产于湖北宜昌、恩施等地，这里是我国古老的茶区之一，唐代陆羽曾将宜昌地区的茶叶列为山南茶之首。据载，宜昌红茶问世于 19 世纪中叶，至今已有100 余年历史。宜红的条索紧细有毫，色泽乌润。冲泡后，香气纯甜高长，滋味鲜醇，汤色、叶红亮。茶汤冷却后，有"冷后浑"现象产生，是我国高品质的工夫红茶之一。

1）祁门红茶

祁门红茶是我国传统工夫红茶的珍品，有百余年的生产历史，在国际上与印度大吉岭茶、斯里兰卡乌仕茶并称为世界三大高香名茶，在国内外享有盛誉。以高香著称，具有独特持久的香味。祁红工夫茶条索紧秀，锋苗好，色泽乌黑泛灰光，俗称"宝光"，内质香气浓郁高长，似蜜糖香，又蕴藏有兰花香，汤色红艳，滋味醇厚。

2）滇红红茶

滇红红茶，属大叶种类型，主产于云南临沧、保山等地，是我国工夫红茶的后起之秀，以外形肥硕紧实，金毫显露和香高味浓的品质著称于世。滇红工夫红茶外形条索紧结，肥硕雄壮，干茶色泽乌润，金毫特显，内质汤色艳亮，香气鲜郁高长，滋味浓厚鲜爽，富有刺激性，叶底红匀嫩亮，在国内独具一格。

四川川红，产于四川宜宾等地，又称川红工夫茶，创制于 20 世纪 50 年代，是我国高品质工夫红茶的后起之秀，以色、香、味、形俱佳畅销国际市场。川红的条索肥壮、圆紧、显毫，色泽乌黑油润。冲泡后，香气清鲜带果香，滋味醇厚爽口，汤色浓亮，叶底红明匀整。

（三）白茶

白茶是我国的特产，加工时不经发酵，亦不经揉捻，直接干燥。因其白色绒毛多，色如白银，故名白茶。主要产于福建的政和、福鼎等地，是我国茶类中的特殊珍品。

1. 特色

白茶性清凉，具有防癌、抗癌、防暑、解毒、治牙痛，退热降火之功效，尤其是陈年的白毫银针可用作患麻疹幼儿的退烧药，其退烧效果比抗生素更好，海外侨胞往往将银针茶视为不可多得的珍品。其特点是天然香味，色泽光润，汤色浅淡、素雅，清淡醇和，素有"绿妆素裹"之美感。

2. 代表名品

著名的白茶有白毫银针、白牡丹、贡眉、寿眉等。

1）白毫银针

白毫银针，采自大白茶树的肥芽制成，因其全身披满白色茸毛的芽尖，形状挺直如针故名。其香气清新，汤色淡黄，滋味鲜爽，是白茶中的极品。

2）白牡丹

白牡丹，因其绿叶夹银白色毫心，形似花朵，冲泡后绿叶托着嫩芽，宛如蓓蕾初放，故得美名。白牡丹是采自大白茶树或水仙种的短小芽叶新梢的一芽一二叶制成的，是白茶中的上乘佳品。

3）贡眉、寿眉

贡眉又称为寿眉，属于中国六大茶类之一的白茶品项，主产于中国福建省的南平市的松溪县、政和县、建阳区、建瓯市、浦城县等地，是白茶中产量最高的一个品项，其产量约占到了白茶总产量的50%以上。

寿眉的外形芽心较小，色泽灰绿带黄。冲泡后，香气鲜纯，滋味清甜，汤色黄亮，叶底黄绿，叶脉泛红。

贡眉多由菜茶芽采制而成，主销港澳地区，以区别于福鼎大白茶、政和大白茶茶树芽叶制成的"大白"毛茶。以前，菜茶的茶芽曾经被用来制造白毫银针等品种，但后来则改用"大白"来制作白毫银针和白牡丹，而小白就用来制造贡眉了。

（四）黄茶

黄茶属于轻发酵茶，制作与绿茶有相似之处，但多道闷堆工序，即用鲜茶叶进行杀青、揉捻、闷黄、干燥等工序加工而成，称为"闷黄""闷堆"等。按其鲜叶的嫩度和芽叶大小，分为黄芽茶、黄小茶和黄大茶三类。黄芽茶，原料细嫩，采摘单芽或一芽一叶加工而成，主要有湖南的"君山银针"，四川的"蒙顶黄芽"和安徽的"霍山黄芽"；黄小茶，是采摘细嫩芽叶加工而成，主要有湖南的"北港毛尖"，湖南的"沩山毛尖"，湖北的"远安鹿苑"和浙江的"平阳黄汤"；黄大茶，指采摘一芽二三叶甚至一芽四五叶为原料制作而成，主要有安徽的"霍山黄大茶"和广东的"广东太叶青"。

1. 特色

黄茶的特点为黄叶黄汤，芽叶细嫩，显毫，香味鲜醇。

2. 代表名品

黄茶中的名茶有君山银针、蒙顶黄芽、北港毛尖、鹿苑毛尖、霍山黄芽、沩江白毛尖、温州黄汤、皖西黄大茶、广东大叶青、海马宫茶等。

1）君山银针

君山银针产于湖南省岳阳洞庭湖君山，外形苗壮挺直，重实匀齐，银毫披露，芽身金黄光亮，内质毫香鲜嫩，汤色杏黄明净，滋味甘醇鲜爽，在国内外市场上都久负盛名。

2）霍山黄芽

霍山黄芽产于安徽霍山，为唐代 20 种名茶之一，清代为贡茶，以后失传，现在的霍山黄芽是 20 世纪 70 年代初恢复生产的，主要产于佛子岭水库上游的大化坪、姚家畈、太阳河一带，其中以大化坪的金鸡坞、金山头、金竹坪和乌米尖，即"三金一乌"所产的黄芽品质最佳。

霍山黄芽形似雀舌，芽叶细嫩，多毫，色泽黄绿。冲泡后，香气鲜爽，有熟板栗香，滋味醇厚回甘，汤色黄绿清明，叶底黄亮嫩匀。

（五）黑茶

黑茶属于后发酵茶，是我国特有的茶类，生产历史悠久，以制成紧压茶边销茶为主，主要产于湖南、湖北、四川、云南、广西等地，分为湖南黑茶、湖北老青茶、四川边茶、广西六堡散茶，云南普洱茶等。其中，云南普洱茶古今中外久负盛名。

1. 特色

黑茶主要供边区少数民族饮用，所以又称边销茶。黑毛茶是压制各种紧压茶的主要原料，各种黑茶的紧压茶是藏族、蒙古族和维吾尔族等兄弟民族日常生活的必需品，有"宁可一日无食，不可一日无茶"之说。黑茶由于其原料粗老，加工制造过程中，一般堆积发酵时间较长，因此叶色多呈暗褐色，乌黑状，故称黑茶。其特点为汤色橙黄或褐色，香气为清香或陈香，滋味醇厚回甘，性质温和，可存放较久，耐泡耐煮。

2. 代表名品

1）湖南黑茶

湖南黑茶，主要集中在安化生产，条索卷折成泥鳅状，色泽油黑，汤色橙黄，香味醇厚，具有松烟香。黑毛茶经蒸压装篓后称天尖，蒸压成砖形的是黑砖、花砖等。

2）湖北老青茶

湖北老青茶。采割的茶叶较粗老，含有较多的茶梗，以老青茶为原料，蒸压成砖形的成品称"老青砖"，主销内蒙古地区。

3）四川边茶

四川边茶，分为南路边茶和西路边茶两类，四川雅安、天全、荥经等地生产的南路边茶，压制成紧压茶——康砖、金尖后，主销西藏，也销青海和四川甘孜藏族自治州；四川灌县、崇庆、大邑等地生产的西路边茶，蒸后压装成方包茶或圆包茶，主销四川阿坝藏族自治州及青海、甘肃、新疆等省（区）。

4）广西六堡茶

广西六堡茶，因产于广西苍梧县六堡乡而得名。已有200多年的生产历史。制造工艺流程是杀青、揉捻、沤堆、复揉、干燥，制成毛茶后再加工时仍需潮水沤堆，蒸压装篓，堆放陈化，最后使六堡茶汤味形成红、浓、醇、陈的特点。

5）云南普洱茶

云南普洱茶，是历史以来形成的云南特有的地方名茶，因集散地为云南普洱市，故称作"普洱茶"。以优良品种云南大叶种的鲜叶制成，也叫做普洱散茶。其包括两个系列，即直接再加工为成品的生普和经过人工速成发酵后再加工而成的熟普，形制上又分散茶和紧压茶两类。普洱茶成品后都还持续进行着自然陈化过程，具有越陈越香的独特品质。

普洱茶外形条索粗壮肥大，汤色橙黄，色泽乌润，带有特殊的陈香，有"美容茶"之声誉。以这种普洱散茶为原料，可蒸压成不同形状的紧压茶饼茶、紧茶、圆茶（七子饼茶）。

普洱茶和六堡茶是特种黑茶，品质独特，香味以陈为贵，在港、澳、东南亚和日本等地有广泛的市场。中国人一般不太热衷于陈茶，据说日本更倾心于新茶，但近来日本人开始对"普洱茶"青睐起来，大概是受到香港惯饮陈茶的习俗的影响。

（六）青茶

青茶又称乌龙茶，出现于清代，是一种半发酵茶。特征是叶片中心为绿色，边缘为红色，俗称绿叶红镶边。主要产于福建、广东、台湾等地。一般以产地的茶树命名，如铁观音、大红袍、乌龙、水仙、单枞等。

1. 特色

青茶有红茶的醇厚，而又比一般红茶涩味浓烈；有绿茶的清爽，而无一般绿茶的涩味，其香气浓烈持久，饮后留香，并具提神、消食、止痢。解暑、醒酒等功效。品尝后齿颊留香，回味甘鲜。清初就远销欧美及南洋诸国，当今最受日本游客的欢迎。

2. 代表名品

1）武夷岩茶

武夷岩茶。因产于福建省武夷山岩崖之间而得名。特点是汤色橙黄透亮，香气馥郁醇厚，饮后留香。武夷岩茶性和不寒，具有提神、解暑、醒酒、消食、止痢等功效。武夷岩茶的主要品种有大红袍、武夷水仙和武夷奇种。其中，大红袍最为名贵，是武夷岩茶的王者，具有"茶中状元"之称。武夷岩茶素以陈为贵，久藏的茶叶味道更浓。

2）安溪铁观音茶

安溪铁观音茶产于闽南安溪，"铁观音"既是茶名，又是茶树品种名。此茶外形条索紧结，有的形如秤钩，有的状似蜻蜓头，由于咖啡碱随着水分蒸发，在表面形成一层白霜，称作"砂绿起霜"。此茶冲泡后，异香扑鼻，乘热细啜，满口生香，喉底回甘，称得上七泡有余香。

3）台湾乌龙茶

台湾乌龙茶条形卷曲，呈铜褐色，茶汤橙红，滋味纯正，天赋浓烈的果香，冲泡后叶底边红腹绿，其中以南投县的"冻顶"乌龙茶最为名贵。

（七）花茶

花茶又称熏花茶、香花茶、香片，是我国特有的一种再加工茶，是以绿茶、红茶、乌龙茶茶胚及符合食用需求、能够散发出香味的鲜花为原料，采用窨制工艺制作而成的茶叶。一般根据其所用的香花品种不同，划分为茉莉花茶、桂花茶、玫瑰花茶、玉兰花茶等不同种类，以福建、江苏、浙江、安徽、四川为主要产地，其中以茉莉花茶产量最大。苏州茉莉花茶，是花茶中的名品；福建茉莉花茶，属浓香型茶，茶汤醇厚，香味浓烈，汤黄绿，鲜味持久。

1. 特色

花茶是集茶味与花香于一体，茶引花香，花增茶味，相得益彰。既保持了浓郁爽口的茶味，又有鲜灵芬芳的花香。冲泡品啜，花香袭人，甘芳满口，令人心旷神怡。它不仅有茶的功效，而且还有良好的药理作用，裨益人体健康，被誉为"众花之冠"。宋代诗人江奎的《茉莉》赞曰："他年我若修花使，列作人间第一香"。

2. 代表名品

1）茉莉花茶

茉莉花茶是花茶的大宗产品，既是香味芬芳的饮料，又是高雅的艺术品。特点是条形条索紧细匀整，色泽黑褐油润，香气鲜灵持久，滋味醇厚鲜爽，汤色黄绿明亮，叶底嫩匀柔软。也有用龙井、大方、毛峰等特种绿茶作茶坯窨制花茶的，则分别称为龙井、花大方、茉莉毛峰等。近年来畅销京津市场的苏萌毫、茉莉春风、银毫、龙都香茗、雾都花茶就属这类产品，统称特种茉莉花茶。

2）桂花茶

桂花茶，以广西、湖北、四川、重庆等地产制最盛。广西桂林的桂花烘青、福建安溪的桂花乌龙、四川北碚的桂花红茶均以桂花的馥郁芬芳衬托茶的醇厚滋味而别具一格，成为茶中之珍品，深受国内外消费者的青睐。

总之，中国茶的品类很多，据不完全统计，全国名优茶多达千种，其中获得省级以上名茶称号的有四百多种。名优绿茶品种最多（产量占名优茶总产量的80%以上），其次是青茶和白茶，再次为黄茶，黑茶最少。

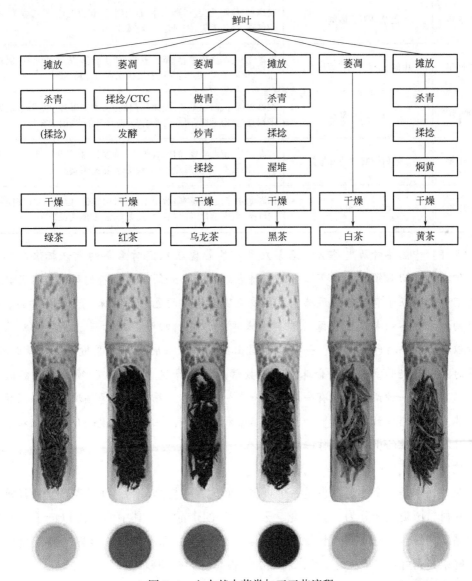

图 7-1 六大基本茶类加工工艺流程

📖 案例导入

中国十大名茶

名茶，有传统名茶和历史名茶之分，所以中国的"十大名茶"在过去也有多种说法（见下表）。

彩图 7-1

视频 7-3 中国名茶

时间	评选机构	名单
1915 年	巴拿马万国博览会	碧螺春、信阳毛尖、西湖龙井、君山银针、黄山毛峰、武夷岩茶、祁门红茶、都匀毛尖、铁观音、六安瓜片
1959 年	中国"十大名茶"评比会	西湖龙井、洞庭碧螺春、黄山毛峰、庐山云雾茶、六安瓜片、君山银针、信阳毛尖、武夷岩茶、安溪铁观音、祁门红茶
1999 年	《解放日报》	洞庭碧螺春、西湖龙井、安徽祁门红茶、六安瓜片、屯溪绿茶、太平猴魁、黄山毛峰、西坪乌龙茶、云南普洱茶、高山云雾茶
2001 年	美联社和《纽约日报》	西湖龙井、黄山毛峰、洞庭碧螺春、蒙顶甘露、信阳毛尖、都匀毛尖、庐山云雾、六安瓜片、安溪铁观音、银毫茉莉花茶
2002 年	《香港文汇报》	西湖龙井、洞庭碧螺春、黄山毛峰、君山银针、信阳毛尖、安徽祁门红茶、六安瓜片、都匀毛尖、武夷岩茶、安溪铁观音

点评：中国茶叶历史悠久，名茶众多。尽管现在人们对名茶的确认标准尚不统一，但大多认为必须具备以下三个基本特点。其一，必须具有独特的风格。名茶之所以有名，关键在于有独特的风格，这主要表现在茶叶的色、香、味、形四个方面。杭州的西湖龙井茶向来以"色绿、香郁、味醇、形美"四绝著称于世。也有一些名茶往往以其一两个特色而闻名，如岳阳的君山银针，芽头肥实，茸毫披露，色泽鲜亮，冲泡时芽尖直挺竖立，雀舌含珠，数起数落，堪为奇观。其二，必须具有商品的属性。名茶作为一种商品，要有一定产量和良好的质量，并且在流通领域享有很高的声誉。其三，必须被社会承认。由于我国名茶种类繁多，在此不能逐一介绍，仅对不同种类且有代表性的少量名茶作一概述。

杭州龙井

龙井，本是一个地名，也是一个泉名，而现在主要是茶名。龙井茶产于浙江杭州的龙井村，历史上曾分为"狮、龙、云、虎"四个品类，其中多认为以产于狮峰的老井品质为最佳。龙井属炒青绿茶，向以"色绿、香郁、味醇、形美"四绝著称于世。好茶还需好水泡。"龙井茶，虎跑水"被并称为杭州双绝。

苏州碧螺春

苏州碧螺春产于江苏吴县太湖之滨的洞庭山。碧螺春茶叶用春季从茶树采摘下的细嫩芽头炒制而成；炒成后的干茶条索紧结，白毫显露，色泽银绿，翠碧诱人，卷曲成螺，故名"碧螺春"。此茶冲泡后杯中白云翻滚，清香袭人，是国内著名的名茶，常被作为高级礼品。

黄山毛峰

黄山毛峰产于安徽黄山，由于山高林密，日照短，云雾多，自然条件十分优越，茶树得云雾之滋润，无寒暑之侵袭，蕴成良好的品质。黄山毛峰采制十分精细。制成的毛峰茶外形细扁微曲，状如雀舌，香如白兰，味醇回甘。

庐山云雾

庐山云雾产于江西庐山，其气候温和，山水秀美，十分适宜茶树生长。庐山云雾、芽肥毫显，条索秀丽，香浓味甘，汤色清澈，是绿茶中的精品。

六安瓜片

六安瓜片产于皖西天别山，以六安、金寨、霍山三县所产最佳。六安瓜片每年春季采摘，成茶呈瓜子形，因而得名，色翠绿，香清高，味甘鲜，耐冲泡。此茶不仅可消暑解渴生津，而且还有极强的助消化作用和治疗功效。

恩施玉露

恩施玉露产于湖北恩施，是我国保留下来的为数不多的一种蒸青绿茶，其制作工艺及所用工具相当古老，与陆羽《茶经》所载十分相似。恩施玉露对采制的要求很严格，芽叶须细嫩、匀齐，成茶条索紧细，色泽鲜绿，匀齐挺直，状如松针；茶汤清澈明亮，香气清鲜，滋味甘醇，叶底色绿如玉。

白毫银针

白毫银针产于福建。冲泡时，"满盏浮茶乳"，银针挺立，上下交错，非常美观；汤色黄亮清澈，滋味清香甜爽。由于制作时未经揉捻，茶汁较难浸出，因此冲泡时间应稍延长。白茶味温性凉，可健胃提神，祛湿退热，常作为药用。

武夷岩茶

武夷岩茶产于福建崇安县武夷山。品质独特，未经窖花，茶汤却有浓郁的鲜花香，饮时甘馨可口，回味无穷。18世纪传入欧洲后，备受当地群众的喜爱，曾有"百病之药"的美誉。

安溪铁观音

安溪铁观音产于周南安溪。制作工艺十分复杂，制成的茶叶条索紧结，色泽乌润砂绿。上好的铁观音，在制作过程中因咖啡碱随水分蒸发还会凝成一层白霜。冲泡后，有天然的兰花香，滋味纯浓。用小巧的功夫茶具品饮，先闻香，后尝味，顿觉满口生香，回味无穷。近年来，发现乌龙茶有健身美容的功效后，铁观音更风靡日本和东南亚。

普洱茶

普洱茶产于云南西双版纳等地，因自古以来即在普洱集散而得名。普洱茶是采用绿茶或黑茶经蒸压而成的各种云南紧压茶的总称，包括沱茶、饼茶、方茶等，主要供藏族同胞饮用。普洱茶的品质优良不仅表现在它的香气、滋味等饮用价值上，还在于它有可贵的药效，因此，港澳同胞和海外侨胞常将普洱茶当作养生妙品。在其他的"中国十大名茶"说法中，一般常见到的还有产于安徽屯溪等地的"屯绿"、产于安徽祁门县的"祁红"、产于云南的"滇红"等。

点评：中国茶叶历史悠久，名茶众多。尽管现在人们对名茶的确认标准尚不统一，但大多认为必须具备以下三个基本特点。其一，必须具有独特的风格。名茶之所以有名，关键在于有独特的风格，这主要表现在茶叶的色、香、味、形四个方面。杭州的西湖龙井茶向来以"色绿、香郁、味醇、形美"四绝著称于世。也有一些名茶往往以其一两个特色而闻名，如岳阳的君山银针，芽头肥实，茸毫披露，色泽鲜亮，冲泡时芽尖直挺竖立，雀舌含珠，数起数落，堪为奇观。其二，必须具有商品的属性。名茶作为一种商品，要有一定产量和良好的质量，并且在流通领域享有很高的声誉。其三，必须被社会承认。由于我国名茶种类繁多，在此不能逐一介绍，仅对不同种类且有代表性的少量名茶作一概述。

任务二　中国饮茶艺术

一、饮茶方法

自从茶叶被作为饮料以来，茶的烹饮方法不断发展变化，大致形成了二大类四小类。二大类是煮茶法和泡茶法。自汉至唐，饮茶以煮茶法为主；自五代以后，饮茶以泡茶法为主。四小类则是从煮茶法中分解出煎茶法，从泡茶法中分解出点茶法，不同的时代崇尚不同的方法。煮、煎、点、泡四类饮茶法各擅风流，汉魏六朝尚煮茶法，隋唐尚煎茶法，五代两宋尚点茶法，元朝以后尚泡茶法。

（一）古代饮茶方法

视频7-4　古代
饮茶方法

1. 煮茶法

所谓煮茶法，是指茶入水烹煮后饮用的方法，也是我国唐朝最普遍的饮茶法。对于煮茶法，陆羽在《茶经》中有著名的"三沸"说：先将饼茶研碎，然后开始煮水。待锅中之水泛起鱼眼似的水泡时，加入茶末，煮至二沸时出现沫饽（沫为细小茶花，饽为大花，皆为茶之精华），则将沫饽舀出，继续烧煮茶与水至三沸，再将二沸时盛出之沫饽浇入锅中，称为"救沸""育华"。待煮至均匀，茶汤便好了。

2. 煎茶法

煎茶法是指陆羽在《茶经》里所创造、记载的一种烹饮方法，在唐朝中晚期很流行。其茶主要用饼茶，经炙烤、碾罗成末，待锅中水初沸时则投茶末，搅匀后沸腾则止。煎茶法的主要程序有备器、选水、取火、候汤、炙茶、碾茶、罗茶、煎茶（投茶、搅拌）、酌茶等，煎制的时间比煮熬时间要短一些。

3. 点茶法

点茶法是宋元时期盛行的一种烹饮方法，是将茶碾成细末，置茶盏中，以沸水点冲，先注少量沸水调膏，然后量茶注汤，边注边用茶筅击拂。点茶法的主要程序有备器、洗茶、炙茶、碾茶、磨茶、罗茶、择水、取火、候汤、盏、点茶（调膏、击拂）。点茶是分茶的基础，所以点茶法的起始当不晚于五代。

4. 泡茶法

泡茶法是明清时期盛行的一种烹饮方法，是将茶置茶壶或茶盏中，以沸水冲泡的简便方法。当时更普遍的还是壶泡，即置茶于茶壶中，以沸水冲泡，再分酾到茶盏（瓯、杯）中饮用。壶泡的主要程序有备器、择水、取火、候汤、投茶、冲泡、酾茶等。

（二）现代饮茶方法

在现代的日常生活中，人们的饮茶方法往往是随意的。但事实上，根据不同的茶类，使用不同的饮用方法，就会得到不同的妙趣。

视频7-5 现代饮茶方法

1. 绿茶的饮用方法

自明清以来，绿茶便是我国消费的主要茶类，并大规模地出口外销，故而中外驰名。在中国，由于喜爱饮用绿茶的人众多，其品饮方法也就丰富多彩，这里主要介绍三种。

1）玻璃杯泡饮法

玻璃杯泡饮法，适于品饮细嫩的名贵绿茶，以便充分欣赏名茶的外形、内质。根据茶条的松紧程度不同，可以采用两种不同的冲泡法。

一是对于外形紧结重实的名茶如龙井、碧螺春等，可用"上投法"。即先将85～90℃开水冲入干净的茶杯中，然后取茶投入，一般不需要加盖。此时，茶叶会自动徐徐下沉，但有先有后，有的直线下沉，有的则徘徊缓下，有的上下沉浮后降至杯底；干茶一旦吸收水分，便逐渐展开叶片，一芽一叶似枪如旗，茶香缕缕，茶汤或黄绿碧清或乳白微绿。待茶汤凉至适口则开始品尝，品尝茶汤时宜小口品啜、缓慢吞咽，让茶汤与舌头味蕾充分接触，细细领略名茶的风韵。此谓一开茶，着重品尝茶的头开鲜味与茶香。待饮至杯中茶汤尚余三分之一水量时再续加开水，谓之二开茶。如若泡饮茶叶肥壮的名茶，二开汤正浓，饮后舌本回甘，余味无穷，齿颊留香，身心舒畅。饮至三开，常常茶味已淡，续水再饮就显得淡薄无味了。

二是对于茶条松展的名茶如六安瓜片、黄山毛峰等，如用"上投法"，茶叶浮于汤面不易下沉，则可用"中投法"，即先取茶入杯，再冲入90℃开水至杯容量的三分之一，稍停两分钟，待干茶吸水伸展后再冲水至满。此时，茶叶或徘徊飘舞下沉，或游移于沉浮之间，观其茶形动态，别具茶趣。

2）瓷杯泡饮法

瓷杯泡饮法适于泡饮中高档绿茶，如一二级炒青、珠茶、烘青、晒青之类，重在适口、品味或解渴，可取"中投法"或"下投法"。茶置杯中，用95～100℃初开沸水冲泡，盖上杯盖，不仅防止香气散逸，而且保持水温，以利茶身展开，加速下沉杯底，待3~5分钟后开盖，嗅茶香，尝茶味，视茶汤浓淡程度，饮至三开即可。这种泡饮法用于客来敬茶和办公时间饮茶，较为方便。

3）茶壶泡饮法

壶泡法一般不宜泡饮细嫩名茶，因水多，不易降温，却易闷熟茶叶，使之失去清鲜香味，最适于冲泡中低档绿茶，因为这类茶叶中多纤维素，耐冲泡，茶味也浓。泡茶时，先取茶入壶，用100℃初开沸水冲泡至满，3~5分钟后即可酌入杯中品饮。饮茶人多时，用壶泡法较好，因为这时最重要的不在欣赏茶趣，而在解渴，或饮茶谈心，或佐食点心，畅叙茶谊。

2. 红茶饮用方法

红茶色泽黑褐油润，香气浓郁带甜，滋味醇厚鲜甜，汤色红艳透黄，叶底嫩匀红亮，深受人们喜爱。其饮用方法众多，依据不同的标准，主要可以分为四种不同的类型：一是根据红茶的花色品种，有功夫饮法和快速饮法两种。功夫饮法重在品，通过缓缓斟饮、细细品啜，领略茶的清香、醇味和真趣。快速饮法重在既方便又清洁卫生。二是按使用的茶具不同，分为杯饮法和壶饮法。三是按茶汤浸出方式的不同，可分为冲泡法和煮饮法。四是根据茶汤的调味与否，分为清饮法和调饮法两种。这里仅介绍清饮法和调饮法。

1）清饮法

清饮法是中国大多数地方饮用红茶的方法，功夫饮法就属于清饮。它是在茶汤中不加任何调味品，使茶叶发挥固有的香味。清饮时，一杯好茶在手，静品默赏，细评慢饮，能使人进入一种忘我的精神境界，产生欢愉、轻快、激动、舒畅之情，欣然欲仙的饮茶乐趣油然而生。所以，中国人多喜欢清饮，特别是名特优茶，一定要通过清饮才能领略其独特风味，享受到饮茶奇趣。

2）调饮法

调饮法是在茶汤中加入调料以佐汤味的一种方法。所加调料的种类和数量，随饮用者的口味而异。现在的调饮法，比较常见的是在红茶茶汤中加入糖、牛奶、柠檬片、咖啡、蜂蜜或香槟酒等。有的在茶汤中同时加入糖和柠檬、蜂蜜和酒后饮用，也有的还放置于冰箱中制作不同滋味的清凉饮料，各具风味。另外，还值得一提的是茶酒，即在茶汤中加入各种美酒，形成茶酒饮料。这种饮料酒精度低，不伤脾胃，茶味酒香，酬宾宴客，颇为相宜，已成为当代颇受人们喜爱的新饮法。

3. 乌龙茶饮用方法

乌龙茶的品种很多，不同品种的乌龙茶冲泡后各有特色。如武夷岩茶冲泡后香气浓郁悠长，滋味醇厚回甘，茶水橙黄清澈；铁观音茶冲泡后，香气高雅如兰花，滋味浓厚而微带蜂蜜的甜香，且十分耐泡。品饮乌龙茶，除了要选用高中档乌龙茶如铁观音、黄金桂外，还必须备好一套专门茶具。饮乌龙茶最精致的茶具称为"四宝"：玉书碨，一般是扁形的薄瓷壶，能容水四两；潮汕烘炉，用白铁制成，小巧玲珑；孟臣罐，多出自宜兴，以紫砂壶最为名贵，造型独特，吸水力甚好，能使香味持久不散；若琛瓯，是白色小瓷杯，容水不过三四毫升，多用景德镇等地产品。

冲泡乌龙茶有一套传统的方法。首先，在泡茶前用沸水把茶壶、茶盘、茶杯等淋洗一遍，在泡饮过程中还要不断淋洗，使茶具保持清洁、有相当的热度。然后，把茶叶按粗细分开，先放碎末填壶底，再盖上粗条，把中小叶排在最上面，以免碎末堵塞壶内口，阻碍茶汤顺畅流出。接着，用开水冲茶，循边缘粗粗冲入，形成圈子，以免冲破"茶胆"。冲水时要使壶内茶叶打滚。当水刚漫过茶叶时立即倒掉，称为"茶洗"，即把茶叶表面尘污洗去，使茶之真味得以充分体现。茶洗过后，立即冲进第二次水，水量约九成即可。盖上壶盖，再用沸水淋壶身，使茶盘中的积水涨到壶的中部，叫"内外夹攻"。只有如此，茶叶的精美真味才能浸泡出来。泡茶的时间也很重要，一般需2~3分钟。泡的时间太短，茶叶香味出不来，泡的时间太长，又怕泡老了，影响茶的鲜味。

斟茶的方法也很讲究，传统的方法是用拇、食、中三指操作。食指轻压壶顶盖珠，中、拇二指紧夹壶后把手。开始斟茶时，茶汤轮流注入每只杯中，每杯先倒入一半，周而复始，逐渐加至八成，使每杯茶汤气味均匀，叫做"关公巡城"。如壶中茶水斟完，就是恰到好处。行茶时应先斟边缘，而后集中于杯子中间，并将罐底最浓部分均匀地斟入各杯中，最后点点滴下，此谓"韩信点兵"。在整个冲茶、斟茶过程中讲究"高冲低行"，即开水冲入罐时应自高处冲下，促使茶叶散香；而斟茶时应低行，以免失香散味。茶水一经冲入杯内，即应趁热吸饮，此谓"喝烧茶"，稍停则色味大逊。

品饮乌龙茶也别具一格。首先，拿着茶杯从鼻端慢慢移到嘴边，趁热闻香，再尝其味。尤其品饮武夷岩茶和铁观音，皆有浓郁花香。闻香时不必把茶杯久置鼻端，而是慢慢地由远及近，又由近及远，来回往返三四遍，顿觉阵阵茶香扑鼻而来。

4. 花茶饮用方法

花茶是诗一般的茶叶，融茶味之美、鲜花之香于一体。其中，茶叶滋味为茶汤的味本，花香为茶汤滋味之精神，二者巧妙地融合，相得益彰。花茶泡饮方法，以能维护香气和显示茶胚特质美为原则。对于冲泡茶胚特别细嫩的花茶，如茉莉毛峰、茉莉银毫等特高级名茶，因茶胚本身具有艺术欣赏价值，宜用透明玻璃茶杯。冲泡时置杯于茶盘内，取花茶2~3克入杯，用初沸开水稍凉至90℃左右冲泡，随即加上杯盖，以防香气散失。然后，手托茶盘，透过玻璃杯壁观察茶在水中上下飘舞、沉浮，以及茶叶徐徐开展、复原叶形、渗出茶汁汤色的变幻过程，"一杯小世界，山川花木情"，堪称艺术享受，称为"目品"。冲泡3分钟后，揭开杯盖一侧，闻汤中氤氲上升的香气，顿觉芬芳扑鼻而来，精神为之一振，有兴趣者还可凑着香气做深呼吸，充分领略愉悦香气，称为"鼻品"。茶汤稍凉适口时，小口喝入，在口中略微停留，以口吸气、鼻呼气相配合的动作，使茶汤在舌面上往返流动一两次，充分与味蕾接触，品尝茶味和汤中香气后再咽下，综合欣赏花茶特有的茶味、香韵，谓之"口品"。民间有"一口为喝，三口为品"之说，细细品啜，才能出味。对于中低档花茶，或花茶末，一般采用白瓷茶壶冲泡，因壶中水多，保温较杯好，有利于充分溶出茶味。视茶壶大小和饮茶人数、口味浓淡，取适量茶叶入壶，用100℃初沸水冲入壶中，加壶盖5分钟后即可斟入茶杯饮用。这种共泡分饮法，一则方便、卫生，二则易于融洽气氛、增添情谊。

5. 黑茶（紧压茶）饮用方法

紧压茶的饮用方法，与其他饮用方法相比，至少有三点不同：一是饮用时，先要将紧压成块的茶叶捣碎；二是不宜冲泡，而要用烹煮的方法，才能使茶汁浸出；三是烹煮时，大多加有佐料，采用调饮方式喝茶。中国生产的紧压茶大多为砖茶。由于砖茶与散茶不同，甚为坚实，用开水冲泡难以浸出茶汁，所以必须先将砖茶捣碎，放在铁锅或铝壶内烹煮，有时还要不断搅拌，才能使茶汁充分浸出。

二、茶具

视频7-6　茶具

（一）茶具的种类与名品

茶具，主要指烹煮、冲泡和饮用茶的器具。我国的茶具种类繁多、造型优美，除实用价值外，也有颇高的艺术价值。仅按制作材料的不同，就有漆制茶具、陶制茶具、瓷制茶具、金属茶具、竹木茶具、拼瓷茶具、玉石茶具和玻璃茶具等。这里简要介绍其中最具特色、使用量较大的陶制茶具、瓷制茶具、金属茶具及其名品。

1. 陶制茶具

陶制茶具历史悠久，以宜兴制作的紫砂陶茶具为上乘。宜兴的紫砂茶具与一般的陶器不同，其里外都不敷釉，采用当地黏力强而抗烧的紫泥、红泥、团山泥捬制焙烧而成。由于成陶火温较高，烧结密致，胎质细腻，既不渗漏，又有肉眼看不见的气孔，用来烹茶、泡茶，既不夺茶之真香，又无熟汤气，能较长时间保持茶叶的色、香、味，若经久使用，还能吸附茶汁，蕴蓄茶味。而且紫砂茶具传热不快，不致烫手，即使冷热剧变，也不会破裂，而热天盛茶，也不易酸馊。此外，紫砂茶具还具有造型简练大方、色调淳朴古雅的特点，外形有似竹节、莲藕、松段和仿商周古铜器等多种多样的形状，目前已由原来的四五十种增加到六百多种。

2. 瓷制茶具

我国的瓷器茶具产生于陶器之后，按产品又分为白瓷茶具、青瓷茶具、黑瓷茶具、青花瓷茶具等类别，而每一个类别中都有许多著名品种。

图 7-2　紫砂茶具

　　白瓷茶具以色白如玉而得名，产地甚多，有江西景德镇、湖南醴陵、四川大邑、河北唐山、安徽祁门等。青瓷茶具主要产于浙江、四川等地。

图 7-3　白瓷茶具

3. 金属茶具

　　金属茶具是用金、银、铜、锡制作的茶具。尤其是用锡做的储茶的茶器，常常是小口长颈，圆筒状的盖，比较容易密封，因此防潮、防氧化、避光、防异味性能都好，具有很大的优越性。至于用金属制作茶具，一般评价都不高，但在唐朝宫廷中曾较长时间采用。

图 7-4　金属茶具

（二）茶具的选配

茶具材料多种多样，造型千姿百态，纹饰百花齐放。究竟如何选用？这就必须根据各地的饮茶风俗习惯和饮茶者对茶具的审美情趣，以及品饮的茶类和环境而定。茶具的选配，除了看它的使用性能外，还要看它的艺术性等。总的来说，应遵循以下三个原则。

1. 因"茶"制宜

古往今来，大凡讲究品茗情趣的人，都注重品茶韵味，崇尚意境高雅，强调"壶添品茗情趣，茶增壶艺价值"，认为好茶好壶，犹似红花绿叶，相映生辉。在历史上，有关因茶制宜选配茶具的记述是很多的。

饮用花茶，为有利于香气的保持，可用壶泡茶，然后斟入瓷杯饮用。饮用大宗红茶和绿茶，注重茶的韵味，可选用有盖的壶、杯或碗泡茶；饮用红碎茶与功夫红茶，可用瓷壶或紫砂壶来泡茶，然后将茶汤倒入白瓷杯中饮用。饮用乌龙茶则重在"吸"，宜用紫砂茶具泡茶。如果是品饮西湖龙井、洞庭碧螺春、君山银针、黄山毛峰等名贵绿茶，则用玻璃杯直接冲泡最为理想。此外，冲泡红茶、绿茶、黄茶、白茶，使用盖碗也是可取的。

2. 因地制宜

中国地域辽阔，各地的饮茶习俗不同，对茶具的要求也不一样。长江以北一带，大多喜爱选用有盖瓷杯冲泡花茶，以保持花香，或者用大瓷壶泡茶，然后将茶汤倾入茶盅中饮用。在长江三角洲沪杭宁等地的一些大中城市，人们爱好品享细嫩名优茶，既要闻其香、吸其味，还要观其色、赏其形，因此，特别喜欢用玻璃杯或白瓷杯泡茶。福建及广东潮州、汕头一带，习惯于用小杯吸乌龙茶，故选用"烹茶四宝"——潮汕烘炉、玉书碨、孟臣罐、若琛瓯泡茶，以鉴赏茶的韵味。四川人饮茶特别钟情盖碗茶，喝茶时，左手托茶托，不会烫手，右手拿茶碗盖，用以拨去浮在汤面的茶叶。加上盖，能够保香；去掉盖，又可观姿察色。少数民族地区，至今仍然习惯于用碗喝茶，古风犹存。

3. 因人制宜

不同的人用不同的茶具，这在很大程度上反映了人们的不同地位与身份。在陕西扶风法门寺地宫出土的茶具表明，唐朝王宫贵族选用金银茶具、秘色瓷茶具和琉璃茶具饮茶；而陆羽在《茶经》中记述的同时代的民间饮茶却用瓷碗。清朝的慈禧太后对茶具更加挑剔，她喜用白玉作杯、黄金作托的茶杯饮茶。而历代的文人墨客，都特别强调茶具的"雅"。宋朝文豪苏轼在江苏宜兴蜀山讲学时，自己设计了一种提梁式紫砂壶，"松风竹炉，提壶相呼"，独自烹茶品赏。

另外，职业有别，年龄不一，性别不同，对茶具的要求也不一样。如老年人讲求茶的韵味，要求茶叶香高味浓，重在物质享受，因此，多用茶壶泡茶；年轻人以茶会友，要求茶叶香清味醇，重于精神品赏，因此，多用茶杯沏茶。男人习惯于用较大而素净的壶或杯斟茶；女人爱用小巧精致的壶或杯冲茶。脑力劳动者崇尚雅致的壶或杯，细品缓啜；体力劳动者常选用大杯或大碗，大口急饮。

项目小结

中国的茶文化，源于五千年前的神农氏，至今已经成为一种极具影响力的文化符号，融入了中华民族独特的审美理念和民族精神，体现了我国人民对自然和社会的深刻理解和高度智慧。其内涵丰富而多元，不仅包括了茶叶的种植、采摘、制茶、品茶等制作技艺，还涉及了茶道、茶礼、茶宴、茶戏等茶文化的艺术表演和文化交流活动。此外，茶文化还具有一定的药用价值和养生效果，长期饮用可以有益于身心健康。现在，茶文化已经成为一种独特的文化现象，被全世界的人们所喜爱和推崇。

思考与练习

一、单项选择题

1. 《神农百草》中记载了神农尝百草中毒，吃了一种植物得以解毒，这种植物是（　　）。

A. 北沙参　　　　B. 莲子　　　　C. 茶叶　　　　D. 金银花

2. 以下哪一项不属于乌龙茶？（　　）

A. 大红袍　　　　B. 铁观音　　　　C. 大叶乌龙　　　　D. 正山小种

3. 煮茶法是在下列哪个朝代形成的？（　　）

A. 隋朝　　　　B. 汉朝　　　　C. 唐朝　　　　D. 明朝

4. 黄茶的最大特点是？（　　　）

A. 黄汤黄叶　　　　　　B. 高香持久　　　　C. 绿叶红镶边　　　D. 汤色清亮

5. 哪个国家是世界上最早发现茶树和利用茶树的国家？（　　　）

A. 日本　　　　　　　　B. 韩国　　　　　　　C. 英国　　　　　　　D. 中国

二、多项选择题

1. 红茶初制工艺过程是_____干燥等工序。

A. 萎凋　　　　　　　　B. 摇青　　　　　　　C. 揉捻

D. 发酵　　　　　　　　E. 干燥

2. 黄山毛峰的品质特征为，外形芽叶肥壮、_____。

A. 肥壮均匀　　　　　　B. 绿中透黄　　　　　C. 滋味醇厚甘甜

D. 香气馥郁持久　　　　E. 耐冲耐泡

三、填空题

1. 我国茶叶基本茶类大致可分（　　　）、（　　　）、（　　　）、（　　　）、（　　　）、（　　　）六大类茶。

2. 传统的世界三大饮料是（　　　）、（　　　）、（　　　）。

3. 龙井茶"四绝"主要是（　　　）、（　　　）、（　　　）和（　　　）。

四、名词解释

1. 绿茶。　2. 红茶。　3. 乌龙茶。

五、简答题

1. 分别简述绿茶、红茶、白茶、黄茶、黑茶、青茶的不同特点。

2. 列举绿茶、红茶、白茶、黄茶、黑茶、青茶的代表名品。

项目八
中国酒文化

项目导读

中国是酒的故乡，中华民族五千年历史长河中，酒和酒类文化一直占据着重要地位，酒是一种特殊的食品，是属于物质的，但酒又融于人们的精神生活之中。酒文化作为一种特殊的文化形式，在传统的中国文化中有其独特的地位。

中国酒文化源远流长，酿酒技术独树一帜，品类繁多，通过本项目的学习，学生能更好地了解中国酒文化的起源及发展历程，妙趣无穷的酒道、酒令、酒联、酒诗、酒事等内容，从而更好地理解酒文化在中国饮食文化中的地位和文化内涵。

学习目标

了解我国酿酒的起源及发展历程；了解我国古代酒具的发展状况和饮酒礼仪；掌握中国酒的各类名品；深入了解中国酿酒的起源和发展，感受古代酒具的韵味和饮酒礼仪的庄重，品味各类名酒的独特魅力，感受美酒与文化艺术交融的绝妙之处，这些都是对中国酒文化的一种深刻理解和独特体验。

思维导图

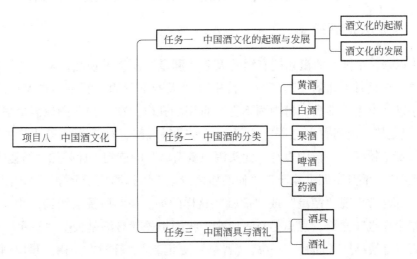

《说文解字》中的"酉"字

酒之名来源于"酉"。

《说文·酉部》："酉，就也。八月黍成，可为酎酒。"按，酉即酒字，酿器形，中有实。"酉"字的甲骨文为独体象形字。八月，谷物成熟，蒸煮之后用竹篓（酉字里面的"儿"字）放入陶器（酉字里面的"口"字）之中，盖上盖子（酉字上面的长横）长时间密封，即可酿制成酒液（酉字里面的短横），密封、存放时间愈久愈醇。后来，酉作为干支字后，人们在酉字边加了水，成为酒，强调坛中饮料的液态性质，沿用至今。东汉许慎的《说文解字》，是我国第一部系统地分析汉字字形和考究字源的字书，其中"酉"部字收录汉字 67 个，是所收录字较多的部首之一。研究《说文解字》的"酉"部字，很快就能对中国传统酒文化有一个初步的了解。

任务一　中国酒文化的起源与发展

视频 8-1　酒的
起源与发展（一）

一、中国酒文化的起源

中国是世界上酿酒历史最悠久的国家之一，早在《诗经》中就记有"十月获稻，为此春酒"和"为此春酒，以介眉寿"的诗句，表明中国酒之兴起，至今已有 5000 年的历史。在这数千年的历史发展过程中，我国酿造出许多誉满天下的名酒，充分反映了中国古代科学技术、社会风俗、文学艺术的发展水平。

关于酒的起源，历来众说纷纭，影响最大、最深入人心的是以下几种。

（一）上天造酒说

自古以来，中国人的祖先就有酒是天上"酒星"所造的说法。素有"诗仙"之称的李白，在《月下独酌·其二》一诗中有"天若不爱酒，酒星不在天"的诗句；东汉末年以"座上客常满，樽中酒不空"自诩的孔融，在《与曹操论酒禁书》中有"天垂酒星之耀，地列酒泉之郡"之说；经常喝得大醉，被誉为"鬼才"的诗人李贺，在《秦王饮酒》一诗中也有"龙头泻酒邀酒星"的诗句。此外如"吾爱李太白，身是酒星魂""酒泉不照九泉下""仰酒旗之景曜""拟酒旗于元象""囚酒星于天岳"等，都经常出现"酒星"或"酒旗"这样的词。窦苹所撰《酒谱》中，也有酒乃"酒星之作也"之语，意思是自古以来，我国祖先就有酒是天上"酒星"所造的说法。酒旗星最早见《周礼》一书，《晋书》更记载："轩辕右角南三星曰酒旗，酒官之旗也，主宴饮食。"轩辕，中国古称星名，共 17 颗星，其中的酒旗三星，呈"一"形排列。在当时科学仪器极其简陋的情况下，中国先民能在浩渺的星汉中观察到这几颗并不怎样明亮"酒旗星"，这不能不说是一个奇迹。但是，认为酒是上天所造，则是缺乏科学依据的。

（二）猿猴造酒说

关于猿猴嗜酒、"造酒"的说法，在许多典籍中都有记载。唐人李肇所撰《国史补》一书，有一段关于人类如何捕捉聪明伶俐的猿猴的记载。猿猴是十分机敏的动物，它们居于深山野林中，出没无常，很难活捉到它们。经过细致观察，人们发现并掌握了猿猴的一个致命弱点，那就是"嗜酒"。于是，人们在猿猴出没的地方，摆几缸香甜浓郁的美酒。猿猴闻香而至，先是在酒缸前踌躇不前，接着便小心翼翼地用指蘸酒吮尝，时间一久，没有发现可疑之处，终于经受不住香甜美酒的诱惑，开怀畅饮起来，直到酩酊大醉，乖乖地被人捉住。猿猴不仅嗜酒，而且还会"造酒"，这在我国的许多典籍中都有记载。清代文人李调元在他的著作中记述："琼州多猿。尝于石岩深处得猿酒，盖猿以稻米杂百花所造，一石六辄有五六升许，味最辣，然极难得。"清代的另一种笔记小说中也说："粤西平乐等府，山中多猿，善采百花酿酒。樵子入山，得其巢穴者，其酒多至数石。饮之，香美异常，名曰猿酒。"看来人们在广东和广西都曾发现过猿猴"造"的酒。无独有偶，早在明朝时期，这类猿猴"造"酒的传说也有过记载，明代文人李日华在他的著述中记载："黄山多猿猱，春夏采杂花果于石洼中，酝酿成酒，香气溢发，闻数百步。野樵深入者或得偷饮之，不可多，多即减酒痕，觉之，众猱伺得人，必嬲死之。"可见，这种猿酒偷饮不得。当然，这里的"酝酿"是指自然变化而成，猿猴久居深山老林中，完全有可能遇到成熟后坠落发酵而带有酒味的果子，从而使猿猴采花果，"酝酿成酒"。不过，猿猴造的这种酒，与人类酿的酒有质的区别，充其量也只能是带有酒味的野果。

这些不同时代的记载，至少可以证明这样的事实，即在猿猴的聚居处，多有类似"酒"的东西发现。含糖水果是猿猴的重要食物。当成熟野果坠落下来后，由于受到果皮上或空气中酵母菌的作用而生成酒，是一种自然现象。猿猴在水果成熟季节，收储大量水果于"石洼中"，堆积的水果受自然界中酵母菌的作用而发酵，在石洼中将"酒"的液体析出，这样的结果，一是并未影响水果的食用，而且析出了液体"酒"，还有一种特别的香味可供享用。猿猴能在不自觉中"造"出酒来，这是既合乎逻辑又合乎情理的事情。当然，猿猴从最初尝到发酵的野果到"酝酿成酒"，是一个漫长的过程。

（三）仪狄造酒说

据《世本》《吕氏春秋》《战国策》等典籍记载，仪狄是夏禹时代的人，是他发明了酿酒。《世本》中记载"仪狄始作酒醪，变五味；少康作秫酒。"《战国策》中说："昔者，帝女令仪狄作酒而美，进之禹，禹饮而甘之，遂疏仪狄，绝旨酒，曰：'后世必有以酒亡其国者。'"仪狄和杜康被认为是酒的始祖，他们似乎无时代先后之分，只是所造之酒是不同的酒。但是，也有人认为，酒不会是仪狄所造。例如，孔子八世孙孔鲋，说帝尧、帝舜都是饮酒量很大的君王，黄帝、尧、舜都早于夏禹，他们饮的酒又是谁造的？可见说夏禹的臣属仪狄"始作酒醪"是不大确切的。

（四）杜康造酒说

我国自古流传着"杜康造酒"一说。晋朝江统在《酒诰》中言："有饭不尽，委之空桑，郁结成味，久蓄气芳，本出于代，不由奇方。"这是说杜康将未吃完的剩饭放置在桑园的树洞里，剩饭在洞中发酵后，有芳香的气味传出，这便是酒的原始做法。另一种说法是，杜康是黄帝部落里一个掌管粮食的官员，因其手下渎职造成粮食发霉变质，被贬职还乡，便把这些发霉变质的粮食运回家乡，遍访民间造酒高手，总结经验，反复实验，终于酿造出美酒。

魏武帝乐府曰："何以解忧，惟有杜康"。自此之后，认为酒就是杜康所创的说法似乎更多。历史上杜康确有其人，古籍中如《世本》《吕氏春秋》《战国策》《说文解字》等，对杜康都有过记载。清乾隆十九年重修的《白水县志》中，对杜康也有过较详细的记载。"杜康，字仲宁，为汉时县之康家卫人，善造酒。"康家卫是一个至今还有的小村庄，西距县城七八公里。村边有一道大沟，长约十公里，最宽处一百多米，最深处也近百米，人们称它"杜康沟"。沟的起源处有一眼泉，四周绿树环绕，草木丛生，名"杜康泉"。县志上说"俗传杜康取此水造酒""乡民谓此水至今有酒味"。有酒味固然不确，但此泉水质清冽甘爽却是事实。清流从泉眼中汩汩涌出，沿着沟底流淌，最后汇入白水河，人们称它为"杜康河"。杜康泉旁边的土坡上，有个直径五六米的大土包，以砖墙围护，传说是杜康埋骸之所。杜康庙就在坟墓左侧，凿壁为室，供奉杜康像，可惜庙与像均已毁。据县志记载，往日，乡民每逢正月二十一日，都要带上供品，到这里来祭祀。如今，杜康墓和杜康庙均在修整，杜康泉上已建好一座凉亭。亭呈六角形，红柱绿瓦，五彩飞檐，楣上绘着"杜康醉刘伶""青梅煮酒论英雄"故事壁画。尽管杜康的出生地等均系"相传"，但考古工作者在此一带发现的残砖断瓦考证，商、周之时，此地确有建筑物，这里的产酒历史也颇为悠久。

二、中国酒文化的发展

视频 8-2 酒的
起源与发展（二）

中国酒的发展历史可以追溯到商代，当时出现了利用谷物糖化再酒化的酿酒技术。先秦时期，出现了活性微生物或其酶类的直接酿酒法。汉代发展了制曲技术并从西域引进了葡萄酒的生产。唐宋开始酿造果酒和药酒。元代出现了蒸馏法酿制的烧酒技术。明清时期，伴随着造酒业的进一步发展，酒度逐渐提高，白酒成为中国人饮用的主要酒类。

在漫长的历史过程中，中国酒大致经历了四个重要的发展时期：原始酿酒期、封建社会酿酒期、近代酿酒业发展期以及现代酿酒业的繁荣期。这四个时期各有特色，反映了中国酒文化的发展和变迁。

（一）原始酿酒期

原始酿酒期是中国酒历史的开端，大约在公元前5000年左右的新石器时代晚期。据考古学家的研究，中国的黄河流域是最早的酿酒地区之一。当时的人们利用野生葡萄和谷物进行发酵，酿制出酒精度较低的果酒和米酒。这些早期的酿酒技术虽然简单，但为后来的酿酒业奠定了基础。

1. 史前时期

原始社会时期，我们的祖先巢栖穴居，以野果果腹。野果中含有能够发酵的糖类，在酵母菌的作用下，可以产生一种具有香甜味的液体，这就是最早出现的天然果酒，"猿猴造酒"的传说里所酿之酒正是这种天然果酒。随着社会的发展，人类社会进入新石器时代，畜牧业逐渐产生并且发展起来，人们发现含糖的兽乳也能在自然界酵母菌等微生物作用发酵成酒。自然发酵成的果酒和用兽乳酿制的酒成为最原始、最古老的酒。

2. 夏商周时期

夏商周时期已经拥有比较高的酿酒技术。当时的酿酒方式主要有两种：一是用酒曲酿酒，二是用糵粮制醴。

夏朝人喜好饮酒，已经出现了饮酒的器皿——酒器爵，是古代中国用于盛放和斟倒酒的一种酒具。据考古学家的研究，夏朝的酒器爵形状独特，通常为两部分组成，上部为尖顶的杯状，下部为三足或四足的底座。这种设计既方便了饮酒者的操作，又体现了古代中国人的智慧和审美。在夏朝，酒器爵不仅用于日常饮酒，还常出现在各种重要的社会活动中。例如，祭祀、宴会、庆典等场合，都离不开酒器爵的身影。在这些场合中，酒器爵的使用往往充满了象征意义。

到了商代，饮酒更加普遍，酒的制造经验已很丰富。《尚书·商书·说命下》中说："若作酒醴，尔惟麹糵；若作和羹，尔为盐梅。"酒的广泛饮用也引起商统治者的高度重视。伊尹是商汤王的右相，助汤王掌政有功，德高望重。汤王逝世，太甲继位，为商朝长治久安而作《伊训》，力劝太甲认真继承祖业，不忘夏桀荒淫无度导致灭亡的教训。教育太甲，常舞则荒淫，乐酒则废德，因此，卿士有一于身则丧家，邦君有一于身则亡国。但是，奴隶制国家的统治者并不能都接受其教训，到了商纣王时，还是荒淫无度，酒色失常，暴虐无道，结果被周所灭。

周王朝在社会上大力推行礼制，倡导"酒德""酒礼"，同时出现了"酒祭文化"。酒祭文化的起源可以追溯到远古时期。在那个时候，人们相信神灵的存在，认为神灵能够掌控自然，决定生死。因此，人们通过祭祀来祈求神灵的庇护，希望能够得到丰收、平安和幸福。在这个过程中，酒成为祭祀的重要工具。人们用酒来祭祀神灵，希望神灵能够接受他们的敬意和诚心。在周王朝时期，酒祭文化达到了鼎盛。周王朝的人们非常重视酒祭，他们认为酒祭祀是一种神圣的仪式，是对神灵的最高敬意。在祭祀活动中，人们会将酒倒在祭台上，然后向神灵献上香烛和祭品，以此来表达对神灵的敬畏和尊重。同时，他们也会在祭祀后分享酒食，以此来增进人与人之间的感情和友谊。随着政治、经济、文化的发展，作为经济和文化组成部分的酒，也在不断发展。

（二）封建社会酿酒期

封建社会时期，大约从春秋战国到公元 1840 年，是中国酒的重要发展阶段。这一时期的中国酒文化主要体现在以下几个方面：一是酿酒技术的提高和创新，如酿造工艺的改进、酒曲的使用等；二是酒的种类增多，除了传统的果酒和米酒外，还有黄酒、白酒等；三是酒的地位提升，成为社交、宴请、祭祀等活动的重要元素。此外，许多著名的酒品也在这个时期诞生，如杜康酒、泸州老窖等。

1. 春秋战国

公元前 770 年至公元前 221 年为我国历史上的春秋战国时期，这段时期由于铁制工具的使用，生产技术有了很大改进，物质财富大大增加，为酒的发展提供了丰富的物质基础，这一时期的文献，对酒的记载很多。在许多诗歌和散文中，酒都被赞美为"美酒""佳酿"。例如，《诗经》中的《大雅·生民》就写道："有酒食维以嘉客。"这里的"嘉客"指的是尊贵的客人，而"有酒食"则表示主人的热情款待。这种对酒的赞美，反映出春秋战国时期人们对酒的热爱和尊重。在《论语》中，孔子曾经说过："君子有三戒：少之时血气未定，戒之在色；及其壮也，血气方刚，戒之在斗；及其老也，血气既衰，戒之在得。"这里的"戒之在得"，就指饮酒过度的危害。这种对酒的批判，反映出春秋战国时期人们对酒的态度是理性的和审慎的。

总的来说，春秋战国时期的文献中关于酒的记载，既有对酒的赞美和欣赏，也有对酒的批判和反思。这些记载不仅反映了当时社会的风俗习惯和人们的生活方式，也揭示了古代中国人对酒的独特理解和态度。

2. 秦汉至唐宋时期

从秦王朝统一中国开始到唐宋时期，是中国传统酒的成熟期，这主要表现在拥有了比较系统而完整的酿造技术与理论。在秦汉时期，酒得到了极大的发展，成为人们日常生活中的饮品。资料显示在东汉时期就有人用青铜蒸馏了，但当蒸馏器并不一定非去蒸馏酒，还可以蒸馏其他物质，如香水业蒸馏花露水，药业蒸馏医用水，中国古代的炼丹术业也可能采用过蒸馏法。东汉时代，我国传统的发酵酒尚处于低级阶段，酿酒的酒度之低，也就和今天的啤酒差不多。在这一时期，酒业开始兴旺发达。因为自东汉以来，在长达两个多世纪的时间内战乱纷争不断，统治阶级内部产生了不少失意者，文人墨客崇尚空谈，不问政事，借酒浇愁，狂饮无度，促进了酒业大兴。魏晋之时，饮酒不但盛行于上层，而且早已普及到民间的普通人家。在北魏贾思勰的《齐民要术》中，有许多关于制曲和酿酒方法的记载，如用曲的方法、酸浆的使用、固态及半固态发酵法、九酝春酒法与"曲势"、温度的控制、酿酒的后道处理技术等，是中国历史上第一次对酿酒技术的系统总结。唐宋时期，在我国古代酿酒历史上，学术水平最高，最能完整体现我国黄酒酿造科技精华，在酿酒实践中最有指导价值的酿酒专著是北宋末期成书的《北山酒经》。唐朝时期是中国诗歌史上一个辉煌时期。在这个时期，饮酒已经成为一种文化现象。唐诗中有大量描写饮酒场景和赞美酒的句子。如"主称会面难，一举累十觞。""绿蚁新醅酒，红泥小火炉。晚来天欲雪，能饮一杯无？""开轩面场圃，把酒话桑麻。"等等一些脍炙人口、与酒相关的诗句。

3. 元明清时期

元明清时期是中国传统酒的提高期。其间由于西域的蒸馏器传入我国，从而促进了举世闻名的中国白酒的发明。白酒、黄酒、果酒、葡萄酒、药酒五类酒，竞相发展，绚丽多彩，而中国白酒则逐渐深入生活，成为人们普遍接受的饮料佳品，到明朝时已占领了北方的大部分市场，清代时更是成为商品酒的主流。相比之下，黄酒产区日趋萎缩，产量下降。其中的主要原因是蒸馏白酒的酒度高，刺激性大，香气独特，平民百姓即使花费不多也能满足需要，因而白酒受到广泛喜爱。

在元明清这三个重要的历史时期，中国酒的发展情况呈现出了独特的特点和趋势。这一时期的中国酒文化，不仅在中国的酒业历史上占据了重要的地位，而且对于全球酒文化的发展和传播也产生了深远的影响。

首先，元明清时期的中国酒业发展非常迅速。随着社会经济的繁荣和农业技术的发展，酿酒技术得到了显著的提高，酒的种类和品质也日益丰富和多样。特别是在这个时期，白酒的生产技术和工艺达到了前所未有的高度，成为中国酒业的主流。

其次，元明清时期的中国酒文化也非常丰富。这个时期的酒不仅仅是一种饮料，更是一种社交的工具和文化的象征。人们在饮酒的同时，也在享受着音乐、诗词、艺术等多种文化形式。这种酒文化的繁荣和发展，使得中国的酒业在世界酒业中独树一帜。

最后，元明清时期的中国酒业对于全球酒文化的发展也产生了深远的影响。中国的白酒技术和工艺，以及丰富的酒文化，都对全球的酒业产生了重要的影响。特别是在欧洲和美洲，中国的白酒技术和工艺被广泛采用和传播，使得中国的酒文化得以在全球范围内传播和发扬。

（三）近代酿酒业发展期

19 世纪末至 20 世纪初，中国酒业经历了一场前所未有的变革。这一时期，随着西方科技的引进和中国工业化的推进，酿酒技术得到了前所未有的提升。同时，中国酒也开始走向世界，成为中国文化的重要载体之一。

在这个过程中，洋务运动的推动作用不可忽视。洋务运动期间，中国政府开始大力推广西方科技，其中包括酿酒技术。一批有远见的酿酒师傅开始学习西方的酿酒技术，尝试将西方的酿酒理念融入传统的中国酒酿造中。由于西方科学技术的进入和利用，西方的酒类品种及生产方式开始对中国产生影响，中国酒逐渐进入变革与繁荣时期。在民国时期，中国酿酒技术的变革与发展主要表现在三个方面：一是机械化酿酒工厂的建立，如中国最早的葡萄酒厂于 1892 年在山东烟台创办，最早的啤酒厂和酒精厂也于 1900 年在哈尔滨建立；二是发酵科学技术研究机构的设立和人才的培养，如 1931 年正式开工的中央工业试验所的酿造工厂是中国最早的酿造科学研究所，该所不仅进行酿酒技术的科学研究，而且还担负了培养酿酒技术人才的任务；三是酿酒科学研究的兴起，从 20 世纪二三十年代开始，中国开始对发酵微生物的分离进行鉴定，酿酒技术也得到了改良。

（四）现代酿酒业的繁荣期

中国现代酿酒业的繁荣期可以追溯到 1949 年新中国成立后。新中国成立后，中国的酿酒技术有了许多突破性发展，表现在五个方面。一是黄酒生产技术的发展，如用粳米代替糯米，用机械化和自动化输送原料，对黄酒糖化发酵剂的革新，以及在黄酒的压榨及过滤工艺、灭菌设备的更新、储藏和包装等方面取得的显著进步。二是白酒生产技术的发展。其主要特征是围绕提高出酒率、改善酒质、变高度酒为低度酒、提高机械化生产水平、降低劳动强度等方面的问题进行了一系列改革。三是啤酒工业的发展。50 年代前后，中国的啤酒产量仅有 1 万至 4 万吨。改革开放后，中国的啤酒工业进入了高速发展时期。一些现代化的国外啤酒生产设备引进到国内，啤酒厂的生产规模得到前所未有的扩大。到 20 世纪 90 年代，中国啤酒的年产量已接近 2000 万吨。四是葡萄酒工业的发展。葡萄酒的生产、科研、设计以及对外合作等方面都取得了可喜的成绩，如今中国的葡萄酒质量已接近或达到国际先进水平。五是酒精生产技术的发展。20 世纪 50 年代以前，中国的酒精工业发展缓慢、技术水平落后，除酒精回收采用连续蒸馏外，其他均为间歇工艺，原料不经粉碎，糖化剂采用绿麦芽，淀粉利用率仅 60% 左右。经过半个多世纪的发展，中国的酒精工业有了翻天覆地的变化，淀粉利用率已达到 92% 与国际水平相差无几。进入 21 世纪，中国酒的发展进入了一个新的阶段。一方面，中国的酿酒技术在全球范围内得到了广泛的认可。中国的白酒、黄酒、葡萄酒等都在国际酒坛上取得了一席之地。另一方面，中国酒也开始走向国际化。许多中国的酿酒品牌开始走出国门，成为全球消费者的选择。具体来说，2020 年白酒行业实现利润总额达到 1585.41 亿元，占据酿酒行业总利润的 88.5%，高居于首位；其次是啤酒行业的利润总额达到 133.91 亿元。

总的来说，现代酿酒时期中国酒的发展状况是一段充满挑战和创新的历程。在这个过程中，中国的酿酒师傅们凭借他们的智慧和勇气，成功地将中国酒推向了新的高度。他们的故事不仅是中国酒发展的历史，也是中国文化自信和创新精神的体现。

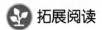 **拓展阅读**

中国酒之最

人类最先学会酿造的酒：果酒和乳酒。

我国最早的麦芽酿成的酒精饮料：醴。

我国最富有民族特色的酒：黄酒和白酒。

我国最早的机械化葡萄酒厂：烟台张裕葡萄酿酒公司。

我国最早的啤酒厂建于 1900 年，哈尔滨。

记载酒的最早文字：商代甲骨文。

最早的药酒生产工艺记载：西汉马王堆出土的帛书《养生方》。

葡萄酒的最早记载：司马迁的《史记·大宛列传》。

麦芽制造方法的记载：北魏贾思勰的《齐民要术》。

现存最古老的酒：1980 年在河南商代后期（距今约三千年）古墓出土的酒，现存故宫博物院。

酒价的最早记载：汉代始元六年（公元前 81 年），官卖酒，每升四钱。

最早的卖酒广告记载：战国末期韩非子《宋人酤酒》"宋人酤酒，悬帜甚高"（帜：酒旗）。

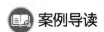 **案例导读**

茅台与五粮液之战

中国的白酒行业，有这样一对"绝代双骄"，如同饮料业中的可口可乐和百事可乐、快餐业中的麦当劳与肯德基……两者相克相生、共同发展。

茅台——被誉为中国的"国酒"。茅台的历史源远流长，从汉武帝"甘美之"的褒奖、1915 年巴拿马万国博览会金奖，到与新中国开国元勋们结缘，茅台在国人的心中形成了无法撼动的至尊地位。

五粮液——被誉为中国的"酒业大王"。明代酒窖酿制的美酒，在市场经济的风起云涌中携多元品牌之力，不到 20 年的时间里，把烽火烧遍大江南北。近年来，随着"中国的五粮液，世界的五粮液"口号的提出，其"霸势"已成气候。

茅台与五粮液之战可以追溯到20世纪50年代初，当时茅台酒还是地方酒，而五粮液则是全国性的品牌。在1972年，五粮液成为中国第一瓶注册商标的白酒，而茅台酒则在1982年才获得了商标注册。此后，两家企业开始了长达几十年的竞争。五粮液凭借着自己的品牌优势和渠道优势，一度占据了市场份额的领先地位。但是，茅台酒凭借自己的品质和文化底蕴，逐渐赢得了消费者的青睐，成为中国白酒行业的龙头企业之一。

视频 8-3　酒的种类

任务二　中国酒的分类

凡是含有乙醇（也就是酒精）成分的饮料都叫酒。酒的品种成千上万，分类方法各不相同。因其生产方法的不同、含酒精量的多少、酿酒原料不一和商业上的习惯差异等，所以分类方法和标准不一。按生产方法的不同来分，可分为蒸馏酒、发酵酒、配制酒三大类；若按酒精含量不同分，又可分为高度酒（40度以上）、中度酒（40度以下20度以上）和低度酒（20度以下）；若按商业习惯分，可分为黄酒、白酒、果酒、药酒、啤酒五大类。

我国比较习惯根据商业上的传统习惯给酒分类。下面分别介绍黄酒、白酒、果酒、啤酒和药酒及其代表名品。

一、黄酒

黄酒是中国生产历史悠久的传统酒品，因其颜色黄亮而得名。它以糯米、玉米、黍米和大米等粮谷类为原料，经酒药、麦曲发酵压榨而成。酒性醇和，适于用陶质坛装、泥土封口后长期储存，有越陈越香的特点，属低度发酵的原汁酒。酒度一般在12%至18%（V/V）之间。黄酒的特点是酒质醇厚幽香，味感谐和鲜美，有一定的营养价值。黄酒除饮用外，还可作为中药的"药引子"。在烹饪菜肴时，它又是一种调料，对于鱼、肉等荤腥菜肴有去腥提味的作用。

黄酒的质量高低是根据其色、香、味的特点进行评定的，色泽以浅黄澄清（即墨黄酒除外）、无沉淀物者为优，香气以浓郁者为优，味道以醇厚稍甜、无酸涩味者为优。

目前，我国生产黄酒的地区主要集中在山东、陕西、浙江、江苏、福建、广东等地，主要品种有山东即墨黄酒、浙江绍兴元红酒、福建龙岩沉缸酒。

二、白酒

白酒是蒸馏酒的一种，是以高粱等粮谷为主要原料，以大曲、小曲或麸曲及酒母

图 8-1　黄酒

为糖化发酵剂，经蒸煮、糖化、发酵、蒸馏、陈酿、勾兑而制成的。中国白酒与白兰地、威士忌、伏特加、朗姆、金酒并列为世界六大蒸馏酒。

中国白酒的特点是无色透明，质地纯净，醇香浓郁，味感丰富，酒度在 30%（V/V）以上，刺激性较强。白酒质量的高低是根据其色泽、香气和滋味等进行评定的。质量优良的白酒，在色泽上应是无色透明，瓶内无悬浮物、无沉淀现象；在香气上应具备本身特有的酒味和醇香，其香气又分为溢香、喷香和留香等；在滋味上，应是酒味醇正，各味协调，无强烈的刺激性。根据其原料和生产工艺的不同，白酒形成了不同的香型与风格，大致分为五种：清香型、浓香型、酱香型、米香型、其他香型。在中国白酒中，生产得最多的是浓香型白酒，清香型白酒次之，其余的生产量则较少。

白酒作为我国传统而独具的产品，酿造工艺丰富多彩，不同香型代表名品较多。例如酱香型白酒以贵州茅台为代表；浓香型白酒以五粮液、剑南春为代表；清香型白酒以山西汾酒、河南宝丰酒为代表；米香型白酒以广西三花酒为代表。

图 8-2　白酒

三、果酒

凡是用水果、浆果为原料直接发酵酿造的酒都可以称为果酒，果酒品种繁多，酒

图 8-3　葡萄酒

度在 15%（V/V）左右。各种果酒大都以果实名称命名。果酒因选用的果实原料不同而风味各异，但都具有其原料果实的芳香，并具有令人喜爱的天然色泽和醇美滋味。果酒中含有较多的营养成分，如糖类、矿物质和维生素等。由于人们更喜欢用葡萄来酿造酒，其产量较大，而以其他果实酿造的酒在产量上较少，所以果酒又常常分成葡萄酒类和其他果酒类。

中国的果酒中葡萄酒以其优质的品质、优良的品种、独特的风味赢得世界消费者的认可，其代表名品有张裕葡萄酒、长城葡萄酒、王朝葡萄酒、威龙葡萄酒。

四、啤酒

啤酒是以大麦为原料，啤酒花为香料，经过发芽、糖化、发酵制成的一种低酒精含量的原汁酒，通常人们把它看作一种清凉饮料。它的特点是有显著的麦芽和啤酒花的清香，味道纯正爽口。其酒精含量在 2%~5%（V/V）之间，但含有大量的二氧化碳和 11 种维生素、17 种氨基酸等成分，营养丰富，能帮助消化，促进食欲。每 1 升啤酒经消化后产生的热量，相当于 10 个鸡蛋、或 500 克瘦肉、或 200 毫升牛奶所产生的热量，故有"液体面包"之称。

啤酒质量的鉴定是从透明度、色泽、泡沫、香气、滋味等方面来检查的，质量优良的啤酒应是酒液透明、有光泽，色泽深浅因品种而异，泡沫洁白细腻、持久挂杯，有强烈的麦芽香气和酒花苦而爽口的口感。

图 8-4　啤酒

当今世界上有众多著名的啤酒生产商，其产品也多种多样，中国最著名的啤酒品牌有山东的青岛啤酒；黑龙江的哈尔滨啤酒；北京的雪花啤酒、燕京啤酒；新疆的乌苏啤酒。

五、药酒

药酒属配制酒，是以成品酒（大多用白酒）为酒基，配各种中药材和糖料，经过酿造或浸泡制成的具有不同作用的酒品。药酒是中国的传统产品，品种繁多，其功效各异，主要分为两大类。一类是滋补酒，它既是一种饮料酒，又有滋补作用，如五味子酒、男士专用酒、女士美容酒。另一类是药用酒，是利用酒精提取中药材中的有效成分，提高药物的疗效。这种酒是真正的药酒，大都在中药店出售。

中国药酒的代表名品有很多，其中比较有名的有北京护骨酒、山西竹叶青酒、广州三蛇酒、百岁酒、劲酒、椰岛鹿龟酒等。

拓展阅读

中国史上十大贡酒

中国古代十大宫廷贡酒，或以其香醇宜人的醇美，或以益寿养生的功效，而叱咤一时，甚至流芳后世。如今，这十大贡酒还在吗？它们都经过了怎么样的身世浮沉？今人还能见识到货真价实的贡酒，品到当年只有九五之尊或皇宫贵戚才有资格品到的好酒吗？

视频8-4 中国名酒

1. 九酝春酒

东汉建安年间（公元196年至公元220年），曹操将家乡安徽亳州的"九酝春酒"以及酿造方法献给汉献帝刘协，从此该酒成为历代皇室贡品。这便是今天中国八大名酒之一的古井贡酒的源头。

古井贡酒的商标注册却颇费周折：1960年古井酒厂按级申请注册古井牌古井贡酒商标时，中国工商行政管理局却致函答复，"古井贡酒"最好改为"古井酒"，也就是"贡"字不能用。后经据理力争，后经中央工商行政管理局同意使用古井牌古井贡酒的注册商标和产品简介。古井贡酒1960年5月被评为安徽省名酒，1963年11月，在全国第二届评酒会上，被评为中国八大名酒第二名。

2. 鹤年贡酒

创立于明朝永乐三年的北京鹤年堂在明、清两朝就专门为皇宫配制御用养生酒、养生茶等。鹤年堂用佛手、桂花、金橘、茵陈、玫瑰等配以多种中药泡制成佳酿，具有解郁理气、保胆利肝、补气养血之功效。据说，严嵩曾到鹤年堂讨教调养之方，鹤年堂幼主曹永利用结合祖先之法，以培植中气、调节气血运行的原理给他配制了

"鹤年长生不老酒"，用了年余，竟然白发变黑，脸色红润。严嵩和他的家人始终都在使用鹤年堂配制的中草药，"鹤年长生不老酒"更是每日必饮，身体慢慢调养得非常健康，严嵩一生在政治斗争的旋涡中竟然活了89岁高龄。严嵩喝鹤年长生不老酒而神爽体健之事，后来传到了嘉庆皇帝的耳朵里，他是又喜又怒，喜的是世上竟然有此等妙方，怒的是"严嵩有此秘方，未尝呈录，可见人心是难料啊！"于是传旨命太医院到鹤年堂照方配酒，交将此方改名为"鹤年寿酒"，列为宫廷秘方，严令不得外传。此方也秘传至今，2002年后，鹤年堂按照古方和工艺配制的福、禄、寿、禧系列贡酒，上市之后一直受到京城百姓的欢迎。

3. 枣集美酒

枣集镇（现河南省鹿邑县境内）是我国著名的传统酒乡，是道教鼻祖老子的诞生地。其酿酒历史久远，宋真宗赵恒于中祥符七年来鹿邑拜老子，饮用枣集酒后下诏地方每年进贡两万斤枣集酒作为宫廷之用。今天的中国名酒宋河粮液便是出自此地。

4. 酃酒

酃酒又名醽醁酒、胡之酒。在北魏时就成为宫廷的贡酒，还被历代帝王作为祭祀祖先最佳的祭酒。最初是湖南衡阳酃湖附近农民自制的"家作酒"，后逐步进入市场。今衡阳四乡，每家每户都会酿制。湖之酒除作饮料酒外，还用来作烹调佐料，除腐去腥，添色添香。

5. 鸿茅酒

鸿茅酒始创于清代康熙三十二年（公元1693年），产于内蒙古凉城县的鸿茅古镇。独特的地域风貌，气候环境、上乘水质、酿造工艺，造就了鸿茅酒绵爽清冽，香醇宜人。清乾隆四年（1739年），山西名医王吉天行医途径鸿茅古镇，为古镇风光及佳酿所动，便买下了鸿茅酒酿制缸坊，选用60多种上等中药材用该酒浸提，发明了具有祛风除湿、补气通络、舒筋活血、健脾温肾等疗效的鸿茅药酒。道光年间，鸿茅酒与鸿茅药酒一并被选为宫廷贡酒。时至今日，在全国市场依然保持着畅销势头。2008年，鸿茅药酒作为唯一的药酒，入选我国"非物质文化遗产名录"。

6. 羊羔美酒

羊羔美酒产于宁夏灵州，配方独特，选用黍米、嫩羊肉、鲜水果及中药材陈酿而成，具有滋润肺、增补元气等功效。相传，唐太宗李世民在征战中得羊羔酒之助，遂加封为"世袭御酒"，专供皇宫享用。《本草纲目》《红楼梦》等名著中都提到羊羔酒。近年，羊羔酒酿造工艺在失传百年后，被当地专家重新发掘，有望在不久的将来重回市场。

7. 杏花村汾酒

据《北齐书》记载，杏花村汾酒在1500年前的南北朝时期就已经成为宫廷贡酒，以清澈干净、清香纯正、绵甜味长著称于世。唐代大诗人杜牧"借问酒家何处有，牧童遥指杏花村"的佳句，更使其天下闻名。1915年，汾酒在巴拿马万国博览会上荣获金奖，1953年以来，连续被评为全国"八大名酒"和"十八大名酒"之列。

8. 五加皮酒

五加皮酒，堪称最古老的贡酒之一。此酒选用五加皮、砂仁、玉竹等20多味中药材，用糯米陈白酒浸泡，再加精白糖和本地特产蜜酒制成，能舒筋活血、祛风湿，长期服用可以延年益寿。致中和五加皮酒为浙江省传统名酒之一，至今保持着上万吨的年销量。

9. 菊花酒

我国酿制菊花酒，早在汉魏时期就已盛行。据东晋葛洪的《西京杂记》所记载，汉高祖时，宫中"九月九日佩茱萸，食蓬饵，饮菊花酒。云令人长寿"。重阳酿酒、赏酒这一习俗在民间持续传承，山东藤县、临沂、日照等地，在近现代仍多于重阳造菊花酒。

10. 同盛金烧酒

1996年6月9日，人们搬迁锦州凌川酿酒总厂的老厂时，偶然在地下发现了四个木制的酒海（古代酒的容器），酒海内竟然完好地保存着香气宜人的白酒。据辽宁省考古研究所和中国食品工艺协会白酒专业协会反复考证后认为：这批由同盛金酒坊在清道光二十五年封存的清朝贡酒，是世界上穴藏时间最长的白酒，它和盛酒器皿的发现，对中国酒文化的研究具有极其重要的价值。

案例导读

《长安三万里》一股浓浓酒意！

近几日，小伙伴的朋友圈被《长安三万里》刷了屏，在电影中除了诗歌，另一个重要意象便是"酒"。

影片以高适的回忆串起了李白、杜甫、王维等数十位"顶流"的大唐往事。片中李白一生都在出世和入世之间挣扎，唯独不停的是杯中酒、笔下诗。影片弥漫着一股浓浓的酒意！李白和高适鄱阳湖初遇要喝酒、朋友扬州欢聚要酒助兴、思念故乡时须有酒、入仕交际要把酒言欢、怀才不遇时借酒消愁、就连修道时也要喝个痛快……在影片中古人的生活里，酒占据了重要地位，祭祀庆典、缅怀先祖若无酒，情感则无以寄托；婚丧嫁娶、喜庆痛苦若无酒，爱情忠孝无以寄托；迎来送往、接风洗尘若无酒，朋友的深情厚谊无以表述。总之，无酒不成席、无酒不成礼、无酒不成俗，离开酒，礼仪风俗便无所依托。

任务三　中国酒具与酒礼

一、中国的酒具

视频8-5　酒具

中国的酒具不仅仅是饮酒时候的工具，更是具有艺术价值的工艺品，它的二重性历来被重视。中国的酒礼最初来自对鬼神的崇拜，历经岁月后发生改变，融入更多的社会因素，形成了具有民族特色的礼仪规范。

酒具，是酒文化最原始的载体。酒具包括盛酒的容器和饮酒的饮具，甚至包括早期制酒的工具。有了酒具，酒在进入我们的胃肠之前，才有了诗意的停泊，才有了"茂林修竹"和"曲水流觞"的兰亭雅事，才有了"玉碗盛来琥珀光"和"金樽美酒斗十千"的别样情致，也演绎了"李白斗酒诗百篇，天子呼来不上船"的传世风流。

酒具有金、石、玉、瓷、犀角与奇木等材质上的区别，又有樽、壶、杯、盏、觞与斗等器型上的分类。酒具的优劣，可以体现饮酒人不同的身份；酒具的演变，可以观照时代的变迁。

（一）原始社会的陶制酒具

原始农业的兴起，人们不仅有了赖以生存的粮食，随时还可以用谷物作酿酒原料酿酒。陶器的出现，人们开始有了炊具。从炊具开始，又分化出了专门的饮酒器具。

图8-5　袋足陶鬶

究竟最早的专用酒具起源于何时，还很难定论。因为在古代，一器多用应是很普遍的。远古时期的酒，是未经过滤的酒醪，呈糊状和半流质，对于这种酒，就不适于饮用，而是食用。故食用的酒具应是一般的食具，如碗、钵等大口器皿。早在公元六千多年前的新石器文化时期，出现了形状类似于后世酒器的陶器，如裴李岗文化时期的陶器。在现今山东的大汶口文化时期的一个墓穴中，曾出土了大量的酒器（酿酒和饮酒器具），据考古人员的分析，死者生前可能是一个专职的酒具制作者。在新石器时期晚期，尤以龙山文化时期为代表，酒器的类型增加，用途明确，与后世的酒器有较大的相似性。这些酒器有罐、瓮、盂、碗、杯等。酒杯的种类繁多，有平底杯、圈足杯、高圈足、曲腹杯、弧形杯等。

（二）商周时期的青铜酒器

商周的青铜器共分为食器、酒器、水器和乐器四大部，共五十类，其中酒器占二十四类。按用途分为煮酒器、盛酒器、饮酒器、贮酒器，此外还有礼器。形制丰富，变化多样。但也有基本组合，其基本组合主要是爵与觚，同一形制，其外形、风格也带有不同历史时期的烙印。当时的职业中还出现了"长勺氏"和"尾勺氏"这种专门以制作酒具为生的氏族。

（三）汉代的漆制酒器

商周以后，青铜酒器逐渐衰落，秦汉之际，在中国的南方，漆制酒具流行。漆器成为两汉、魏晋时期的主要类型。漆制酒具，其形制基本上继承了青铜酒器的形制，有盛酒器具和饮酒器具。饮酒器具中，漆制耳杯是常见。在长沙马王堆一号墓中出土了耳杯 90 件。汉代，人们饮酒一般是席地而坐，酒樽放入在席地中间，里面放着挹酒的勺，饮酒器具也置于地上，故形体较矮胖。魏晋时期开始流行坐床，酒具变得较为瘦长。

图 8-6　青铜酒器

图 8-7　漆制酒器

（四）唐宋的瓷制酒器

唐代的酒杯形体比过去的要小得多，故有人认为唐代出现了蒸馏酒。唐代出现了桌子，也出现了一些适于在桌上使用的酒具，如注子，唐人称为"偏提"，其形状似今日之酒壶，有喙、有柄，即能盛酒，又可注酒于酒杯中。因而取代了以前的樽、勺。

宋代是陶瓷生产鼎盛时期，有不少精美的酒器。宋代人喜欢将黄酒温热后饮用，故发明了注子和注碗配套组合。使用时，将盛有酒的注子置于注碗中，往注碗中注入热水，可以温酒。瓷制酒器一直沿用至今。

（五）明清的精致酒器

明清时期，是中国古代瓷酒器发展的鼎盛时期。明成化年间，制瓷业有了前所未有的发展，所烧各式酒杯更是技高一筹，被人称为"成窑酒杯"。此时的青花瓷也引人注目，尤其所绘图案与中国古代绘画艺术融为一体，给人以清淡典雅、明暗清晰的感觉。

清王朝时期，由于康熙、雍正、乾隆三代对瓷器的喜好，中国制瓷业得到进一步发展，瓷器除青花、斗彩、冬青外，又新创制了"粉彩""珐琅彩"和"古铜彩"等品种，真可谓"五光十色，耀眼夺目，万紫千红，美不胜收"。

图 8-8　瓷制酒壶

图 8-9　酒壶

视频 8-6　酒趣

二、中国的酒礼

中国素有"礼仪之邦"的美誉。自夏商周以来，礼就成为人们生活的准则，古代的礼渗透到国家政治制度、百姓伦理道德、生活婚丧嫁娶等各个方面，酒行为自然也纳入其中，这就产生酒行为的礼节——酒礼。到了西周，酒礼成为最严格的礼节。周公颁布的《酒诰》，明确指出天帝造酒的目的并非供人享用，而是为了祭祀天地神灵和列祖列宗，严格禁止"群饮""崇饮"，违者处以死刑。秦汉以后，随着礼乐文化的确立与巩固，酒文化中"礼"的色彩也愈来愈浓，《酒戒》《酒警》《酒觞》《酒诰》《酒箴》《酒德》《酒政》之类的文章比比皆是，完全把酒纳入了礼仪的范畴。为了保证酒礼的执行，历代都设有酒官。周有酒正、汉有酒士、晋有酒丞、齐有酒吏、梁有酒库丞等。

（一）酒礼

传说钟毓和钟会幼时，一次，他们都以为父亲睡着了，遂邀约偷喝酒。其实父亲并未熟睡，不过是想窥视他们兄弟二人偷喝酒时的情状。父亲发现，毓喝酒，"拜而后饮"，会则"饮而不拜"。于是各问其缘由。毓曰："酒以成礼，不敢不拜。"而会则曰："偷本非礼，所以不拜。"这个典故很有趣，说明古人饮酒时都讲究一定的礼节。这种礼节，使饮酒成为一种庄重的活动、一种仪式，所以，饮酒不能失礼。

古代饮酒的礼仪约有四步：拜、祭、啐、卒爵。就是先作出拜的动作，表示敬意，接着把酒倒出一点在地上，祭谢大地生养之德；然后尝尝酒味，并加以赞扬令主人高兴；最后仰杯而尽。

主人和宾客一起饮酒时，要相互跪拜。晚辈在长辈面前饮酒，叫侍饮，通常要先行跪拜礼，然后坐入次席。长辈命晚辈饮酒，晚辈才可举杯；长辈酒杯中的酒尚未饮完，晚辈也不能先饮尽。

在酒宴上，主人要向客人敬酒（叫酬），客人要回敬主人（叫酢），敬酒时还有说上几句敬酒辞。客人之间相互也可敬酒（叫旅酬）。有时还要依次向人敬酒（叫行酒）。敬酒时，敬酒的人和被敬酒的人都要"避席"，起立。普通敬酒以三杯为度。

现代酒礼的一般原则是长者（尊者）在先、宾客在先、女士优先。随着社会的发展，现代酒礼在吸取传统酒礼民主性精华的基础之上，不断与时俱进、开拓创新，充实和完善了新的时代内容，形成了具有中国特色的科学、文明、健康的社会主义新酒礼。古代的酒礼已经成为了一种中国独有的传统文化，而随着现代生活因素的改变，平等与民主的思想影响越来越深，中国酒桌上的礼仪也随之改变，形成了中国独特的现代酒礼文化。

（二）酒令

饮酒行令，是中国人在饮酒时助兴的一种特有方式，是中国人的独创。它既是一种烘托、融洽饮酒气氛的娱乐活动，又是一种斗智斗巧、提高宴饮品位的文化艺术。酒令的内容涉及诗歌、谜语、对联、投壶、舞蹈、下棋、游戏、猜拳、成语、典故、人名、书名、花名、药名等方面的文化知识，大致可以分为三类。

1. 雅令

雅令的行令方法是：先推一人为令官，或出诗句，或出对子，其他人按首令之意续令，所续必在内容与形式上相符，不然则被罚饮酒。行雅令时，必须引经据典，分韵联吟，当席构思，即席应对，这就要求行酒令者既有文采和才华，又要敏捷和机智，所以它是酒令中最能展示饮者才思的项目。在形式上，雅令有作诗、联句、道名、拆字、改字等多种，因此又可以称为文字令。

2. 通令

通令的行令方法主要为掷骰、抽签、划拳、猜数等。通令运用范围广，一般人均可参与，很容易造成酒宴中热闹的气氛，因此较流行。

3. 筹令

所谓筹令，是把酒令写在酒筹之上，抽到酒筹的人依照筹上酒令的规定饮酒。筹令运用较为便利，但制作要费许多工夫，要做好筹签，刻写上令辞和酒约。

最早的酒令，完全是在酒宴中维护礼法的条规。在古代还设有"立之监""佐主史"的令官，即酒令的执法者，古代酒令是限制饮酒而不是劝人多饮的。随着历史的发展，时间的推移，酒令愈来愈成为席间游戏助兴的活动，以致原有的礼节内容完全丧失，纯粹成为酒酣耳热时比赛劝酒的助兴节目，最后归结为罚酒的手段。

（三）酒与文学艺术

酒，在人类文化的历史长河中，已不仅仅是一种客观的物质存在，而是一种文化象征，即酒神精神的象征。在文学艺术的王国中，酒神精神无所不往，它对文学艺术家及其创造的登峰造极之作产生了巨大深远的影响。

1. 诗歌与酒

酒能激发灵感，活跃形象思维；酒后吟诗作文，每有佳句华章。饮酒本身，也往往成为创作素材。一部中国文学史，几乎页页都散发出酒香。上古时期，《诗经》305 篇作品中有 40 多首与酒有关，唐宋诗文里写饮酒的多达上千首。曹操"对酒当歌，人生几何"，苏轼"明月几时有，把酒问青天"，范仲淹"酒入愁肠，化作相思泪"。李白和杜甫，中国文人的杰出代表，都终生嗜酒。李白自称"酒仙"，"李白斗酒诗百篇，长安市上酒家眠，天子呼来不上船，自称臣是酒中仙。"（杜甫《饮中八仙歌》）"醉里从为客，诗成觉有神。"（杜甫《独酌成诗》）"俯仰各有志，得酒诗自成。"（苏轼《和陶渊明〈饮酒〉》）"一杯未尽诗已成，涌诗向天天亦惊。"（杨万里《重九后二月登万花川谷月下传觞》）。南宋政治诗人张元年说："雨后飞花知底数，醉来赢得自由身。"酒醉而成传世诗作，这样的例子在中国诗史中俯拾皆是。

2. 对联与酒

酒联是与酿酒、饮酒、用酒、酒名、酒具直接相关的对联，是饮酒行为与文学艺术的有机融合。按其表达的内容，酒联可分为赞酒对联、酒楼对联、节俗酒联、婚喜酒联、祝寿酒联、哀挽酒联、名胜酒联、题赠酒联、劝戒酒联等类型。传说杜康为说明自己的酒好，曾写过这样一副对联：猛虎一杯山中醉，蛟龙三盏海底眠。镇江市原来有家杏花村酒店，因一副对联而声名鹊起，生意兴旺：风来隔壁千家醉，雨后开瓶十里香。梁启超为康有为贺七十寿时曾作祝寿酒联：述先辈之立意，整百家不齐，入此岁来年七十矣；奉觞豆于国叟，置欢欣于春酒，亲授业者盖三千焉。

3. 酒事

中国有关酒的逸事典故非常多。有些典故演绎成了酒名，如"不拜将军钟会偷酒的故事"，大多数的饮酒逸事和典故却反映着当时的政治、经济和社会生活状况，透露着许多人生哲理，值得人们去思考、研究，总结经验，吸取教训。如酒池肉林，《史记·殷本纪》描述了商朝末年纣贪酒好色的生活："（纣）以酒为池，县（悬）肉为林，使男女裸相逐其间，为长夜之饮。"这就是历史上有名的"酒池肉林"。后人常用此形容生活奢侈、纵欲无度。由于商纣的暴政，加上酗酒，最终导致商朝的灭亡。还有杯酒释兵权的故事，说的是宋朝第一个皇帝赵匡胤陈桥兵变、一举夺得政权之后，担心他的部下效仿，想解除一些大将的兵权。于是在公元 961 年，他安排酒宴，召集禁军将领石守信、王审琦等饮酒，叫他们多积金帛田宅以遗子孙，养歌儿舞女以终天年，并且解除了他们的兵权。在公元 969 年，他又召集节度使王彦超等宴饮，解除了他们的藩镇兵权。

🌱 拓展阅读

饮酒方法

视频 8-7　饮酒方法

自人工酿酒出现以后，酒的饮用方式就不断增多、花样百出。如狂饮、独饮、畅饮等，但不管怎么饮，都应以健康为原则。下面按照酒的各种类别，简要介绍相应的饮用方法。

（一）黄酒的饮用法

黄酒的饮用方法有很多奥妙，不同的饮用方法往往有不同的保健作用。

1. 热饮

将黄酒加温后饮用，可品尝到各种滋味，暖人心肺，且不致伤肠胃。黄酒的温度一般以 40~50℃ 为好。热饮黄酒能驱寒除湿、活血化瘀，对腰酸背痛、手足麻木和震颤、风湿性关节炎及跌打损伤患者有一定疗效。

2. 冷饮

夏季气候炎热，黄酒可以冷饮。其方法是将酒放入冰箱直接冰镇或在酒中加冰块，后者既能降低酒温，又降低了酒度。冷饮黄酒可消食化积，有镇静作用，对消化不良、厌食、心跳过速、烦躁等有疗效。

3. 其他饮用方法

黄酒还可以与其他食物或药物相组合，产生新的饮法。如将黄酒烧开冲蛋花，加红糖，用小火熬片刻后饮用，有补中益气、强健筋骨的疗效，可防止神经衰弱、神思恍惚、头晕耳鸣、失眠健忘、肌骨萎脆等症。将黄酒和荔枝、桂圆、红枣、人参同煮服用，其功效为助阳壮力、滋补气血，对体质虚弱、元气降损、贫血等有疗效。

（二）葡萄酒的饮用法

葡萄酒的品种众多，对于不同的葡萄酒，有着不同的饮用方法，但总体而言，主要有以下三个方面。

首先，要注意酒的温度。不同种类的葡萄酒有它各自适宜的饮用温度，合适的温度，才能品出最佳效果。其中，香槟酒适宜 9~10℃ 时饮用，白干葡萄酒适宜

10～11℃时饮用，桃红葡萄酒适宜 12～14℃时饮用，白甜葡萄酒适宜 13～15℃时饮用，干红葡萄酒适宜 16～18℃时饮用，浓甜葡萄酒适宜 18℃时饮用。如果不具备这些条件，在常温下饮用也可以。如果是冰箱中存放的酒，取出时应先缓缓加温后再饮用。

其次，要注意饮用的顺序。上酒时应先上白葡萄酒，后上红葡萄酒；先上新鲜的（酒龄短的、有新鲜果香的）葡萄酒，如龙眼半干白和北京的赤霞珠葡萄酒，再上陈酿葡萄酒，如北京出产的中国红白葡萄酒和玫瑰香葡萄酒；先上淡味葡萄酒，后上醇厚的葡萄酒；先上不带甜味的干酒，后上甜酒。

最后，不同的菜品配饮不同种类的酒。如果将酒与菜搭配食用，则必须注意不同的菜配不同的酒，这样既不会以酒的风味掩盖菜的风味，也不会使菜的风味掩盖了酒的风味，并能取得菜肴与美酒风味协调的效果。它们是：海鲜类菜如鱼、虾、蟹、海参等，宜饮白葡萄酒、干白葡萄酒、半干葡萄酒；一般肉类菜如猪肉、猪内脏等，宜饮淡味的红葡萄酒、桃红葡萄酒；牛排、羊肉宜饮味浓的红葡萄酒，如中国红葡萄酒、北京红葡萄酒等；家禽类菜宜饮红葡萄酒；油腻的荤菜如扣肉等宜饮干红葡萄酒；饭后甜食则宜饮白葡萄酒。

（三）白酒的饮用方法

在饮用方法上，与黄酒、葡萄酒不一样的是，白酒的饮用方法比较随意。当然，如果是饮用中国著名的白酒，还是应该讲究科学的饮用方法。一般而言，饮用白酒，首先应该"看"，即观察酒的包装、酒液的透明度，了解酒的香型、酒精度以及酒的产地、品牌等，根据这些来判断酒是否纯正，并且确定饮用量。其次是"闻"。中国白酒的香型众多，通过闻可以欣赏到不同类型白酒的芳香，这是品饮中国白酒的一大乐趣。最后是"尝"。人的舌头各部分是有分工侧重的，如舌尖对甜敏感，两侧对酸敏感，舌后部对苦涩敏感，而整个口腔和喉头对辛辣都敏感，所以品饮白酒应浅啜，让酒在舌中滋润和匀，以充分感受白酒的甜、绵、软、净、香。

（四）啤酒的饮用法

饮用啤酒时，首先要考虑酒的温度。众所周知，夏天喝冰啤酒，特别舒畅、爽口、够味。据说，世界上第一台冰箱的诞生，就是用来冰冻啤酒的。但是，啤酒在冰箱中存放时只能直放，不可横卧，更不可把刚运到的啤酒立即打开饮用。因为这样起瓶时容易使酒外溢，造成浪费。另外，也不宜将啤酒放在冰箱内冰镇太久，否则会使气泡消失，酒液浑浊，失去原有的香味。啤酒的温度太高，则苦涩味突出，且二氧化碳气体容易放出，也会影响其风味。一般来说，比较理想的啤酒温度应该在 10℃左右。当然，也应考虑到季节和室温的变化对啤酒温度的影响。

（五）药酒的饮用方法

药酒分为治疗性药酒和保健性药酒。对于治疗性药酒，必须有明确的适应征、使用范围、使用方法、使用剂量和禁忌征的严格规定，一般应当在医生的指导下选择服用。保健性药酒虽然不像治疗性药酒那样严格要求，但是饮用仍然应十分慎重，必须根据人的体质、年龄、对酒的耐受力以及饮酒的季节等适当选择。

项目小结

中国被誉为酒的王国，其博大精深的酒文化在历史的长河中历尽千年沧桑而经久不衰，如同璀璨的瑰宝，在酒的世界中熠熠生辉。本项目重点介绍了中国酒的起源与发展历程，探索中国酒的种类和特点，以及中国的酒礼文化，全面呈现了中国酒文化的风貌。在我国古代，人们早已学会酿酒和品饮，按照传统，酒被划分为黄酒、白酒、果酒、啤酒和药酒等多种类型，这些品种各异、风格鲜明的美酒，为中国酒的发展奠定了坚实的基础。中国的名酒，如茅台、五粮液、泸州老窖等，在世界范围内享有盛誉，成为中华文化的一张闪耀名片，吸引着世界各地的宾客品鉴、赏析。在中国人饮酒的过程中，所形成的酒礼与酒文化交相辉映，与文学作品相互映照，共同构成了中国酒文化独特而重要的内容，成为中国传统饮食文化中不可或缺的一环。

思考与练习

一、单项选择题

1. 对于酒文化的起源传说甚多，综合起来，这些记述主要有（　　）、上天造酒说、仪狄造酒说、猿猴造酒说。

A. 曹操造酒说　　　　B. 大禹造酒说　　　　C. 杜康造酒说　　　　D. 李白造酒说

2. 下列属于药酒的是（　　）。

A. 贵州茅台　　　　B. 竹叶青酒　　　　C. 五粮液　　　　D. 三花酒

二、多项选择题

1. 以下哪些是中国知名葡萄酒品牌（　　）。

A. 张裕葡萄酒　　　　B. 王朝葡萄酒　　　　C. 波尔多葡萄酒　　　　D. 王朝葡萄酒

2. 下列写酒的诗句与李白的有关的是（　　）。

A. 对酒当歌，人生几何？

B. 天子呼来不上船，自称臣是酒中仙。

C. 人生得意须尽欢，莫使金樽空对月。

D. 酒入愁肠，化作相思泪。

三、拓展练习

不同的酒在饮用时有什么注意事项？

参考文献

[1] 凌强. 中国饮食文化概论. 北京：旅游教育出版社，2013.

[2] 李曦. 中国饮食文化. 2版. 北京：高等教育出版社，2002.

[3] 赵荣光. 中国饮食文化概论. 2版. 北京：高等教育出版社，2003.

[4] 杜莉，姚辉. 中国饮食文化. 北京：旅游教育出版社，2013.

[5] 金红霞，赵建民. 中国饮食文化概论. 2版. 北京：中国轻工业出版社，2019.

[6] 邵万宽. 中国饮食文化. 北京：中国旅游出版社，2013.

[7] 刘晓杰. 中国饮食文化. 北京：旅游教育出版社，2022

[8] 赵建春. 食品营养与卫生. 北京：旅游教育出版社，2011.

[9] 陈波. 中国饮食文化. 北京：电子工业出版社，2010.

[10] 陆慧. 中国民俗旅游. 2版. 北京：科学出版社，2009.

[11] 颜其香. 中国少数民族饮食文化荟萃. 北京：商务印书馆，2001.

[12] 陶文台. 中国烹饪概论. 北京：中国商业出版社，1988.